U0943848

二十一世纪出版社集团
21st Century Publishing Group
全国百佳出版社

图书在版编目（CIP）数据

灭秦：全 10 册 / 龙人著 . -- 南昌：二十一世纪出版社集团，2017.10

ISBN 978-7-5568-3105-0

Ⅰ . ①灭… Ⅱ . ①龙… Ⅲ . ①长篇历史小说－中国－当代 Ⅳ . ① I247.5

中国版本图书馆 CIP 数据核字 (2017) 第 243764 号

灭秦　　　　龙　人著

责任编辑　敖登格日乐
出版发行　二十一世纪出版社集团
（江西省南昌市子安路75号　330025）
www.21cccc.com　cc21@163.net
出 版 人　张秋林
经　　销　新华书店
印　　刷　北京龙跃印务有限公司
版　　次　2018年1月第1版　2018年1月第1次印刷
开　　本　710mm × 1000mm　1/16
印　　张　150
字　　数　1572千
书　　号　ISBN 978-7-5568-3105-0
定　　价　498.00元（全10册）

赣版权登字—04—2017—747

如发现印装质量问题，请寄本社图书发行公司调换 0791-86524997

目　录

第十一章　冥雪剑宗

红颜眼中一亮："丁老爷子莫非就是盗神丁衡?"

"是呀，我得到的玄铁龟正是取自于他的身上，可惜呀可惜，想不到他老爷子一世英名，到头来却栽在莫干这种小人手上。"纪空手提及此事，不免心中酸楚，想到自己与丁衡虽无师徒之名，却有师徒之实，两年的光景，让他这个孤苦伶仃的流浪儿第一次享受到了温馨的亲情。

"倘若丁老爷子在天有灵，得知你从玄铁龟中学得武功，想必亦可放心了，你又何必伤心呢?"红颜见他眼中透出伤感之情，不由劝慰道。

纪空手正色道："不管姑娘信与不信，在下的确未从玄铁龟中学得半点武功。玄铁龟在我的手中不到一日，便遭炉火化为废铁渣了，只留下两枚普通至极的圆石，这是千真万确的事情。"他此前一连串的遭遇全系玄铁龟之故，是以阴差阳错，无从辩起。此刻遇上红颜，他的心中有一种说不出的亲近，急切想说明自己遭受的不白之冤。

"我相信你。"红颜望着纪空手焦灼的眼神，看到了里面所含的真诚，不由柔声说道。她之所以能够对纪空手的这番解释表示认同，一是因为她父亲的分析决定了她对玄铁龟的判断；二是因为她喜欢纪空手，相信他不会在自己的面前说谎。

纪空手顿时充满了感激之色，大有把红颜当成知己的感觉。在这段时间中，他几乎是有口莫辩，每一个人都将他的话当成了敷衍之词，令他哭笑不得，却也只能沉默以对。难得今夜有佳人如此，实在让他心中欢喜。

“不过除了我之外，只怕这个世上能够相信你这种说法的人并不多见，因为事情太过巧合，在时间上也极度吻合，正好是在你得到玄铁龟的同时，你才从一个不懂武功之人竟然成为了一代高手，这是一个不争的事实，难怪有人会不相信。”红颜一语道破了症结所在，其实在她的心中，也想解开这个谜底。

于是纪空手一五一十地将自己的遭遇全部吐露出来，唯恐还有疏漏，还不时补上几句。不知是出于什么原因，当他看到红颜那明亮而不沾一丝纤尘的大眼睛时，便有一种坦诚相待的冲动，恨不得将自己所发生的事情全部毫无保留地向她倾诉出来。

红颜在听着纪空手讲述的同时，以一种极度诧异的眼神不断地与站在一旁的吹笛翁交流着什么，她没法不相信纪空手所说的一切，因为任何一个人要想临时编造出这么一段丰富而生动的故事都是不可能的，这令她渐渐有了一个惊人的结论：那就是坐在她面前的这位少年，不仅机缘巧合地获得了神奇的补天石异力，更是一位百年不遇的练武奇才。他对武道的一切似乎都有着一种先天的本能，对一些武学的至理更有一种令人难以置信的领悟与理解。

红颜认识到了这一点，吹笛翁显然也认识到了这一点，在这位知音亭高手的眼中，他更是看到了这对少年男女眼中的无尽仰慕之意。

“光阴如流水，昨日尚在咿呀学语的小公主，今日却成了待嫁的黄花闺女，只是他们一个是地位尊崇的豪门小姐，一个却是流浪市井的浪人游子，真不知这是一段良缘，还是情孽。”吹笛翁心中感慨，更清楚这么一件事情，如果知音亭得到玄铁龟这等异宝，假以时日，也许这位少年会让知音亭力压“阁、楼、斋、榭”，重新谱写武林历史。

红颜那盈盈的秋波中，透出了一丝挽留之意，无论是为了知音亭，还是为了自己，她似乎都应该留下纪空手。虽然她雍容华贵，大度自然，然而要让她一个少女开口相留，又叫她怎不心生羞意？

不过幸好还有吹笛翁，如果他连这点都看不出来，他就不是阅历无数的老江湖了。

三月的北国，还是乍暖还寒的季节。

河东郡问天楼刑狱重地——凤舞山庄内，凤五人坐亭中，看着韩信一招一式演练着自己冥雪一脉的镇派奇技——流星剑式，脸上情不自禁地露出欣慰之色。

不可否认，这位有着补天石异力的少年正是凤五可遇而不可求的绝佳传人。流星剑式的七招剑路诡异，变化多端，需要有极为深厚的玄阴之气辅之，才能将这套剑法的精妙处演绎得淋漓尽致，而韩信与流星剑式，无疑是上天安排的天作之合。

能得到韩信这样的人才，对凤五来说，未尝不是对问天楼的一种补偿。在得到了问天楼楼主卫三公子的首肯之后，凤五加快了锻造韩信成才的进程，因为此时正是用人之际，问天楼需要韩信这种忠心而且身份未露的高手去完成一些特殊事情。

凤五轻啜了一口香茗，看着韩信将最后一招剑式近乎完美地结束，不由心生感慨，暗道："只有在这个时候，我才真的感觉到自己已经老了。"

"爹，我把东西取来了。"凤影欢快的声音伴随着急促的脚步从碎石道上传来，声调畅美，显示着恋爱中的少女特有的甜美心态。

看着凤影手中捧着的那一方彩缯装饰的铜匣，凤五的眼中绽射出一股深深的眷念之情。因为在那个铜匣的里面，不仅记录了冥雪宗历代宗师创就的辉煌，更是他昔日游侠江湖的真实写照。

随着凤影的手轻轻放下，那一方铜匣静静地躺在亭中的石几上，仿佛在期盼着自己的主人将自己从这铜匣中释放出来。当韩信揩拭着汗水来到古亭之中时，看到凤影冲着自己眨了一下眼睛，他似乎意识到凤五将要宣布一件重要的事情。

"流星剑式的精髓，在于快中有静，仿若寒夜苍穹中的流星，在凄寒中给人以想象的空间，最终构成一种极致的美感。"凤五微微一笑，"你能在这么短的时间内学到形似，已是难能可贵了。但是你要谨记，形似不是目的，只有做到神似，你才可能成为冥雪宗的高手。”

韩信感到了凤五对自己的期望，面对谆谆教导，他的心中流过一片暖意，点着头道：“师父所言极是，弟子也觉得练剑之时，身上的玄阴之气并未完全融入到剑意之中，这可能与弟子的悟性及资质有关吧。”

“冥雪宗中，无一不是大智大慧之人，否则我也不会收你为徒。对于这一点，你应该要有相当的自信。记得在我初学这套剑法时，足足耗去了我三年时间，才达到形似之境，而你的悟性极佳，体内又有雄浑的玄阴之气，日后的成就定会在为师之上。”凤五拍了拍他的肩膀，极是赏识这位晚年收下的弟子，心中的那股得意劲儿自是无以言表。对他来说，有了韩信，不仅冥雪宗后继有人，便是问天楼亦多了一个强手，真所谓一举两得。

他看到亭外一段枯枝上冒出一点新芽，心有所感，半晌才道：“红粉赠佳人，宝剑送英雄，你之所以每每练剑之时都感到有意犹未尽的缺憾，形到而意不到，这与你手上的剑大有关系，其实真正要将流星剑式做到完美的极致，必须要有一枝梅相配!”

“一枝梅?”韩信大惑不解，他怎么也想不到剑法和梅花会扯上关系。

凤影抿嘴一笑，努了努嘴，指向那石几之上的铜匣，韩信这才注意到了那一方足有三尺五寸长的东西。

“是的，是一枝梅，却不是亭外的那些欺霜傲雪之梅，而是一把宝剑的名称，它是我冥雪宗的镇派之宝，若非正宗传人，绝不可得!”凤五脸上一片肃然，缓缓走到石几前，轻抚铜匣，眼显慈爱，就像是面对摇篮中的孩子一般。

“莫非就是它么?”韩信明白了，却不理解凤五此举的用意。

凤五点了点头，眼芒漫向虚空，仿佛又回到了自己的少年时代。他记起了自己仗剑诛凶的义举，也想到了自己凭这一枝梅力敌流云斋三大高手时的辉煌一刻。对于一枝梅，他有着太深的感情，就如同对凤影一样，心中始终有着难以割舍的情怀。但是到了今天，他却不得不将它相赠于人，因为他知道，只有将宝剑交给它真正的主人，它的生命才能得到最好的延续，直至升华通灵。

“你能否答应我，剑在人在，剑亡人亡，将这把剑视作自己的生命?”凤五逼视着韩信，希望他能八出肯定的回答。

“这是师父的爱剑，我岂能占为己有?”韩信不免有些惶恐。

“只要你答应我，从此刻起，你就是它的主人，同时也是冥雪宗这一代的唯一传人!”凤五肃然道。

“这……这……”韩信犹豫了片刻，终于挡不住铜匣的诱惑，点了点头，道，“韩信谨遵师父教诲，从今以后，剑在人在，剑亡人亡!”

这是一个承诺，是一个剑客对自己的剑的承诺，一个不敢作出如此承诺的剑客，他又怎能成为傲视天下的剑客呢?

凤五明白这一点，所以他笑了。

韩信站到石几边，颤抖着双手，按上了这铜匣的机关。“啪……”的一声，铜匣盖开，便听得匣中蓦然发出了一道龙吟，细长而悠远，仿佛来自于九天之外的天际。

“果然是灵剑识主。”凤五喃喃道，丝毫不觉惊奇，他记得当他第一次看到一枝梅时，它也曾发出过相同的声音。

韩信只觉得心头一震，有一道触及自己灵魂深处的电流在蠢蠢欲动。当他看到这把剑静静地躺在剑匣之中时，仿佛感到自己是那么的冷静，那么的平和，丝毫不觉有孤苦凄寒之感。

剑长三尺有二，锋刃雪亮，剑身尽白，而剑身中段处绽放一朵如血红梅，故名一枝梅。

就在韩信手触剑柄的刹那间，他只觉得自己的心脉一动，从剑中传来一股柔和之力，沿着自己的经脉贯注于全身，经大小周天运行一圈之后，重新又回到了剑身之中。

在这个并不漫长的过程中，韩信的整个人仿佛都进入了一个虚无之境，肉身尽灭，只有自己的灵魂缥渺期间，感悟着这股灵异之力在运行中的每一寸空间里与自己的血肉相融交流。在一刹那，他忽然感到不知是自己赋予了一枝梅新的生命，还是一枝梅对他的生命作出了重塑的定义，总而言之，当他渐复清明时，发现自己已经与一枝梅融成了一个整体，再没有任何东西可以将他们分离。

他缓缓地提剑在手，剑身出匣，整个古亭顿生凛凛寒意，剑光耀眼，便连亭中的空气也在这一刻间停止了流动一般。

“好剑！好剑！果然是绝世神剑!”韩信忍不住赞了一句，手腕一振，剑引龙吟之声，蓦然剑影一闪，漫向虚空的深处。

他所舞的正是流星七式，每一式划出，竟然比之先前快了一倍，而且剑出意出，剑意合一，剑气驾驭几乎达到随心所欲之境。古亭中只见道道剑影，宛如流星划过夜空的轨迹，灵动飘忽，来去难觅其踪，却谁也不会怀疑它的存在。

等到他舞完这七式剑法时，剑身又起龙吟之声，似乎尽兴时的欢歌。韩信还剑入匣，脸上竟露出一丝不可掩饰的傲然之气。

“可喜可贺，你拥有了此剑，整个人便多了一份王者霸气，这也正是高手必须具备的自信。”风五拍案叫妙，心中大喜。

“这都是师父成全弟子!”韩信恢复常态，极为谦恭地道。

“以你现在的身手，为师是无物可教了。虽然你所学的只有流星七式，但流星七式却是博大精深，玄奥无穷，足够你用一生一世去领悟与学习。真正的高手，从来就不是教出来的，只有在不断的实战中去磨炼，才能最终迈向武学的巅峰，所以从今往后，一切都唯有靠你自己了。”风五语重心长，所言的全是自己毕生的经验，由此可见，他对韩信不仅厚爱有加，更在其身上寄托了太多的期望。

“我能行吗?”韩信依然有些怀疑自己的能力，似乎不敢相信自己竟从一个无知无识的常人变成了一个江湖高手，如此大的身份反差，令他有种恍如一梦的感觉。

“你应该有这个自信。”凤五淡淡一笑道：“因为你若没有这个自信，你就很难完成一项非常艰巨的任务。”

韩信望向凤五，似乎对他的话感到不解，当他看到凤五眉间闪出一丝忧虑之色时，忽然有一种预感，认识到凤五接下来要说的事情也许会改变他一生的命运。

“弟子能不能不去？”韩信望了一眼凤影，眼中抛割不下自己心爱的女人。他似乎明白，凤五向他指引的，或许是一条充满荆棘的不归路，凶吉未卜，谁能预料未来将是一种什么样的境况？

“不能！因为你是冥雪宗唯一的传人，更是问天楼的问天战士！”凤五断然答道，他的目光落在凤影的身上，充满慈爱地接着道，“一个深爱着自己女人的男人，就应该去开创属于自己的辉煌，只有这样，你才能最终获得女人的芳心。小伙子，记住这一点吧，凤家的女子，是绝对不会喜欢一个懦夫的！”

韩信目光锁定在凤影的大眼上，看着那美丽的眼中绽放出坚毅却充满无限爱意的眼神，心中顿有一股豪情冲天而起，同时有着强大的自信，只觉任何艰难的挑战都不在话下，为了自己心爱的人儿，他不惜付出一切代价。

“我可以去，但是你一定要答应我，当我回来的时候，就是我与影妹的成婚之日！”韩信缓缓说道。

凤影眼中多了一丝不可名状的愁意，丝毫不能掩饰自己对韩信的牵挂与担心。但在这一刻间，她生命中两个深爱着她的男人仿佛都忽略了她的存在，无论是凤五，还是韩信，他们的心已被未知的命运深深吸引，根本不能分出心来。

“我答应你。”两人的眼芒在虚空中悍然相交，碰撞出激情的火花。凤五沉思半晌，这才说道：“你此行的目的地，将是大秦的都城咸阳，你的任务，则是不惜一切找到登龙图，并将它完整无缺地带回凤舞山庄。”

“登龙图？”韩信感到有些莫名其妙。

凤五点了点头，道：“你可知道，这半年来江湖上最引起轰动的两件事情是什么？”

韩信摇了摇头，自他进入凤舞山庄的那一天起，除了凤五与凤影及几个无关轻重的下人外，没有见过任何陌生人，所以江湖对他来说，恍如隔世，自然不明白江湖上发生的一切。

凤五道：“这两件大事几乎是在同一时间发生，一件关乎到武林的未来走向；一件关乎到今后的天下大势，所以消息一传出，顿时引起了世人的轰动。”

韩信似有所悟，道：“关乎到武林的未来走向，似乎就只有玄铁龟了，而另一件事情难道就是你所说的登龙图？”

凤五脸带赞许，道：“不错！登龙图，顾名思义，能得此图者，必将得天下。是以它的现世，有谁不怦然心动？相传大秦始皇建国之初，曾经尽收民间收藏的兵器，集中咸阳，然后建高炉熔之，得十二金人。但是我们得到的消息，却是另一种说法，说始皇确实下旨没收民间兵器，也的确将这上百万件兵器集中，可是集中地点并不在咸阳，而是将它们与一批金银珠宝藏匿在一个秘密的地点，无人知晓这个地点的所在，只能凭着登龙图才能看破其中奥秘。因为大秦始皇无疑是一个大智大勇的开天帝王，虽说他有将大秦基业传至万世万代之心，但他十分清楚这只能是一个美好的愿望，为了将来的后人有复国建功的本钱，是以他想出了这么一个宏伟的构思，并且付诸实现。”

上百万件的兵器，成千上万的金银珠宝，谁不觊觎？谁不想占为己有？它就像一座沉默已久的火山，一经爆发，当然惊天动地，便是韩信听之，也是咋舌不已，更为大秦始皇如此庞大的手笔而蓦然心动，悠然神往。

“藏宝之地既然不在咸阳，你何以要我赶往咸阳？莫非你已经有了登龙图确切的下落？”韩信灵光一现，蓦然问道。

“是的。在你到达咸阳之前，我们问天楼在咸阳城中已经密布眼线，静观其变，他们的任务就是尽可能多地给你提供关于登龙图的一切消息，并在必要的时候给你帮助，但在盗取登龙图的时候，你只能独立完成，任何人都不可能给你哪怕是微不足道的掩护。”凤五语重心长、一字一句地讲述着自己的计划，他之所以如此小心翼翼，是因为他深知此事太过凶险，稍有不慎，便会全盘皆输，不仅危及韩信的生命，更会影响问天楼称霸武林、问鼎天下的大计。

“为什么?”韩信心中有一丝不安的预感，以凤五这等桀骜不驯的江湖豪杰对此事尚且郑重其事，这只能说明登龙图所藏处必是如龙潭虎穴般的艰险之地。

“不为什么，只因为登龙图是织在大秦二世胡亥的龙袍之上。”凤五此话一出，韩信与凤影俱都脸上变色，亭中气氛一时紧张。任何人都清楚，要想在戒备森严的大秦皇宫中盗取帝王所穿的一件龙袍，这其中的凶险无异于与虎谋皮，纯同自杀。

凤影眉间闪现一丝愁苦之色，凄然叫道：“这岂不是让韩大哥去送死吗?”她的小手情不自禁地紧握韩信的手，冷汗涔涔，牵挂之情溢于言表。

凤五冷然道：“但凡顶天立地的英雄，谁又是一帆风顺？谁又可不劳而获？不经历九死一生的凶险，不经历百折千挫的苦难，要想名垂青史，遭受世人敬仰，这只能是一个妄想，一句空谈。盛名之下岂有侥幸，难道不是这么一个浅显的道理吗?”

他的话中充满激情，如火炬般燃烧于黑夜，顿时激起了韩信胸中的冲天豪气，拍手叫道：“是的，没有苦哪有甜？没有千辛万苦又怎会有一时的辉煌？大丈夫生于世间，当不畏艰难，明知凶险，亦要全力以赴!”

凤五眼睛一亮，明显感到了一股来自韩信身上的熊熊战意，如一团燃烧的烈焰，感染着他，感染着这古亭周围的气氛。他的眼眶渐渐湿润，视物已有些模糊，一滴咸湿的泪水缓缓划过脸际，为韩信这一刻间表现出来的英雄气概心动不已。

“你决定了?”凤五不得不问上一句。

“我已经决定了，英雄方能配佳人，我绝不会使所爱的人失望的。”韩信的眼中喷发出一股不可抑制的爱意，毫无保留地投向凤影俏丽的脸上。他爱她，为了她，也为了自己，他需要一个英雄之名，英雄配佳人，才是天经地义的事情。

凤五深深地吸了一口气，使自己的心灵在躁动中渐渐冷静，因为他必须一字一句地斟酌，将一个完美无缺的计划通过准确无误的表达，让韩信通透地理解每一个行动的细节。当他将这个计划完全展露在韩信的思维之中时，即使是心理早有准备的韩信，也忍不住倒抽了一口凉气。

因为他绝对没有想到为了登龙图，问天楼会花费如此巨大的人力物力来实施这么一个宏大的计划。他更没有想到，这个计划已经实施了多年，千百人蛰伏咸阳，只是为了他的出场作铺垫。他——韩信，一个流浪市井的无赖浪子，只因机缘巧合，却成了问天楼这个计划中最重要的执行者。

“我们之所以选中你，是因为除了我与凤影，以及卫三公子之外，天下间再没有第四个人能够知道你是问天楼的人。你有了这个没有身份的身份，可以在咸阳不受人注意，因为据我们确切的消息得知，不仅有我们问天楼、流云斋企图盗取登龙图，就是入世阁的赵高，也已经加快了谋夺的步伐。可以说在咸阳城中，为了登龙图展开的一系列纷争，已经远比沙场之上的战争更为激烈。”凤五不无担心地分析着咸阳城中的形势，显然为日趋严峻的局势感到忧心忡忡。

“如果没有人知道我的底细，我又该怎样才能与问天楼蛰伏咸阳的人进行联络呢?”韩信此话一出，让凤五紧锁的眉头豁然展开，这足以证明韩信已经进入了问天楼赋予他的角色中，将自己的整个身心投入到了这项宏大的计划当中。

凤五小心翼翼地从怀中取出半块只有两寸见方的绿玉坠，郑重其事地交到韩信手中，道：“这原来是一块精美的玉坠，现在却一分为二，一半在你这里，另一半在别人的手中。为了你的安全起见，只有这个持有另一半玉坠的人知道你的身份。若非情不得已，尽量不用，但是只要对方交出的玉坠能够与你手中的玉坠合二为一，无论他的身份如何出乎你的意料，你都一定要完全相信他。”

“我能不能问上一句?”韩信将玉坠藏入怀中，突然向凤五问道。

“不能，因为除了卫三公子外，这个人究竟是谁，我也无法知道。”凤五显然明白了韩信问话的用意，淡淡一笑。

韩信这才知道问天楼的组织严密，的确是有其过人之处。那支不知是否是刘邦拥有的刘姓义军背后有问天楼的支持，在群雄并起、诸侯分立的乱世当中异军突起，想来只是迟早的事情。

凤五站将起来，凝视韩信良久方道：“你肩上的责任重大，希望你能忍辱负重，完成这项艰巨的使命。你可知道，如今的义军战士手里，大多还是用木棒竹竿作武器，只凭一腔热血，犹在与拥有锋刀利刃的大秦士兵一争生死，所以只要你得到了登龙图，也许整个大秦的历史就会因你而改变。”

韩信只觉全身热血沸腾，恨不得立马奔赴咸阳。当他一切准备就绪时，向凤五提出了最后一个要求：“你能不能闭上你的眼睛?”

凤五虽然诧异，却还是照办了。

当他睁开眼睛的时候，发现凤影小脸通红，正痴痴地望向韩信没入夕阳之中的背影。他不知道，就在他闭眼的刹那，韩信已将他那富有阳刚之气的深情一吻深深地留在了凤影的红唇上，留在了凤影的心里。

吹笛翁就是吹笛翁，他一眼就看穿了红颜的心事。

“在下吹笛翁，在此见过纪公子。”吹笛翁从红颜身边走来，彬彬有礼地向纪空手拱手言道。

纪空手见过吹笛翁与方锐相峙时的气势，知道此人功力绝高，不敢小视，当即起身还礼道：“原来是吹笛先生，在下冒昧登船躲避，得罪之处，还请海涵。”

他失礼在先，不免惶惶，按理说吹笛翁原该生气才是，不过看纪空手补足礼数，而自家小姐对其又有另一层意思，他自然不去追究，反而微微一笑，道："你能在我与小公主的面前逃过我们的耳目，身手可好得很哪，怪不得连入世阁八大高手之一的方锐也奈何你不得，真是后生可畏呀！"

"不敢，在下这一切都是侥幸所致，运气使然，怎可当得起吹笛先生的这番赞誉？"纪空手忙道，红颜瞟了他一眼，见他少年心性，却不浮躁，为人谦恭有礼，殊属难得之举，心中不免又多了几分欢喜。

"你所言虽是过谦之词，不过想来也有几分道理，以方锐的见识，当然不会轻易放过你，你可想过以后有什么打算？"吹笛翁渐入正题，言辞委婉，不着痕迹。

"唉……"纪空手隔窗而望，便见湖上暗夜沉沉，不见一丝光明，恰如自己的未来一般，不由轻叹一声，勾得红颜一颗芳心顿时悬空，好生心疼。

"在下本乃一介无赖浪子，涉足江湖，乃是一时偶然，又怎会有更长远的打算？若非为了一个人，在下恨不得顺水而下，直奔大海，寻一孤荒野岛了却残生，再不想这江湖中的尔虞我诈。"纪空手想到韩信生死未卜，不由黯然，思及刘邦、樊哙，更是为他们添一份担心。毕竟乱世之中，凭他们的那点人马要想在诸侯群起中占得一席之地，实在艰难，若非大智大慧者，是很难改变被强敌消灭或者吞并的可能的。

红颜"呀……"的一声，看到纪空手眉间的那点愁思，不禁问道："倒不知纪公子所言之人是否便是你的意中人？"

她心有所思，自然想到了这一层，情急之下，未免有些失态。

所幸纪空手思及朋友安危，没有注意到红颜的这番关切，只是苦笑一声："在下孤家寡人一个，又岂会有什么意中人？"他偶尔也会想到小桃红，却只觉得她与自己虽然投缘，仅限于姐弟之情，情谊固然深厚，绝非男欢女爱。

"如此最好。"红颜小声嘀咕了一句，轻舒一口气，才发现自己失仪之处，顿时小脸红若朝霞，神态忸怩，尽显女儿羞态。

“你说什么?”纪空手没有听清，反问一句。

吹笛翁赶紧打圆场：“这么说来，纪公子乃是为朋友担心，如此高义，实在是让人佩服。不过你想过没有，江湖之大，人海茫茫，要从中寻找一个人是多么艰难，我倒有一个主意，或许能够帮助你寻到这位朋友。”

“是吗？那敢情好，还请吹笛先生示教!”纪空手不由大喜道。

吹笛翁胸有成竹地道：“你如果找不到一个人，通常最好的办法，就是让他来找你，只要你的名气够大，受人瞩目，你的朋友便能很容易地得到你的消息。”

纪空手一拍脑门，道：“对呀！我怎么就没有想到这一点呢?”他寻思片刻，复又摇头道，“不对呀，我此刻名气倒是不小，却犹如一只猎物，一旦露面，朋友没找到，只怕猎人来了一大堆。”

红颜听他说得有趣，扑哧一笑，道：“你呀，说得虽然有理，却是歪理，吹笛先生既如此说，当然有他的手段，你且听他说完不迟!”

纪空手抬眼看来，猛见红颜灿烂娇艳的笑脸，怦然心动，他不好意思地急转过头道：“那就请吹笛先生赐教。”

吹笛翁难得一见红颜会对陌生男子如此亲近，心中暗笑，听得纪空手说起，微微一笑又道：“玄铁龟之谜现世江湖，引得纪公子一夜之间成为江湖上万人瞩目的人物，这似乎正如纪公子所言，使得纪公子受名之累，仿若猎人追捕的猎物。但是以我家主人的颜面，倘若亲自为纪公子辟谣，相信江湖中人自会平息谣言，还纪公子一个自由之身。”

纪空手听到这里，想到方锐曾经对自己谈到武林五霸时，讲到过五音先生的种种事迹，当时给自己留下深刻印象的，就是五音先生武功高绝，通晓音律，所谓音从心生，是以五音先生一生之中从来都是以真言示人，从未说过半句假话，江湖中人送他一个别号，叫作“一言千金”，可见其人格魅力之所在。

他心中一动：“若是有五音先生出面，自己的确可以从这玄铁龟造就的旋涡中脱身而出，可是他老人家隐居于世外桃源，人如神龙见首不见尾，自己何时才能见他一面？况且自己与他素无交情，纵是见面，他又怎会为我这等小人物说话？”

他神情踌躇之间，尽被吹笛翁看在眼中，吹笛翁与红颜相视一眼，这才笑道：“我家主人虽然难求，但他平生之中却有一至爱，那便是我家小姐，只要我家小姐替你亲口相求，那么此事多半能成。”

纪空手不由望向红颜，眼中虽然企盼，却终究开不了口。他出身市井，自幼受人欺侮，幼时也曾求人，终究是失望居多，到了大些的时候，人便多了一份傲骨，深谙求人不如求己的道理。他此刻人在绝境之中，明知开口相求即可脱离这无休无止的烦恼，但他与红颜相识未久，怎么也开不了这口。

“罢了，在下命中注定有这烦恼，又何必让小公主为难呢？”纪空手长叹一声，意兴萧索，站将起来道，“该来的终究会来，躲得过便算不了是祸，在下相扰已久，不便之处，还望小公主与吹笛先生见谅一二，在下这便告辞！”

他揖手为礼后，扭头就走，忽听得耳边有异声响起，香风过处，一道纤秀的身影已挡在自己面前，若非他收脚极快，只怕两人便要撞个满怀。

“你可知道，只要你踏出此船，就是入世阁人的囊中之物？”红颜轻咬红唇，眼显幽怨地道。

“我知道。但是我能躲得了一时，终究躲不过一世，反正我是光棍一条，大不了搭上这条命罢了。”纪空手昂然而立，心中傲意顿生，丝毫不见半分胆怯之意。

“若是我要你留下，你又怎的？”红颜说完这句话，明亮的眼睛霍然抬起，虽有三分羞态，却以咄咄逼人之势与纪空手的目光相对。

纪空手何时见过这等阵仗，整个人顿时慌了手脚，沉默无言，却听得吹笛翁悠然笑道：“你这条命虽然你自己不怜惜，但却有人替你怜惜，所谓当局者迷……”

红颜瞪他一眼，吹笛翁不敢再说，脸上却似笑非笑，神情怪异，纪空手见得如此情景，这才恍然醒悟，明白了佳人的心思。

他初时见得红颜，虽觉佳人靓丽，却不敢有非分之想，毕竟二者身份地位悬殊，绝非良缘佳配。两人相处久了，又觉得这女子气质绝佳，为人大方得体，自己的心中极有好感，却只有尊敬而无亲近之心。唯有到了此时，看到红颜娇羞含嗔的女儿姿态，他的情丝霍然生成，心中又惊又喜，直疑自己置身梦中，竟然不信幸福会是如此降临到自己的头上。

他嗫嚅连声，半天吐不出一句话来，那副窘迫之态，引得红颜嫣然一笑。

纪空手心中一荡，收摄心神，道："在下被人追捕，留下恐有不利，小公主虽然心生怜悯，还望三思才是。"

红颜轻轻一笑，道："你肯留下便行，其他的事情倒不用你来操心。"

纪空手深深地作了一个长揖，道："既是如此，纪空手便多谢小公主的厚意了。"

"你叫我什么？小公主也是你叫的吗？"红颜冷哼一声，脸上大有着恼之意。

纪空手不知红颜因何而怒，心中惶惶，却听得红颜嫣然一笑："你记好了，我叫红颜。"

就在韩信步出凤舞山庄的同时，天下形势又生剧变。秦二世二年，陈胜王的张楚政权在秦将章邯率四十万大军的围剿下，坚持了短短数月，早已如昙花一现，不存于世。

但陈胜王留下的抗秦思想，却如星星之火遍洒大秦土地，渐成燎原之势。其中声势最大者，便是流云斋主项梁统领的一支义军，在他的苦心经营下，以他在武林中至高无上的声望广纳群雄义士，成为继陈胜王之后最重要的一支抗秦力量。

当韩信在行程途中得到这个消息之后，他心中的狂喜几乎到了不可抑制的地步："项梁者，以项为姓氏也，这岂非正好印证了自己看破的上苍玄机?”这更坚定了他对问天楼的效忠之心。他一路向西而行，所选路线远离战火，但仍然从流离失所的百姓当中听到了关于各处义军的种种传闻，其中也有关于刘邦的消息。

自刘邦起事之后，曾率部攻克淮阴、泗水、丰邑诸地，声势渐大，却遭到秦将司马夷的军队围而剿之，差点全军覆灭，但是数天之后，刘邦又率萧何、曹参、樊哙等人，屯集留县，收集散兵游勇，共五六千人，声势比先前更大。在攻克下邑之后，刘邦用战略眼光审视全局，终于发现了自己的义军身处绝境，既要面临强悍的大秦军队的围剿，又要防止别的义军随时都有可能发生的吞并，在这双重危机夹击之下，他选择了附从项梁。

让韩信感到疑惑的是，在听来的传闻中，还有许多的关于刘邦个人的一些琐事，都是说他如何贪酒好色，贪图享乐，在百姓的口中，刘邦仿若一个胸无大志的莽夫愚汉，实在不像一个有远大志向的英雄。

“我所知道的刘邦，绝非是这一类人，但是听人众口一词，似乎又非刻意杜撰中伤，难道他真的不是我要寻找的那位刘姓英雄吗?”韩信隐隐觉得，刘邦的所作所为，必然有其道理。

这一日他穿越函谷关，来到了华山脚下的宁秦城。按照凤五的计划，他将在这里成为宁秦城最大的照月马场的少主人，从小离家学艺，直到今天才回归故土。

照月马场当然是问天楼苦心经营的产业，十年磨一剑，就为了给韩信一个合法的身份，韩信心中嘘唏之余，人已来到了宁秦城的城门口边。

此时已至黄昏，由于局势紊乱，宁秦城中加强了戒备，入城者不仅要缴纳入城关税，而且还要检查户籍身份。以韩信此刻的功力，若是趁天黑之际横越这三丈高的城墙，未尝不可，但是他别有用心，向守城的官兵报出了照月马场老板时农的大名。

守兵立时肃然起敬，更有人从城楼上请来一个豪富人家管事模样的人来，韩信一见此人，四十来岁的年纪，身材略胖，眉宇之间显得极是干练。按照凤五事先的交代，韩信故作惊讶地道：“昌大叔，是你么？十年不见，我是时信啊!”

那被唤作昌大叔的人名叫昌吉，正是照月马场的大管家。他奉时农之命前来恭迎少主，早已等候多时，这会儿听到韩信叫他，打量了几眼后，随即满脸堆笑，道：“果真是少主人，十年不见，老奴差点都认不出来了。”

两人寒暄几句，在守城官兵的目送下，昌吉与韩信登上了一辆豪华大车，向城中驰去。

昌吉目光紧紧盯着韩信的脸，似乎想从韩信一无表情的脸上看出些什么。他记得昨夜当时农将一幅画像递到自己的眼前时，他看到那画中之人，与眼前的人的确是从一个模子里印出来的。

“他是我的儿子，十年前当我迁到宁秦发展照月马场时，他离开了我，在北域的天地寻求他对武道的痴迷。我心知自己的大限之期将近，所以将之召回，从今往后，他便是照月马场的主人。”时农的脸上不知是多了一丝倦意，还是多了一层疲累，额上的皱纹处写满沧桑，给人一种暮气沉沉的感觉。

昌吉的心中顿时涌出一股悲哀，作为时农最忠心的朋友与属下，他几乎见证了时农这十年来在宁秦城的奋斗与打拼，使得照月马场从无到有，最终成为关中地区最负盛名的马场之一。在宁秦城中，只要提到“时农”这个名字，无人不知这是权势与财富的象征，然而就在他要登上生命中最辉煌的顶峰时，却要远离人世而去，这怎不叫昌吉伤心?

昌吉缓缓地靠近时农卧躺的那张充满药味的床榻，语带哽咽：“场主大可放心，昌吉虽然无能，但是忠心犹在，只要还有一口气在，一定鞠躬尽瘁，全力辅佐少主。”

“这我就放心了。”时农脸带欣慰地闭着眼睛，歇息片刻道：“我有一个预感，明日他也许就会赶到宁秦，你记着他的模样，只要他开口叫你‘昌大叔’，与你的对话中有句‘十年不见’，那么就可确认无误。你要以最快的速度将他送来，因为我要在临终之际见他最后一面。”

时农的话犹在耳边，昌吉丝毫不敢怠慢，命令车夫长鞭急扬，快马穿行于街市之中。两人对答几句，说到时农病危，昌吉的整个人倍显落寞，神情萧索，而韩信适时表现了自己的悲痛之情，他的表演非常到位，让昌吉心生父子情深的感慨。

当马车驰过几条街区之后，终于踏入了照月马场在城中的宅第。看着车窗外高大宏伟的亭台楼宇，听着耳边传来的成群奴仆的喧嚣，韩信不由对时农心生佩服。

想到这位即将见面的老人，韩信的心情的确有一种说不出的感觉。为了登龙图而策动的计划顺利进行，问天楼在十年前便选派了一批忠心可嘉的精英，奔赴关中，为计划的最终执行者作好准备。这些人无疑都是大智大勇之人，为了自己心中的理想，不惜隐姓埋名，舍弃过去的辉煌，来到陌生的环境重新开辟一片天地。然而这些艰难尚且不论，最残酷的是，他们所做的一切都是为人作嫁衣裳，无论他们多么努力，其命运都注定是无名英雄，注定是陪衬红花的绿叶，而时农正好是其中的一位。

马车停在一处独立的阁楼边，在昌吉的引领下，韩信来到了时农的病榻前。当时农睁眼看到韩信的第一眼时，仿若回光返照般强撑起身体，喘着粗气道："好！好！你终于来了……"竟然就此死去。

一切祭奠的安排都在一片哀伤悲痛中进行，在昌吉的指挥下，灵堂的搭设也在最短的时间内完成。韩信木然呆坐于时农的棺木前，不言不语，欲哭无泪，无人见了不心生同情，私下都说："少主人离家十年，想不到只是见得主人最后一面，难怪他的精神有所失常。"

韩信这一坐便是数个时辰，眼见天色黑尽，这才向昌吉说了第一句话："按照我们家乡的风俗，今晚子夜时分，应是孝子召灵，灵堂五十米内，不许有任何人走动。"

昌吉遵命而去。

暗黑的夜色笼罩在时府的每一栋建筑里，除了灵堂中渗透出惨白的光亮外，再没有任何地方还有光线渗出，那种悲痛的气息流动于空气之中，阴风惨惨，充斥了时府的每一个角落。

偌大的灵堂中，香烛缭绕，阴幡随风舞动，黝黑的棺木边坐着一身孝服孝帽的韩信，黑白相映出一种极为莫名的诡异。

“当……”一道悠远的钟声敲响，从城中一处不知名的鼓楼中传来，在寂黑的夜里显得异常清晰。

韩信眉间一跳，人缓缓站起，当他确定灵堂的附近再无一人时，他的手轻轻地在棺盖上轻敲了三下。

但是就在韩信敲了三下之后，一件更为诡异的事情发生了。

“砰砰砰……”手叩棺木发出的空灵之音竟然是从棺木中传出。

韩信丝毫不显诧异，而是眉间带喜，轻轻打开棺盖，“腾”的一声，从棺木中跳出一个人来，竟是才死未久的时农。

“属下参见韩帅！”时农跪拜于地，低声呼道。

韩信一怔之间，这才明白问天楼已将他作为整个计划实施的统帅，有指挥大权，以利他见机行事，当下扶起时农，道：“时爷不必多礼，你对问天楼的忠心与高义，我是早有所闻的。时间不多，我们还是快谈正事要紧。”

时农点点头：“当年属下奉楼主之命，带一万钱入关中创业，迄今为止，不仅有三千匹战马，更有积蓄十万，在宁秦城中，属下对官府势力尽心结纳，与入世阁中人也有往来，韩帅以我之名，可以顺利进入咸阳上流社会。”

韩信闻言不由大喜，始知问天楼的这个计划实在是妙不可言，一旦自己能混入大秦王朝的高层人士之中，对登龙图便自然多了三分把握，不由赞道：“你果真是一个罕见的人才，怪不得楼主会安排你这项重任。”

时农道：“这是属下的荣幸，也是属下应尽之责，想我卫国灭朝已有百年，而我等臣子期盼复国之期，岂敢不尽心尽力？”

韩信这才知道时农也是卫国的故朝亡民，同时想到了昌吉，不由问道：“这昌吉莫非也是我问天楼中人？”

“他是属下最好的朋友，虽非楼中之人，但是忠心耿耿，足以信赖。”时农答道。

两人相坐而谈，时农交代了不少事情，使得韩信对照月马场的一切有了大概了解。当时农说出了几桩马场要务之后，不知怎的，他的眼中竟然多出了两行泪水。

“时爷为何这样？”韩信惊奇地问道。

“属下见得韩帅如此干练，登龙图必是囊中之物，可惜的是，属下却见不到这一天了。”时农眉间锁愁，淡淡地道。

“时爷此话可令我摸不着头脑了，你此去回到问天楼，只管听我的好消息便是，又非生离死别，又何苦说出这等伤心话来？”韩信惊奇道。

“与韩帅见面之期，便是属下归天之日。”时农道，“当日楼主制订计划之时，就曾考虑过今日属下的去向问题，属下是唯一知道韩帅真实身份的人，为了预防万一，所以必须死去。”

韩信大惊，没有想到时农的结局竟会如此，急忙说道：“其实大可不必这样。”

时农淡淡笑道：“登龙图的归宿，不仅关系到问天楼的利益，也关系到我们卫国的复国大计。此事关系重大，不容有半点闪失，少一个人知道韩帅的身份，便多一分成功的机会。是以这虽是楼主的命令，但也是我时农心甘情愿之事，何况我的死讯已经传出，一旦有人发现了棺木中另有其人，或是一副空棺，那岂不是功亏一篑？”

面对如此残酷的一个事实，韩信真的是难以置信。直到这时，他才真正感觉到了自己肩上的担子是何等的沉重，看着时农平静安详的笑脸，他已知道，任何劝说都不可能阻挡时农必死的决心。因为，为了复国大计，他早已将生死置之度外。

韩信默默地注视着眼前这位老人，看着他那苍白的双鬓，额上如蚯蚓般张扬的皱纹，心中如刀割般绞痛，面对这位让人心生敬意的老人，他已无话可说。

“我希望我的努力不会白费!”这是时农说的最后一句话，然后他就回到了棺木中，静静地躺下，当韩信俯身来看时，他已经没有了气息。

韩信的心中徒增一种失落，他知道，这一次，时农是再也活不过来了。

他缓缓地盖上棺盖，整个人只觉得透心发凉。也许在这之前他并未有全力以赴的决心，事在人为，若实在不能盗取登龙图也就罢了，但是时农的以身殉职告诉了他一个血淋淋的事实：那就是只许成功，不能失败！即使是破釜沉舟，或是不择手段，他都必须将登龙图带归问天楼，否则，他将愧对时农的在天之灵。

这还只是一个开始，已经是如此的残酷，未来又将是什么样子？韩信几乎不敢想象下去。

他深深地吸了一口气，强自压制住自己心中的悲情，透过一格窗棂，望向那暗黑的苍穹深处，他感到自己是那么的孤苦与无助，在凄寒的心境中，他想到了凤影，想到了纪空手……

夜是如此的寂静，静得让人心悸，就在心悸的一刻，韩信眉心一跳，感到了窗外不远处有一股淡淡的杀气与一丝不易察觉的呼吸。

他的心蓦然一紧，冷汗如豆般渗满全身。无论此人是敌是友，无论此人是有意还是无心，韩信都绝对不会放过他，否则时农的死，以及问天楼这十年来的苦心经营，都将变得毫无意义。

他仿佛并未发现什么异常一般，凝立不动，毫无表情，但他的思维却在高速运转着，判断和分析着来敌：

——昌吉的忠心自不用说，这就说明灵堂五十米外的戒备极度森严，一般的人绝对不可能在守卫毫无察觉的情况下靠近灵堂；若是自己人更不会不遵号令，如此来者必是敌人。

——此人既然能够靠近灵堂，而且连自己也未能及时察觉，这就说明来者定是高手，而且其功力之高，自己未必能与之比肩。

——从位置来看，两人相距至少三丈有余，无论自己攻击还是追击，都很难在短时间内近身，一旦来人发力奔逃，自己根本就没有办法阻截。

韩信迅速得出了结论：自己若要成功地将敌人阻截，只能智取，不可力拼！匆忙之中，他心中一动，不由自言自语："想不到为了主公，你这般努力，居然把玄铁龟也弄到手了，我一定将它交给主公！"同时，他将玄阴真气提到极限，清楚地掌握窗外之人的一举一动，他只愿对方能靠近几步。

窗外之人虽然听到了韩信自言自语，真气竟一阵波动，显是对玄铁龟三个字动了心。韩信心中暗笑，背对窗子，临窗而立，又道："时农啊时农，你现在把它交给我，我也不能及时交给主公，看来还是先将它藏妥，待我大事一成再转交主公吧。"

窗外的人影终于挡不住诱惑，犹豫半晌，开始向窗前靠近，显然是想看清玄铁龟的收藏地点，可他却没想到这竟是一个陷阱。

韩信提聚真气，他仅从空气的些微异常的流动中就能感觉到来人的方位。

"一步、两步、三步……"当韩信数到第七步的那一瞬间，他动了，动得很快，如撕裂乌云的一道闪电！

第十二章　照月马场

大船驶出七岛湖，沿着浩浩大江逆流而上，直奔故楚大地。

纪空手很快就发现了紧随船尾而来的几艘快船，这些船只虽然装扮成普通的商船，但是他却知道入世阁的人绝对不会善罢甘休，只要自己离开这艘豪华大船，必将走向永无止境的逃亡之路。

他没有想到知音亭的名声之大，便是入世阁亦有所忌惮，不过经过数天的接触，他对红颜不再有先前那般的拘束，两人相对成趣，或观江景，或听箫音，在他的心中，竟然生出了不舍离去的感觉。

红颜一行的目的地将是巴蜀大地的蜀郡，那里也正是知音亭的大本营。知音亭之所以偏处西南，旨在向世人昭示自己绝无争霸之心，是以为了一个纪空手，入世阁自然不会与之正面冲突，以免引起不必要的麻烦。

这一日船至衡山郡城，并未停留，而是趁着夜色继续西进。纪空手沐浴更衣，一人独上舱楼之顶，坐观苍穹之上的繁星皓月，不由思念起韩信、刘邦一众故交来。

“不知道韩兄是否安然无恙？此时此刻，他是否还记得我这个朋友?”纪空手默然想着，忆起昔日往事，嘴角处溢出一丝淡淡的笑意。

他相信红颜，也相信吹笛翁，相信他们对自己的爱护皆出自一片真心。同时他也知道以五音先生的名望，一旦出面辟谣，自然可以让他从玄铁龟的旋涡中脱身而出，但是想到将来终有一日要与红颜分离，他的心中自然而然又多出了一分惆怅与失落。

夜色下的苍穹，无边无际，壮美广阔，皓月高挂，有一种高处不胜寒的寂寥。纪空手此时的心境，与此相似，不知不觉间抛下了心中的柔情，融入到星月的意境中。

随着自己的灵觉不断地向思维深处延伸，纪空手整个人进入了一个意念的空间中，使得体内的玄阳之气开始按照天上的星辰排序循环运行。他从来没有感受过如此令人畅美之事，只觉得自己的心是皓月，而身体的每一个细胞都如那满天的繁星，打乱原有的秩序，按照星月运行的轨迹重新排列。

玄阳之气来自于补天石，而补天石来自于天地之间的精灵之气。纪空手根本没有想到，就在这无心的一瞬间，他体内的玄阳之气通过他灵觉的扩张，与天地精气相合，从而从根本上改变了他的体质。

也不知过了多久，当天上划过一颗灿烂的流星时，纪空手缓缓回过神来，慢慢地睁开了双眼。

他立时大吃一惊，只见在他的周围，站立着数十名知音亭的人，当先一人，正是娇俏而立的红颜。

红颜的脸上不仅多了一分诧异，更且多了一分喜悦之情。她似乎明白纪空手在这一刻间的顿悟是多么重要，而最令她心仪的，是她从纪空手身上感到的一种男人立于天地之间的王者霸气。

她的眼中绽放着让人不可抗拒的火热爱意，她已不想掩饰。当她看到纪空手自然流露出来的“拈花式”微笑时，她只有一个冲动，就是不顾一切地冲将过去，投入到那坚实与温暖的臂弯中。

吹笛翁笑了，悄然退去，在这舱楼之顶，很快就只剩下纪空手与红颜两人相对。

“今晚的月色多么美好啊。”红颜俏脸一红，抬头看天，闻着纪空手身上浓浓的汗香，心里怦怦直跳。

纪空手不敢细看，仰脸观星，轻叹一声：“是啊，只有在天空中，你才能享受那自由的空间，哪像这人间有如此多的无奈。”

红颜转脸相看，觉得纪空手的言语中有着一种感伤，不由惊奇地问道：“莫非你心中有事，否则何以会如此多愁善感？”

纪空手摇了摇头，淡淡一笑，道：“多愁善感，只有多情者才配拥有。像我一介浪子，又怎会有这等雅趣？倒是红颜姑娘出身名门世家，想必良缘早订，名花有主了吧？”

红颜的脸上似喜似嗔，神情忸怩，道：“你问这些干什么？难道你还不懂红颜此心吗？”

纪空手心中一荡，真想将她拥入怀中，但是想到自己的出身，只得长叹道：“姑娘待我，的确是无话可说，可是我出身贫寒，又岂敢高攀？虽说五音先生乃是当世的英雄豪杰，但是面对自己儿女的婚嫁之事，只怕也不能免俗吧？”

红颜娇嗔道：“你这些天来老是躲着我，难道就是为了这个原因？”她满含幽怨，颇有几分委屈，看得纪空手怜意顿生，但想到长痛不如短痛，他只得硬着心肠道：“事实如此，空手只有认命。”

红颜扑哧一笑，道：“我只问你，你是否喜欢上我了？”她的目光变得出奇的胆大，逼视而来，竟令纪空手无法躲避。

“想姑娘这等才艺双全、情深意重的女子，谁见了不心生爱慕？只恨空手有缘无分，唯有抱憾终生。”纪空手语带真诚地道。

“你既然喜欢我，又怎能说是有缘无分呢？一个人的出身是否贫富，谁也改变不了，但是一个人的成败却不是贫富的出身就能决定的。俗话说得好，英雄莫问出处，真正的大英雄大豪杰从来就不是靠世袭传承就能获得的，没有自身不懈的努力与奋斗，谁又能出人头地？谁又能高人一等？”红颜笑嘻嘻地说了一大串，情郎有意于己，她的心情自然大好，口齿顿时变得伶俐起来。

纪空手只觉得红颜的每一句话都极有道理，句句说在自己的心坎上，使得自己的心结豁然而开，瞬间彻悟，不由惊喜道：“对呀！王侯将相，宁有种乎？婚姻情感，又何必拘泥于家庭出身？只要两人真心相悦，管他人言亦好，世俗亦好，怕它作甚？”

红颜见他如此兴奋，知道其心障已去，不由缓缓地向他偎依过去。当纪空手将她搂在怀中时，她才懂得恋爱原来是这般美好。

“若非你有这等见解，只怕我纪空手唯有抱憾一生了。因为谁错失了你这样的女人，他都不可能原谅自己。”纪空手闻着佳人幽香，有感而发。

“你若要感谢的话，不妨见到我爹爹时再谢不迟，因为这些话正是我爹爹常对我说的，所以我相信爹爹一定不会反对我们的！”红颜俏皮地一笑，轻轻地在纪空手的耳边吹了一口气。

只有到了此时，两人才真正地抛弃了人世间强加在他们身上的一切束缚，自由自在地享受着两情相悦的情趣。在温柔的月色下，悄悄地说出只有他们自己才能听到的情话。

“纪大哥，你信不信这世上真的有‘缘分’这个东西？否则为什么我第一眼看到你时，就觉得我们相识了好久好久！”

“我相信，当我第一次听到你的箫声时，我就在想，这箫音怎么这样熟悉？莫非是我前世遇到，还是梦中听到？也许这吹箫之人，注定将与我结下一世情缘。”

“你可知道，看到你对我若即若离的样子，我好生伤心，总觉得你要离我而去。每到梦中的时候，我总不愿醒，生怕一觉醒来，再也梦不到你。”

“我也在梦中与你相会，却从来不曾梦到与你如此相依相偎。”

“为什么呢？”

“只为用情太深，多情反被多情误，一觉醒来，佳人不在，岂非更添伤心？”

两人牵手而坐，临风观月，夜渐深了，却丝毫不见睡意。

此刻船楫破浪，江水哗哗，两岸原野山峦如黑兽卧伏，形成青黛之色。突然间纪空手微一皱眉，惊奇道：“这么晚了，怎么还有人赶夜路？”

红颜四顾张望，不见丝毫动静，以为纪空手在说笑，但是转脸看他一脸肃然，始知他的确是听到了一些什么，不由暗道：“纪大哥初上船时，其功力最多与我相当，何以才过了十数日，他就有了这等长进？莫非他刚才望月观星，又领悟到了武学至玄之境？”

她心中窃喜，很为爱郎高兴，过得片刻，她耳朵一动，果然从大江南岸传来阵阵马蹄之声，蹄声嘚嘚，由远及近，半晌功夫，其声隆隆作响，仿若地动山摇，乍眼看去，足有千骑之数，竟是冲着这艘大船而来。

舱下一声呼哨，便听得吹笛翁呼道：“有敌来犯，大伙儿小心了！”一时刀声锵锵，船上数十人已是蓄势待发。

红颜惊奇道：“这些人是哪一路人马？难道不知这是我知音亭的坐船吗？”当世武林，敢与知音亭叫劲的人毕竟不多，是以红颜有此一问。

纪空手纳闷道：“这一路人看上去并非是入世阁的人马，但是声势之大，无所顾忌，显然亦不是盗匪山贼。此地已入楚境，莫非是流云斋的人马？”

此时流云斋主项梁统领的义军已经占据了楚地数郡与江淮平原，并立国为楚，奉楚国子嗣为楚怀王，而他自称为武信君。其声势之壮，一时无二，若问当世谁敢与知音亭作对，除了他的流云斋外，只怕别无他人。

红颜听了纪空手的分析，点点头道：“纪大哥所言不差，怪不得今晨时吹笛翁来报，说是方锐等人的船只已经消失不见，原来是怕了流云斋。哼！别人怕他，我可不怕！”她最后一句话终于露出了她知音亭小公主的威风，所谓将门虎女，颇有其父风范。

她的话音未落，便听得岸边一片马嘶声响起，上千匹骏马立定身形，肃然列队，沿岸而站。当先一骑跃出，一个身穿绵甲的壮年将军拱手叫道：“流云斋少主项羽门下郭岳拜会知音亭小公主。”

他的声音洪亮，隐挟内力，传及数十丈江面，依然盖过了江浪哗哗之声。纪空手心中暗道：“此人内力了得，绝非易与之辈。”

谁知红颜听了来人说话，鼻中哼了一声，悄然道：“此人既是项羽门下，想来没安什么好心，惹得本姑娘生气，偏不去理会他。”

纪空手一怔之间，顿时明白了红颜生气的原因。想来这项羽仰慕红颜已久，一味纠缠，可惜是落花有意，流水无情，此刻听到红颜到了楚境，便派人前来相迎，孰料红颜偏不领情，竟会爱上自己这个无赖浪子。

“她放着流云斋的少主不加理会，却对我这般情深意重，可见她是真心对我。”纪空手心存感激，不由握紧了红颜的小手。

红颜知其意，皱皱鼻子，会心一笑。

却听得吹笛翁道：“项少主一番好意，老夫代小公主领下了，只是此刻已然夜深，小公主早已歇息，郭将军有事请明早再说吧。”

郭岳道：“劳烦吹笛先生转告小公主一声，我家少主三日后将在樊阴城中恭候，专门设宴为她接风洗尘，以表地主之谊，到时恳请小公主莅临！”

吹笛翁道：“有劳郭将军了，老夫一定转告。”

郭岳拱手道：“多谢吹笛先生。”他办事干练爽快，话音刚落，大手一挥，上千人马宛如一阵狂风般又沿原路而去。

纪空手见得对方这等声势，心中暗惊：“想不到流云斋军纪如此严明，其战斗力想必也不可小视，若是刘大哥的人马与之一战，只怕多半难胜。”不由得为刘邦担起心来。

两人下到舱中，烛火燃起，吹笛翁早已等候在那里，嘻嘻笑道：“一家有女百家求，这话可真是不错。你看这项羽也忒多情，就为了两年前的一次见面，竟然痴缠至今。”

红颜嗔了他一眼，颇为紧张地关注着纪空手的表情，生怕他另有想法。纪空手此刻明白了红颜对自己的一片痴情，并不在意，反是淡淡一笑，道：“其实这也怪不得他，试问哪个男人见到红颜后，还能清心寡欲？我也不能例外呀。”

红颜心中一甜，娇嗔道：“你嘴上抹了蜜似的，总是逗人开心，初见你时眼中的那股忧郁跑到哪里去了？”

纪空手微笑道："此一时彼一时也，能承你的垂青，我高兴都来不及呢，又哪来的时间忧郁？"

两人相视而笑，吹笛翁看在眼中，难得见小公主如此开心，不由笑道："如此看来，小公主是不准备赴项羽设下的宴席了？"

红颜道："我才懒得去应付他哩，你就说我身体抱恙，回绝了他。"

吹笛翁道："项羽此人，一向自负，行事作风犹为霸道，我们既然到了他的地界，若是不去赴宴，只怕于情于礼都有不合。何况流云斋与知音亭一向相安无事，若是因此而生芥蒂，反倒不美。"

红颜想想也觉有理，看了一眼纪空手，默然无语。

纪空手知她所做一切全为自己，心中大是感动，道："我久仰项羽的英名，正想见见此人，你若不想去，倒让我失去这个难得的机会了。"

红颜哪会不明白他的心思，顿时嗔道："你是真的想去，还是不想让我为难？"

纪空手尴尬笑道："就算两者兼而有之吧。"他想到一路来的所见所闻，肃然道，"我听人说，项羽此人确非平庸之辈，不仅武功超凡，指挥作战更是一绝，起事至今，身经百战，从未有过败绩，像这等英雄，怎不让我心生仰慕，渴求一见呢？"

红颜道："他们项氏一族世代为楚将，因封于项地，所以姓项。在他们项氏历代祖先中，曾有一位大智大勇之士，创出流云斋一脉武功，开始立足江湖。据说，'流云斋'三字正是取自于项府藏珍隐宝的地点之名，经过百年经营，遂成武林五霸之一。正因为他们有超然的江湖地位，又有卓越的军事指挥才能，所以登高一呼，群雄响应，不过数月时间，已是势力最大的义军之一。我听说上月项梁又立楚国子嗣为怀王，收买人心，顺应民意，其声势之大，只怕大秦王朝已是无力压制了。"

她的大船虽在江上行走，但知音亭的消息一向灵通，自有秘法可以从不同渠道得悉天下诸事，所以她人在船上，对近来江湖大事却了若指掌。

纪空手听她对江湖之事如数家珍，心系刘邦、樊哙，不由问道："你可知沛县刘邦其人?”

红颜微一愕然，脸上多出一分鄙夷之色，道：“你问他干吗?”

纪空手试探道：“他与我亦师亦友，是空手难得的知己之一。”

红颜看了他一眼，道：“你这个知己不要也罢。”瞟到纪空手脸现不悦，忙道，“你可知道，此人心胸狭窄，陈胜王被灭，他接收了其部下的义军，却又不思整顿，足见其胸无大志，只图享乐，绝非成大事之人。据说他攻掠一地，必是搜刮财宝美人，像这等酒色之徒，岂能做得你的师友?”

纪空手惊慌失色，连连摇头道：“不会的，不会的，这不是真的。”

红颜眼中现出一丝怜惜之色，道：“你若不信，三日后你自可在樊阴见到他，我听说他与秦军交战失利，已经率部投归项梁。”

纪空手仿佛置身冰窖之中，身心凄寒。他想到以往与刘邦相处的日子，刘邦的精明能干、深谋远虑都给他留下了深刻的印象，在他的心中，已经将刘邦当作了自己少年的偶像，但是红颜与他素不相识，绝对不会去恶意中伤，这使他相信了方锐所说刘邦利用他之事。

没有人可以形容韩信在这一瞬间的起动速度，绝对没有!

韩信的这一动不仅爆发了他全部的玄阴之气，更是达到了他体能的最高极限。此时的他，心中唯有一个念头，就是无论如何都必须截住来敌，否则后果难以想象!

他将对方的一切反应都算计了一遍，采取了一种最有效的截击方式。他的整个人如电芒般向前，破窗、翻身、回头……一连串动作一气呵成，不过眨眼功夫，他已经如一座山岳般横挡在来人面前。

夜色静寂，烛火摇曳，两人默然相对，就如一潭死水般不起半点波澜，甚至不闻杀气。

“你是谁?”韩信缓缓问道，他感到奇怪，凭来人的身手，完全可以在自己起动的刹那作出本能的反应，但是来人却没有动，甚至连动的意思也没有，这让韩信感到震惊。

“我姓岑名天。”来人眼芒一闪，似乎为自己的姓名感到骄傲。

韩信更是大吃一惊，在他走出凤舞山庄之前，就已经掌握了入世阁的大量资料，其中就有关于岑天的评语：

“用剑，冷酷无情，精于算计，入世阁的高手之一。”

虽只寥寥十六字，但已经足够震慑人心。

韩信深深地吸了一口气，明白自己面临的挑战将是何等的艰难，他需要时间来了解这个对手，所以他开口了：“我还是第一次听说这个名字，并不觉得它有什么特别之处，但是你非法进入民宅，却给了我杀人的理由！”

岑天一笑，接着道：“你知道我为什么会在这个时候出现在此地吗？”

这也正是韩信想知道的事情。

岑天面有得色，道：“老夫受相爷之命，监视各处富豪的动静，但其中时农的所作所为引起了老夫的怀疑，所以我怀疑他是问天楼的奸细，为此我跟踪他足有一年的时间，终于在今晚证明了我的直觉是对的。”

韩信这才知道自己暴露的原因，同时也认识到了对手的可怕。一个人为了心中的疑团花费一年的时间，这的确是需要毅力与耐力，这令韩信不得不更加小心自己出手的时机。

“你为什么会怀疑到他？”在没有把握之前，韩信不想贸然出击，所以他犹豫了一下，选择了一个对方乐意回答的话题。

“这其实并不困难。”岑天果然愿意谈一谈自以为得意的事情，“一个像时农这样的外来户能够单枪匹马地在宁秦城中建立起这么庞大的事业，这本身就让人生疑，不过你还可以把它当作是一个奇迹。但，像他这样的富豪却没有妻妾，没有儿女，这就让人值得怀疑了。一个人放着巨大的财富不知道享用，如此清心寡欲，那就证明了他的心中必然会有比财富美色更吸引人的东西。”

韩信不得不承认时农百密一疏，是以，他没再犹豫，徒地出剑，剑锋倒掠，如一道山梁般截断了来拳的进攻路线。

“流星七式!”岑天惊呼一声，一开始就小看了韩信，他做梦也没有想到这一剑会如此快捷，根本不容自己有任何变招的余地。

岑天只有退，而且不得不退！他心里清楚，两强相遇勇者胜，高手相争，气势为先。只要自己一退，就很难挽回颓势，但面对韩信这如云天之外飞来的神乎之剑，他无法做到不退。

只有这时，岑天才真正感到了后悔，也认识到韩信的可怕。如果他不轻敌，他或许还有机会，可惜的是，如果只能是如果，它不可能变为现实。

他低啸一声，三步退尽，飞腿而出，攻向了韩信的下盘。他并不指望这一腿能够伤敌，只希望它能阻得韩信来势的片刻时间，只有这样，他才有机会拔剑。

“呼……”韩信的脚步一拐一滑，正好让过了岑天踢出的腿，同时他的剑如行云流水般直进虚空，手腕振出，幻出千万道光影，如流星雨般向岑天当头罩落。

这一剑的风情，已无法用言语形容，整个灵堂陡然一暗，只因韩信的一枝梅出手，剑芒大炽，无任何光芒可与之争辉，只有一道流彩自万千剑影的中心涌出，映红了整个虚空。

这是连韩信自己也不曾想象的一剑，更超出他对剑道固有的领悟范围。这似乎是他无心插柳柳成荫的一招，却充满了他体能的极限与必杀的信念，无论如何，他绝对不能放过岑天。

正是有了这种不可抑制的无穷战意，使得他在这一刻间，感到体内有一种不可名状的东西在复活，在宣泄，同时给他的这一剑注入了生命的激情。

这是从来都不曾有过的事情，也许正是岑天这种高手，才激发出了他对剑道的痴狂与激情。剑出虚空，他的心与灵魂似乎也随剑而去。

“轰……”韩信的剑锋划出，正好与岑天仓皇中格挡的剑鞘相撞一处，如怒潮般的劲气在剑锋上爆裂，其势之猛，令他几乎无法把持手中的一枝梅，等他站立身形时，他的人已距岑天一丈距离。

最吃惊的人是岑天，他急中生智的格挡虽然挡住了韩信这凌厉的必杀之招，但透过剑锋，他依然感到了一股奇寒之气侵体而入，震得他的心脉气血紊乱不堪，几乎麻木。他正想强运一口真气，硬行拔剑，孰知喉头一热，“哇……”的一声，一口血雾喷洒虚空。

他遭受了重创，在内力相拼中遭受了一记令人沮丧的重创，这几乎让他失去了所有的自信。他虽然未及拔剑，但并不慌乱，总觉得韩信剑术虽精，内力却不及自己，只要自己耐心与之周旋，终有胜算出现。但是当韩信的玄阴之气发挥出如斯威力时，他只剩下一个念头，那就是逃，逃得越快越好。

韩信也并不好受，但是他强提真气，压下了翻涌的气血，冷冷地道：“你可以拔剑，让我见识一下你这饮血的剑法!”

他之所以改变了自己的主意，是因为他看到了流星七式的威力。作为武者，他当然想在高手的身上应验一下这套剑法的精妙，而岑天无疑是恰当的人选。

岑天几乎不敢相信自己的耳朵，深深地吸了一口气，道：“你不要后悔!”

“绝不!”韩信向前迫进一步，杀气狂泻之下，灵堂中的压力剧增数倍，连烛光也黯淡了不少。

“好。”岑天大喝一声，全身的劲力蓦然爆发，便听得“锵……”的一声，长剑自行弹出，像是被一双无形之手操纵，幻射出剑影无数，铺天盖地而来。

这一剑无疑凝聚了岑天一生的心血，也是他毕生所学的精华所在，虽然内力受损限制了它的发挥，但剑势一出，依然有惊天地、泣鬼神的杀气存在。

韩信不动，凝立如山，眼芒射出精光，捕捉着这一剑在虚空中幻生的千变万化。

他是如此冷静，以至于岑天几乎也失去了自信，认为韩信丝毫不惧这一剑的气势。就在剑锋冲进对方三尺距离时，他突然看到了一朵带血的梅花印在了自己的眼瞳上。

他没有惊，也没有惧，他相信这只是高速运动中一时的幻觉，所以不管不理，拚尽全力杀进。他好不容易占得了先机，又岂会轻易将它丧失？

可是这一次他失算了，他所见到的，绝对不是幻觉，而是真正的一枝梅的锋芒！韩信在瞬息之间看出了他这一剑中唯一的破绽，又在瞬息之间刺出了常人不可想象的惊电般的一剑，然后停在了岑天眉心的三寸处。

一枝梅的剑锋便静立虚空，如情人相约时的等待，而岑天的眉心随着剑势向前，快得已刹不住身形，刹那之间，这动静的对比，构成了一个绝美而诡异的画面。

“噗……”一声轻细的声响，发出了锋刮眉骨的咔咔声，血水流出，顺剑身而下，正好染红了剑背上的那朵无情的梅花。

“你错在不该对玄铁龟动心，所以只好成为我使用一枝梅的第一位死者。”韩信缓缓地收剑回鞘，整个人终于松了一口气，坐倒在地。

“梆、梆、梆……”更声从远方传来，透过这漆黑的夜色，传入韩信的耳际。韩信心中一凛：“今天只是一个开始，到了明天，我将面对的又会是谁？”

他虽然未知前途凶吉，但是经过了与岑天一战，他的心中充满了挑战未来的自信。

船逆流而行，距樊阴最多十里，故楚大地，春光分外妖娆。

纪空手的心很沉很沉，因为他想见刘邦，又怕见刘邦，如果这一切关于刘邦的传闻都是事实，那么他被出卖也成为事实，那他真不知该如何面对自己。

“要来的终归会来，只能勇于面对，才是大丈夫的行径。”红颜在他的耳边轻轻地说了一句话，顿时让他心情豁然开朗。

他轻轻地吻了吻她的香额，看着少女笑靥中泛出的一份娇羞，悄然道：“我绝不会让你失望。”

说完这句话，他的整个人轻松了许多，又回复到了他无畏无惧、满不在乎的样子，只觉得刘邦是好是坏，已不重要，自己只要尽了心，问心无愧就行了，又何必活得如此心累？

伴着佳人，相拥窗前，看朝霞升起东方，听一曲悠悠箫音，人生如此，夫复何求？

他是如此想的，也是如此做的，直到吹笛翁进得舱来，他才从这片柔情中跳将出来。

“禀小公主，前面江上出现几艘战舰，看旗号，打的正是项羽的旗帜。”吹笛翁如实禀报道。

“看来项羽的排场还真不小，出城十里相迎，诚心可嘉，若非我心有纪郎，只怕也挡不住他这一番盛情。”红颜淡淡一笑，拉着纪空手出舱来看，只见上游顺水漂来数艘战舰，沿江面一字排开，当先船头之上，竖立一面大旗，旗上所写，正是“项”字。

但见这些战舰之上，各列百名将士，持戟披甲，肃然而立，军容整齐划一，端的是一支无敌之师，便是吹笛翁这等颇有见识的老江湖，也情不自禁地由衷赞道：“项氏带兵，的确不同凡响，敢与大秦争天下者，非此子莫属。”

“吹笛先生所说，也正是我心中所想，大丈夫便当如项羽行事，方才不枉此生啊！”纪空手轻叹一声，也为这等慑人的军威喝彩。

红颜听出他言中有憾，不由轻拉他的手，道：“项羽固然是英雄，但在红颜眼中，他又怎及得上纪郎？终有一日，你的成就必定会在他之上，你信不信？”

纪空手知她是害怕自己心生怯意，妄自菲薄，故而出言安慰，当下拍拍她的柔荑，道：“做英雄也好，做狗熊亦罢，人生在世，只要把握现在，无愧于心，也就是了，谁又知将来如何？我只是一介凡夫俗子，今生能有你相伴左右，便已知足，才不管这天下纷争的烦恼呢。”

他说得潇洒，心中的确有一种满足感，对他来说，富贵功名，只是过眼烟云，也许他曾经有过追名逐利的念头，但自从相遇红颜之后，他才真正懂得了人世间可以珍惜的，唯有真情。

红颜知他心意，所以着实欢喜，事实上正是纪空手这种凡事满不在乎的另类气质打动了她的芳心，否则以项羽的家世才干，何以仍然讨不到她的欢心？

两人相视一笑，眉目传情，不过半晌功夫，战舰相距大船十丈处缓缓停住，一个将军模样的人站在甲板之上，拱手揖礼道：“流云斋项少主门下尹纵恭迎小公主玉驾。”

红颜嘴角含笑，悄声对纪空手道：“此人与郭岳同为项府十三家将，算得上是流云斋有数的高手，想不到如此一个人物，却跑来做了我的护驾使者。”她言语中毫无得意之色，反替尹纵有几分惋惜，眼芒一扫，示意吹笛翁出言打发。

“尹将军不必多礼，劳烦前面引路，我们随后便来。”吹笛翁还礼道。

尹纵大手一挥，战舰转头而返，一行船队未及数里，樊阴城已遥遥在望。

此时的樊阴正处于抗秦阵线的最前沿，形势异常紧张，战云密布，宛如黑云压城。隔江相望，便是秦将章邯的大军行营，两军相持，大有一触即发之势。项羽却在这种紧要的时刻为了一个女子大肆铺张，造足声势，这固然表达了他对红颜的爱慕之情，同时也是向世人昭示，面对强敌，他谈笑应对，纵然对手是大秦第一勇将章邯，他也绝对不会将之放在心上。

这种藐视一切的王者气度，的确让纪空手心折不已。当他站立舟面，遥看樊阴城下刀戟并立、战马萧萧的场面时，心中蓦然一动，隐隐觉得在不远的将来，自己将会与项羽爆发一场惊天动地的冲突。

他不知道自己为何会有这种预感，这是一种可怕的预感，也是一种让人怦然心跳的预感。一旦他的心灵触及到这种感觉，他的整个人都仿佛充满着无穷的战意，尽情地流溢在眉宇之间。

红颜隐隐担忧地看了他一眼，似乎已感觉到了纪空手这不经意间的变化。

纪空手正想说些什么，蓦见码头之上的大军一分为二，向两边迅速退去，中间涌出一队旌旗猎猎的马队，当先一人，策马而来，行至江滨处，一拉缰绳，他座下的战马前蹄扬空，后蹄几乎直立，一声长嘶，戛然而止。

数万将士眼见这等威势，同时发出一声呐喊，更使马上之人平添无数霸气。

纪空手放眼望去，只见此人不过二十七八年纪，身高马大，体健臂长，人坐马上，犹如一尊凛凛战神俯瞰大地，给人一种不敢仰视的慑人气势。他的肤色黑中透红，五官周正，眉宇间隐露桀骜不驯的气质，眼芒扫视，更有一种君临天下的王者气度，任何人一见之下，无不生出臣服之心。

“他就是项羽!”纪空手心中顿生直觉，却毫不畏惧，迎着项羽咄咄逼人的眼芒撞击而去，两人相距足有数十丈之遥，但眼芒交错的刹那，无不感到了一股针锋相对的战意。

项羽在这一刻间不由迟疑了一下，因为他根本没有想到，站在红颜身边的这位年轻人，竟然在他的霸气面前还能保持着一种无惧无畏的勇气。

“他是谁?”项羽暗问了一声，第一次仔细地打量起这个站在佳人身边的少年。

这是一个脸上带着玩世不恭的微笑的少年，给任何人的第一感觉，都会将他归于市井浪子一类，但这绝对只是一种表面的东西，当你仔细审视那双深邃的眼眸时，你才会发现在这玩世不恭的表面下隐藏的是一种年轻人对这个世界的无畏与对人性深刻的领悟。

他看似平常、普通得一如俗人，但项羽却从对方的眉宇间看到了其独具一格的人格魅力，他们应该是属于同一类人，因为他们的意识与思维都超前于这个时代，正是凌驾于这个时代潮流之上的另类。

而最令项羽感到吃惊的，不仅仅是纪空手不同常人的另类气质，更在于他在平平淡淡中自然流露出来的一股王者之气，虽然很淡很淡，淡得几乎让人不能发觉，但是却逃不过项羽那犀利的目光。

因为他们是同一类人，是不甘寂寞，不甘于平淡，敢于与自己的命运抗争的另类青年。当他们的眼芒在虚空中悍然相交的那一刹间，他们都从对方的身上依稀看到了自己的影子。

这也许就叫惺惺相惜吧。

不过这种欣赏的心态并没有在项羽的心中维持多久，紧随而来的是一种莫名的嫉妒，如毒蛇般噬咬着他的神经。他的目光转移到红颜的身上，却发现红颜那盈盈秋波中绽射出一道闪亮的东西，毫不掩饰地尽洒在那位年轻人的脸上。

这是项羽所不愿意看到的一幕，他作为男人所拥有的自尊也不允许他所钟意的女人去爱上另外一个男人。自从两年前他随着叔父项梁入蜀拜会五音先生时，当他第一眼看到美丽清纯的红颜时，就在心中暗暗对自己发誓："我一定要成为她的男人!"

这是一个英雄对自己的承诺，所以在这两年中，他不辞辛劳，费尽心血，凭着不懈的努力和无比坚强的毅力，逐渐登向了一个男人所期盼的事业顶峰。当他带着成功的光环走向这个女人时，他却发现，佳人的心已渐渐离他而去。

他的心感到了一股强烈的绞痛，怒火暴涨，几乎要冲体而出。他是当世的强者，当然不容悲剧发生在自己的头上，他相信自己有改变一切的能力，包括这个少女的芳心。

思及此处，他的脸上情不自禁地流露出不可一世的自信。当大船停靠码头时，他一跃下马，大步迎了过去。

"一别两年，世妹愈发漂亮了许多，若是在街上相遇，只怕为兄不敢相认了。"项羽站定在红颜面前，就如一座高山般伟岸，话语豪迈，却透出一丝说不尽的怜惜。

“难得项兄如此盛情，实在让红颜汗颜了。欣闻项兄自起兵以来，从来未败，这等功绩，果真是大英雄的行径，只是大敌当前，却为了红颜一介小女子这般铺张浪费，大造声势，未必值得吧！”红颜看出项羽眼中流露出来的对纪空手的敌意，不由心中一凛。她本是出身世家名门，礼仪应酬熟谙于心，所以举止有度，显得雍容华贵，虽然不喜项羽的作为，但言语中温婉隐约，并不露骨。

项羽如此大张旗鼓，本就是想在佳人面前摆足自己的威风，以便进一步赢得佳人的青睐，听得红颜似有不悦，倒也没有放在心上，哈哈笑道：“值得，值得，世妹出身名门，绝非寻常女子可比，唯有以不同寻常的礼仪敬之，方才显得为兄这一番诚意。”

两人寒暄几句，红颜微微一笑，道：“这位是淮阴纪公子，你们多亲近亲近。”

事实上项羽双目的余光一直注意着纪空手，身为流云斋的第一高手，他对自己周身的气场非常敏感，当他走近纪空手时，自然而然便感到了一股压力无形地向自己迫来，虽然并无恶意，但他仍然感到很不舒服，心中暗道：“此人的身体内涌动着一股莫名的气流，雄浑正大，似乎不在我之下，我怎的不知当世江湖中又崛起了这样一号人物？”

流云斋在起事之初，为了搜罗人才，曾经遍行天下，张榜纳贤，斋内高手如云，但像纪空手这等功力之人，倒也少有，是以项羽心生诧异，不过他城府极深，闻言笑道：“项某正有此意。”

他侧头望向纪空手，正与纪空手的眼芒相对。纪空手的脸上依旧是一股淡淡的笑意，面对项羽这等当世最有权势的英雄人物，不卑不亢，从容笑对，那种满不在乎的另类气质，便是项羽也心生妒意。

他一向自大惯了，受人拥戴，宛如众星捧月，可这一刻间见纪空手毫无巴结之意，心中暗怒：“你如此托大，那就休怪我无情！”

他缓缓地将手一抬，看似拱手行礼，其实全身的内力在片刻间凝集，随着手势一点一点地渗透虚空，向纪空手迫去。

纪空手道："在下淮阴纪空手，见过项大将军。"他拱手之间，毫无防备，猛然间感到空气中有气流涌动，只得提上一口真气，强行相抗。

他们相距不过七尺，内气溢出，顿时交接一处。纪空手只感到一股强大无匹的气劲如排山倒海般逼压过来，其势之猛，令人窒息，他唯有退后一步，并借这一退之势，陡然发力，两人顿成相持之局。

项羽脸上含笑，心中却极为诧异："看不出此子的功力竟然如此深厚，竟挡得住我七成流云道真气，难道玄铁龟之说所传非虚？"

他心中一凛，不敢大意。玄铁龟现世江湖，固然轰动一时，但是他与其叔项梁都认为这是无稽之谈，从不轻信，也从来没有派人加入到这场纷争之中。但是这一刻间纪空手展现出的内劲正大雄浑，绝非他这个年纪的人可以修炼得来，唯一的解释，只有是纪空手在玄铁龟中有过惊人的得益。

项羽对流云道真气的修炼，几达炉火纯青之境，在控制运用方面，亦是随心所欲，收放自如，是以他与纪空手之间的内力比拼，虽然激烈如火，但在别人的眼中，却丝毫不见异样。

面对项羽如斯霸烈的劲力，纪空手全力抗衡，犹有难以承受之感。他仿佛面对的是一座将倾的山岳，无论他如何抗争，依然是不能逃过失败的命运，这种苦涩而无奈的滋味，令他意识到了自己面临的的确是一个可怕的强敌。

在如斯的巨力强压下，纪空手渐渐感觉到自己进入了一个无可借力的黑洞，整个人仿佛失重一般，随着压力的牵引正一点一点地步入万劫不复的深渊。他不想屈从这失败的结局，也不想屈从项羽这不可一世的威压，凭着心中仅存的一点意志，他的整个思维突然跳出了固定的框架，进入了他曾经领略过的月色中的苍穹。

还是那孤寒的月色，还是那凄苦的星光，苍穹中的一切，尽是那不可名状的深邃与广寒。当纪空手的心境进入到这奇异的意念空间时，他的玄阳之气随着意念的升华而渗透虚空，以前所未有的广阔包容伸展向天地的每一个角落，尽情地诠释着天人合一的武道至理……

项羽心中一凛，已经感到了纪空手在这一瞬间的变化，同时也感受到了纪空手蓦然爆发的勃勃生机。他虽然迄今为止尚未全力以赴，但是却从纪空手的潜力中看到了一种危机，一种两败俱伤的危机，是以他毫不犹豫地收力回劲，淡淡笑道："想不到纪公子也是武道中人，失敬失敬!"

他神色如常，虽在刹那之间输出不少真力，但并不显半分吃力，反而举止从容，比及纪空手的冷汗淋漓自然胜出一筹。

"项大将军不愧为当世高手，纪某甘拜下风。"纪空手稳住心神，方才缓缓说道。

红颜听了此话，这才明白两人一拱手间，竟是比较了一番内力。看到纪空手额上泛出的豆大汗珠，又看到项羽浑如没事人一般，已知胜负之分，不由恼道："项世兄是什么意思？你莫非是欺我船上无人，故意炫耀吗?"她心疼情郎，言语中已是失了分寸。

项羽明知自己无礼在先，当然不想惹得红颜生气，微笑道："世妹多心了，为兄只是见纪公子乃武道中人，一时技痒，切磋而已，岂有怠慢之心?"

纪空手不想因己而使双方发生冲突，淡淡一笑道："项大将军所言极是，能得高人指点，纪某感谢还来不及，又怎会怪人无礼?"说完略一运力，只觉自己的气息运行似缓似急，似有受伤迹象，不由骇然，始知项羽身为流云斋第一高手，绝非偶然。

红颜见他如此说话，瞪了他一眼。随即在项羽相请之下，便要下船，而纪空手却谢绝项羽的随口相邀道："纪某乃闲云野鹤，难登大雅之堂，不去也罢。"

他再三坚持留在船上，这倒不是他已看到项羽毫无诚意的相请，而是在一瞬间，他蓦然看到了码头上的一个人，向他竖起了三根手指，同时朝他摇了摇头。

这个人当然是刘邦，其意是："不要赴宴，今晚三更再见。"纪空手是何等聪明之人，岂有不明之理？而且他看出刘邦在众人面前作出这等手势，想来有情急之事，否则以刘邦缜密的心思，也不会冒此风险。

"他找我究竟有何要事？"看着红颜不情愿地随着项羽离去的背影，纪空手心中泛疑，想及关于刘邦的种种传闻，浑身顿时不自在起来。

"少主，宁秦城守格瓦将军拜会。"昌吉站在韩信的身后，恭声禀道。

韩信心中一凛："此人莫非是为了岑天失踪的事情而来？"他素知入世阁与官府之间的关系，是以会如此揣度。

昌吉不明白韩信的眉间怎会出现一丝忧虑，还以为他是为了与官府打交道而烦心，忙解释道："格瓦将军一向是老爷的故交好友，若是没有他罩着照月马场，我们也不可能在宁秦城中有如此惊人的发展，所以少主无论如何，都应与他见上一面才是。"

韩信点头道："既然如此，你就安排一下见面礼，我马上出门相迎。"

格瓦将军身材高大壮实，据说体内有突厥血统，所以勇猛善战，屡立战功，是当世大秦中少有的几个凭战功提升的将军。当他第一眼看到韩信时，眼中一亮："时农得子如此，倒不枉他这一世的操劳了。"心中暗有欣赏之意。

他一向与时农有着权钱交易的关系，为了不使自己断绝了财路，是以在政务繁忙之中依然前来一叙，企图延续他们之间良好的合作关系。两人入厅寒暄几句，格瓦说了一些"人寿有终，节哀顺变"之类的客套话，随即话锋一转，点入正题："时少主年纪轻轻，已经成为照月马场的主人，可谓年轻有为，时爷在天有灵，想必亦可安息了，只不知时少主对今后马场的发展有何打算？"

韩信知道时农为自己铺下的路子正应在格瓦身上，当下也不犹豫，拍拍手道："家父在世之时，屡次提及格瓦将军对照月马场的提携之恩，时信感激不尽，如今家父仙逝，唯留晚辈一人独当一面，恐有能力未及之处，还望将军看在家父的面子上，不时提点才是。”

他话音一落，昌吉率领四名靓丽美女捧盒而入，香风扑鼻，各有姿态地列队站在格瓦面前。这些女子美貌如花，清新典雅，眉开眼笑间盈盈春情荡漾，的确是可以让男人动心的尤物，顿时把格瓦看得眼花缭乱。

“这几名女子乃是家父昔日在吴越收罗的美女，养在家中充作歌舞姬，至今尚保持处子之身，时信初识将军，无以为敬，唯有将她们奉上，略表心意，还请将军笑纳。”韩信已知格瓦喜好女色，适时献出美人，果然博得格瓦喜笑颜开，连声赞道：“如此盛情，何以敢当？时少主出手大方，倒让我受之有愧了。”

韩信微微一笑，转向昌吉道：“昌大叔，你马上备轿，送四姝到将军府。”待昌吉应命欲去时，他似忽然间想到了什么，赶忙叫道：“记着在每顶轿中置下金锭五只，算作陪嫁。”

格瓦没有想到韩信不仅出手大方，而且做人做得如此漂亮，心中感动之下，忙道：“时少主待人真是没得话说，格瓦虽是一介粗人，但对‘义气’二字最是看重，日后但有所遣，招呼一声便是。”

韩信笑道：“将军与家父素来交好，岂能因晚辈而使这段交情从此断绝？我如此做，亦是遵从先父之命罢了。”

格瓦盛情之下，无以为报，蓦然想到一事，赶忙说道：“你若不提，我倒差点忘了。当日令尊曾经与我提起，说到你们时家虽然豪富，却终是平民出身，引为憾事。他老人家之所以让你自幼离家，拜师学艺，原是为了让你凭军功晋升，以期光宗耀祖，飞黄腾达，不知是也不是？”

韩信心中暗道：“总算让你说到正题了。”当下肃然正色道：“这是先父最大的遗憾，晚辈不才，不能完成先父之心愿，实在是有愧于时家的列祖列宗啊！”他言语真挚，感情自然流露，想到问天楼花费偌大的心血，将一切成败系于他一人身上，因而不敢稍有松懈，唯有全力以赴。

格瓦却不知他心中另有所想，自以为可以报答一下时家对己的盛情，得意一笑，道：“贤侄不必担心，自从令尊与我说起此事之后，我就一直铭记于心，时刻留意，所谓皇天不负有心人，现今眼下，正好就有一个大好的机会在等着贤侄，功名唾手可得。”

“竟有这等好事?”韩信故作诧异道。

“说来也巧，今年七月初二，乃赵相爷五十寿辰，据说他老人家已昭告天下郡县官员，到时候必要好好热闹一番。”格瓦笑嘻嘻地道。

“这与我又有何关系?”韩信脸上表现出一片茫然，心中却知这是他唯一可以接近赵高的机会，唯有受到赵高的重用，他才能最终自由出入皇宫，得以完成计划。

“贤侄这就言之差矣!”格瓦老于世故，颇有指点一二的派头，“当今天下，乃大秦之天下，而大秦的江山，却在一人管辖之下，此人既非二世胡亥，亦非皇亲贵族，乃是当朝相爷赵高。只要你能获得他的赏识，又何愁不能功名到手，光宗耀祖呢?”

“赵相爷岂有这等权势?若是一手遮天，二世胡亥又怎能容他?”韩信这一次倒是真有些糊涂了，他在市井中曾经道听途说过不少关于赵高的逸闻，什么指鹿为马，什么谈笑杀人，当时只觉得做人做到了这个份上，的确是风光无限，却一直不明白何以一个人怎会最终超越皇上的权限，却又不因此而生诛族之祸。

格瓦神秘一笑，压低嗓门道：“赵相爷能够位极人臣，掌管权势，当然是有所依持的，你可知道相爷未涉政治之前，他真正的身份是什么吗?”

“这个晚辈倒是有所耳闻，听家师讲，赵相爷本是武林五霸之一的入世阁阁主。”韩信答道。

“那么你可知道，无论始皇还是二世，若非赵相爷鼎力相助，他们未必是当世天下之主?”格瓦显然熟谙这段历史，是以说来头头是道。

“愿闻其详。”韩信顿时来了兴趣。

“先朝始皇时期，当时大王乃幼年登基，朝中大权俱在吕相吕不韦一人把持之中，到了大王亲理朝政之时，吕相恐失权势，遂有谋反篡位之心。”说着格瓦又坐近了几分，悄悄对韩信说起了这段未经流传的逸闻秘史。

“那么始皇岂不危矣？”韩信惊道。

“谁说不是呢？当时军政大权全在吕相一人之手，只要他一动手，大秦天下顷刻间必然易主。也正是在这紧要关头，赵相奉旨秘密入京，亲率数千入世阁子弟，拼死一战，终于将吕相生擒软禁，从而为始皇重掌大权赢得了时间。”韩信始知赵高原来是因此事而发迹，怪不得始皇对他信任有加，便是巡游天下亦是让他不离左右。

格瓦又道：“始皇驾崩于平源津时，曾经写有诏书，立公子扶苏为太子，继承王位。但赵相一向不喜扶苏，因他曾经教过胡亥学习文字和刑狱法律，两人私交极好，是以便有心立胡亥为太子，废除扶苏太子之位。所以当车队返还咸阳之后，赵高与丞相李斯密谋，篡改诏书，终于让胡亥成为大秦二世。有了这两件莫大的功劳，你想想看，赵相能够登上今日之位，又岂是运气使然？”

韩信听得目瞪口呆，始知赵高此人谋算精密，处事果断，与之为敌，的确是一件毫无把握的事情。但是他心存疑窦，不由问道：“像这等涉及王命机密之事，将军何以知道得如此清楚？”

“这不过是一时巧合罢了，家兄格里，乃突厥暗杀团的首领，追随赵相已有多年，深得赵相宠信，他正巧都参与了这两件大事，是以我才能洞察详情，不过此事只能流传至此，切记不可向人透露，以防有杀身之祸。”格瓦有三分得意之色，并且表示自己并未将韩信当作外人，以示自己的诚意。

韩信不由感激道：“多谢将军提醒，时信一定铭记于心！”

格瓦笑道：“我当然信得过贤侄，所以才实言相告，相信你听了之后，心中不应该再对赵相还有怀疑吧？”

韩信点头道：“赵相位高权重，晚辈见他一面已是难如登天，又怎能接近于他，求得一世功名呢？”

“这就是我说的机会来了，换在平时，你要见赵相一面，的确是难如登天，但在赵相寿辰之日，你只要舍得本钱，博得他老人家的一笑，这功名也就唾手可得了。”格瓦说出了他的想法，继而又道，“如果你还想深得宠信，也未必不能，但这却要凭真功夫、硬本事，你若没有，也是枉然。”

韩信心中暗道：“我此来的目的无非便是为此，否则区区一个功名，有个屁用。”当下装作饶有兴趣道：“晚辈既然有心仕途，当然希望能蒙赵相另眼相看，就不知将军所说的真功夫、硬本事是指何物?”

格瓦看了他一眼，道：“其实就是武功，赵相出身武林，讲究以武为本。据家兄所言，今年乃赵相五十寿辰，他老人家有意将寿宴办作一场龙虎会，旨在招纳天下精英，并将入世阁发扬光大，使它成为天下第一门派！贤侄虽然学习功夫，然而龙虎会上高手如云，风险极大，倘若涉险，难保不失手于人，还是不去也罢。”

韩信淡淡一笑，语气却陡生傲意，道：“我学艺十年，总算略有小成，自信对剑术有所心得，若是不去参加这万人瞩目的龙虎会，此心实在不甘，还请将军替我张罗一番，一切费用，如数奉上，只求七月初二能在龙虎会上一展身手，扬名天下。”

格瓦听得自己口袋又有进账，不免欢喜，心中暗道：“我已尽心相劝，你却不知死活，倘若真有个万一，你可怨不得我。”当下大包大揽，一口应承。

两人又闲聊了一会儿，格瓦便离开了。不一会儿，昌吉进得门来，两人商量为赵高采办寿礼一事，费了不少脑筋，最终总算决定下来，只等格瓦安排妥当，便启程入京。

此时距七月初二尚有两月余，时间充足，韩信不仅利用这段时间搜罗咸阳的消息，更是勤练剑法，领悟武道玄理，希望能在龙虎会上一鸣惊人，从而赢得赵高的宠信。

但是他和凤五却忘记了一件生死攸关的大事，那就是当韩信以一枝梅使出流星七式时，也许能瞒得过赵高的眼睛，却绝对瞒不过另一个人的眼睛，此人就是同为冥雪一脉的方锐。

这绝对是韩信此行最大的破绽，何以凭凤五的心机，会毫无察觉呢?

第十三章　霸王之敌

夜色渐深，已近三更，江风犹寒，吹得灯火几点，洒落江面，寂寥异常。

大船中除了纪空手之外，只留下十数人守夜，其余的奴婢属下尽随红颜与吹笛翁赴宴而去，显得船上空旷不少。

纪空手静立窗前，心中疑道："刘邦既然归附项羽，此刻必然在宴会之中，他何以能在三更天赶来见我？莫非是我误解了他的意思？"

他与刘邦相识未久，但刘邦给他的感觉却像相识多年一般，所以以他对刘邦的了解，他相信刘邦绝非是传闻中的刘邦，好色之徒的名号，根本就不可能与他连在一起，即使这一切都是事实，那就是刘邦的所作所为必有深意，只是自己不曾参透罢了。

想到刘邦的为人，纪空手心中顿有一股寒意，亏他始终将其当作是自己的兄长一般。

从沛县七帮会盟、共举义旗的那段日子来看，刘邦的沉稳机智、深谋远虑都给他留下了深刻的印象。而最让纪空手感到吃惊的是，在刘邦的身上，更有一种常人难以拥有的毅力与意志，支撑着他心中的信念与理想。试问拥有这等忍耐力的人，其所作所为，又岂是一般之人可以揣摩透的？但纪空手做梦都不会想到，刘邦会为了自身利益而出卖他。

思及此处，纪空手回身望向灯火辉煌的樊阴城，蓦然间又想到了不可一世的项羽，像项羽这等拥有王者霸气的奇男子，的确有其傲人的本钱。

他的霸气与生俱来，与他的流云道真气一般狂烈，让人无从抗拒。

但是纪空手在冥冥之中，忽然记起了一句古话："刚猛易折，柔则坚韧。"这句古话似乎正是项羽与刘邦性格上的真实写照。他不知道自己何以会有这种感觉，但他却始终相信，如果说当世之中还有一人可与项羽争霸天下的话，那么此人定是刘邦！

他心中一动，突然想到了白日与项羽的那场无形的比拼，自己犯下了一个决策性的错误，那就是面对如斯霸烈的流云道真气，无人可以与之硬抗，唯一可以与之周旋的，只有全凭内力的柔劲。

以柔克刚，这是无以反驳的至理，但是面对项羽的霸气，任何人都心生战意，大生放手一搏的豪迈气概。纪空手也不例外，所以他输了，输得毫无还手之力。

他深深地吸了一口气，忽然觉得自己的心口有一丝莫名的痛感，如针刺一般，不过迅即消失，他不由得心生诧异："这是怎么回事？难道与项羽的交手竟使自己受了内伤不成？"

很快他便摇了摇头，并不在意，反而哑然失笑，暗责自己疑神疑鬼。他蓦然间想起项羽收手回力时那淡淡的一笑，那笑中似乎有一股邪气，邪得让人心中发寒……

"呼……"便在此时，江岸之上蓦起一道风声，其声细微，几不可闻。纪空手却心中一凛，听出是锋刃破空之声，正要闪避，却听"呼"的一声，一把小巧精致的飞刀正插在窗棂之上，刀身摇闪，发出"嗡嗡……"之音。

见刀如见人，纪空手见得此刀，心中惊喜道："原来是樊大哥到了。"

他毫不犹豫地纵窗而出，虽然相隔两丈江面，但他却如大鸟般毫无声息地滑翔过去，根本没有惊动船上的任何人，只是落地时一口真气突然不继，脚下一滑，差点打了个趔趄。

一双大手及时伸来，扶住纪空手的腰。这双大手沉稳有力，正是来自樊哙。

“你不要出声，紧随我来。”樊哙贴在纪空手耳边悄然说道，人如狸猫般潜伏而行，一路张望，显得极为小心。

“樊大哥如此谨慎，定然与我有要事相商。”纪空手感觉到气氛异常紧张，当下也不说话，亦步亦趋，随着樊哙来到了百丈之外的一个小山岗上。

这座山岗不过十余丈高，但从平地突起，显得险峻突兀，由此而望，方圆数里的动静一览无余，丝毫不惧有人近身偷听。直到这时，樊哙才拥住纪空手道：“数月未见，想死我了。”

虽只一句话，却让纪空手感动得几乎落泪。他一生孤苦，难得有人如兄弟般真诚对己，不由语带哽咽，道：“樊大哥，小弟亦是同你一般。”

当日他与韩信离开义军前往淮阴，谁知路上遭遇凤五与方锐的拦截，一去不返，颇让樊哙担心，后来樊哙听说随红颜楼船而来的还有一位气度不凡的年轻公子，他便有些揣测此人或许就是纪空手了。因为他对纪空手一向很有信心，以纪空手那满不在乎的邪劲加上他眼神中特有的忧郁，正是诸般少女心中青睐的人物形象。

当他从刘邦口中证实了自己的猜想之后，便想立马赶来与纪空手相会，只因他此行还肩负了一项重要的使命，所以不得不小心翼翼，躲过了项羽的一切耳目，才在三更天按时赶来。

两人寒暄几句，纪空手犹豫片刻，还是问道：“你们不是在泗水郡一带活动吗？怎么来了樊阴？”

樊哙道：“这真是一言难尽哪。当时我们七帮会盟，沛县起义，对当时天下的形势估计不足，按刘邦的意思，我们这支义军原属陈胜王张楚军的一支分脉存在于世，加入到抗秦的行列中，伺机而动。孰料张楚军在不到半年的时间内，遭受秦将章邯所率官兵大力围剿，同时在内部团结上也出现了问题，终导致灭亡。这一切出乎了我们原有的意料，使得我们原本艰难的处境愈发艰难，单靠自身的这点实力，很难与天下群雄并存。”

“所以你们选择了归附项羽？”纪空手没有想到刘邦不但欺骗他，甚至连樊哙也不例外，但他万没想到天下的大势会变化得如此之快，当日他人在淮阴时，尚且听得陈胜王的军队是何等的声势浩大，提出“王侯将相，宁有种乎”，使天下所有有志之士看到了希望。但岂料数月一过，流云斋的大军后来居上，取而代之，可见这乱世当中，并无常理可言。

“这是刘邦分析了天下大势之后的无奈之举，亦是一着必行之棋。以我们现在的实力，兵不逾万，地不过数县，是很难单独生存下去的。唯有依附在一股更强的势力之下，才有生存发展的空间，而流云斋无疑是最佳的选择。否则的话，不要说大秦军队的数十万人马虎视眈眈，就是在义军之中各路人马的强行吞并就能让我们这股力量灭亡。”樊哙眉宇紧锁，满是忧虑之色，显然对当前的形势有着一种忧患。

纪空手这才知道刘邦的用心，不由为刘邦在处理这件事情时的魄力与果敢大加叹服，虽然归附别人被看作是一件懦弱的事情，但审时度势，认清自己，却需要莫大的勇气，刘邦如此行事，依然不失其英雄行径。

樊哙道：“饶是如此，要在别人的势力中保存自己，依然是一件非常严峻的事情，稍有不慎，便有遭人吞并之虞。刘邦看到了这一点，所以为了麻痹项羽，故意装出胸无大志、贪图财色的形象，不让别人怀疑，而他却在暗中积蓄财力人力，一等时机成熟，便会另立大旗，重振声威。”

纪空手见樊哙浑不将自己当作外人，连这等机密之事亦直言相告，知其是为真汉子，不由大为感动，道：“樊大哥，我能为你做些什么吗？”

樊哙深深地看了他一眼，道：“我此次前来，一来是与你叙叙旧情，二来则是向你转告一件事情，刘邦让我问你，今日你与项羽在比气之后，是否感到身体略有不适？”

纪空手惊奇道：“刘邦何以知道这件事情？”他与项羽比气，不过是瞬息间的事情，便是红颜人在近处，尚且不能察觉，而当时刘邦与自己相距足有二十丈远，他是如何知道的？

“我看好他的原因就是他的深不可测。”说到此处樊哙微微一笑，接口道，“你能与项羽一拼，虽败犹荣，做哥哥的好生替你欢喜。这至少说明你在武道上的长进极为惊人，假以时日，必能跻身于当世一流高手的行列。”

纪空手闻言，神色颇显沮丧，道：“樊大哥这是高看我了，单是一个项羽，已让我毫无还手之力。”

樊哙笑道：“项羽是何等人也，以你今日的修为，当然不能与他相提并论，他乃习武天才，年纪轻轻已是流云斋第一高手，比及斋主项梁犹胜一筹，算得上是当世绝顶的人物，你若能与之抗衡，岂不是可以名扬天下了？”

“原来如此，怪不得我面对他发来的真力，几无取胜之机。”纪空手不好意思地笑了起来，一笑之间，又恢复了他先前的自信。

“但是你绝对不应该在那个时候与他比拼内力。”樊哙正色道，“他对红颜的仰慕之情，天下尽知，而你人在红颜身边，自然会被他视作情敌，以他狂傲骄横的性格，又岂能咽得下这口恶气？”

纪空手不由微哼一声：“他不觉得这样做太过霸道了吗？男女之情，讲究两情相悦，岂能等同于天下之争？”

樊哙苦笑道：“这个社会本就是讲究强权的社会，在一个强者的眼中，也许对一个女人的争夺，更胜于他对天下的争夺，因为这里面牵涉到男人的尊严。”

纪空手昂然道：“无论他是何等人物，也休想从我的手上夺走红颜。她是我的女人，更是我的爱人！”

他说这句话的时候，整个人傲气十足，尽显男人固有的本色，便是樊哙听之也怦然心动，更为纪空手无畏的精神所叹服。

“正因为他看出了这一点，所以才会一心将你置于死地。”樊哙的话犹如一道霹雳，震得纪空手心中一跳，蓦然间又感到了那一丝钻心般的疼痛。恍惚间，他听得樊哙又道：“如果刘邦所料不差，你的心脉已经遭受到流云道真力的袭击，三个月内将有性命之虞。”

“什么？”纪空手大惊，蓦然忆起项羽对他的那一丝邪笑，顿时感到樊哙所言非虚。

纪空手怎么也没有料到，以项羽的身份地位，竟然会为了一个“情”字便对只谋一面的情敌下手，这等阴毒狠辣的作风，的确让人感到一种可怕的心寒。

樊哙并不伤感，反而微微一笑，道：“流云道真气乃流云斋傲视武林的不传之秘，当世之中，除了项氏宗族子弟中的十数人外，还无人可以练成。当这真气练至六层之后，可以杀人于无形。项羽的心计颇深，为了避嫌，他只是将你的心脉震得断续不定，一旦再受外力，便神仙难救。不过，这一切幸好被刘邦看在眼中，所以并非不可挽回。”

纪空手又惊又喜，惊的是项羽如此待己，冷血无情，比之禽兽犹有不及；喜的是刘邦既说可以挽回，那就肯定会有救命之机。他定了定神，望向樊哙，等待下文。

果然，樊哙道：“由此往北，便是汉中郡。行十天路程，可到上庸城，那里有一家药香居，你只要亮出这个信物，其主人自然会全力施救。”他递上一块亮黝黝的竹牌，牌上除了一个“令”字之外，再无痕迹，显得毫不起眼。

纪空手将信将疑，将之揣入怀中，道：“药香居真能治好我这心脉之伤吗？”

樊哙淡淡一笑：“如果说天下间还有药师神农先生不能治愈的伤病，那么此人就真的是神仙难救了。”

纪空手不再相问，心中暗道：“看来刘大哥绝非寻常之辈，以他此时的声望，若要结识到似神农先生这等奇人只怕不能，唯一的解释，就是他背后拥有一股神秘的力量，而神农先生也定是这股力量中的一支。否则他们一个在沛县，一个在上庸，两地相距何止千里，当初又是如何相识的了？”纪空手本来就觉得刘邦的身世隐秘，常有惊人之举，以前碍于交情，倒也不曾问过，但这一刻间他心中的刘邦，无疑披上了一层神秘朦胧的色彩，更让人难以捉摸。

他摇了摇头，将这些疑团尽抛脑后，拱手道：“既是如此，我便先行回船，明日向红颜告别之后，即刻启程前往上庸。”

樊哙拦住他道：“万万不可。”

纪空手眼现诧异，道：“樊大哥何出此言？”

樊哙正色道：“项羽此人，既起杀心，必会赶尽杀绝。只要你一天未死，他必派人跟踪于你，一旦得知你往上庸而去，肯定会安排人手狙杀。”

纪空手倒抽了一口冷气，道：“此人行事如此毒辣，真是闻所未闻，我纪空手对天发誓，倘若我侥幸有命生还，今生今世，绝对与他为敌！”

他的言语中自有一股凛然之气，更有一种莫大的毅力与决心！樊哙站在他的身边，自然而然便感到了一股熊熊战意冲天而起，心惊之下，不由寻思道：“有敌如此，只怕项羽从此难于安睡榻上了。”

“还有一句话，不知我当讲不当讲？”樊哙轻叹了一口气道。

在纪空手的印象中，樊哙一向刚猛正直，生性乐观，少有烦恼，似这等闲愁写在脸上，却是纪空手首次得见，不由惊奇道：“樊大哥有事但讲无妨。”

“大丈夫生于天地，何患无妻？似红颜这等出身名门世家的女子，好虽然好，却绝非良配，这固有贫富之分，门第悬殊作怪，还有一个重要的因素，就是有项羽在，只怕你为人为己，都必须放下这段情缘。”樊哙忧心忡忡地道。

“樊大哥可否说明白一些？”纪空手是何等聪明之人，当然听出樊哙话中有话，心中一凛，急忙问道。

“你若真的喜欢红颜，或许就只有放下这段感情。项羽一旦知道红颜无意于他，以他的性情，得不到的东西，他是宁肯毁灭，亦不愿送人！照此推算，你们此刻尚在楚地，必然会有大祸降临。”樊哙说出了心中的担忧。

纪空手知他所言非虚，寻思道：“五音先生虽然声望盖天，却是鞭长莫及，一旦项羽铤而走险，的确是一件令人头痛的事情。罢了，两情相悦，又岂在一朝一暮？我这便去了，日后相逢时，我再向红颜解释。”

他心生感激，拱手道：“既是如此，事不宜迟，小弟这便告辞。”

樊哙拍拍他的肩：“保重。”

纪空手深知樊哙的义气，正要把刘邦出卖他的事情告之，但回想起樊哙提到刘邦时的表情，那副崇拜之情溢于言表，因此话到嘴边又咽了回去，抬头看准天象，大步向北而去。

未走几步，樊哙追将上来道：“差点忘了一件重要的事情，你倘若内伤痊愈，可去咸阳，那里有人正等着你去助他一臂之力。”

“此人是谁？”纪空手大感莫名。

“韩信，七月初二，他将在赵高举办的龙虎会上现身，切记莫忘！”樊哙说完这句话，人已隐没在茫茫夜色中。

纪空手好生激动，直到这时，他才总算又听到了韩信的消息。

他一路夜行，快步如飞，心头偶有那一丝绞痛出现，却不妨碍他的驭气之术，他一心想早日赶到上庸，除去身上隐患，然后赶往咸阳，助韩信一臂之力。虽然他不知道刘邦是如何从凤五手中救出韩信的，而韩信又为何会去咸阳，但他从樊哙郑重其事的表情上，似乎预感到未来的艰难。

“红颜，对不起，他日再见，我必会好好待你，请你原谅我的不辞而别。”他心中好生歉疚，无奈中透着一种深深的负罪感。他本不想辜负佳人，只是时势所迫，不得已而为之，这不由得让他更恨起一个人来。

“项羽，终有一日，你会后悔今生多了我纪空手这个强敌！”

一连数日，纪空手都穿行在大山原野之中，晓伏夜行，避人耳目。他深知以项羽的势力，既然动了杀机，那么危机便会时刻潜伏在自己的左右，任何一点失误，都有可能让他的生命终结。

他每一日晓伏之时，必将身上的玄阳真气运满周天，方才入睡。以玄阳真气的疗伤功能，也丝毫不能对自己的心脉之伤有所帮助，可见项羽的流云道真气的确诡异非常，而那一丝钻心绞痛也在一日一日无形中渐渐加重，一旦病发，将使他有生不如死的感觉。

但正是因为这样，反倒激发了他对生命的强烈眷恋，无论是为了红颜，还是韩信，或者就为了项羽，他也要坚强地活下去！

有了求生的信念，使得他眼中所见的一切都变得美好起来。放眼望去，远处崇山峻岭，林木葱郁，叠翠层绿，鸟兽出没其中，有一种别样美丽的风景。

转过一道山岭，便听到一阵巨大的哗哗水声，气势磅礴，声震山野，一条宽约十数丈的大河在陡峭的山梁间流过，整条河段险峻非常，悬崖耸峙，森林密布河谷，时有珍禽异兽徜徉漫步。

纪空手心神一荡，完全被眼前壮丽的山水吸引，半天回过神来，不由暗暗叫苦："这河水如此湍急，岂不断了我的去路？若是折返而行，只怕又得耽误数日时间。"

他沿着陡峭的山壁，顺着巨大的蔓藤而下，缓缓地下到了谷底河边。取石投于水中，只觉水深湍急，绝非人力可以渡过，不由心生茫然。

他寻崖而走，数里之后，河谷蓦然开阔，流水至此由急转缓，水面更是宽了一倍有余，让纪空手心喜的并非是山石绿水透出一种难以名状的神秘美态，让人心旌神摇；而是在两岸之间，多出了一条婴儿臂粗的竹绳，横贯河面，而河边一叶孤舟横斜，顺水打转，却不流走。

"真乃天助我也。"纪空手略一寻思，便知这是两岸山人为了往来方便，自设的一个荒野渡口。他解开缆绳，登船而上，并不操桨横舵，只是手拉竹绳，微一借力，孤舟便离岸荡去。

当他的眼芒缓缓划过对岸的密林时，忽然之间，他的眉心一跳，一种不安的心情油然而升。

"怎么会这样？"纪空手心中一凛，蓦然惊觉。

他缓缓地将手摸在了腰间的那把飞刀上，劲力提聚，灵觉开始向虚空渗去……

当他将船一点一点地向河面中心划去时，这种异样的感觉便愈发清晰。劲力充盈之际，他终于感觉到了那密林之中逸散而出的淡淡杀气。

杀气很淡，如云烟缥渺其间，这显示了杀气的主人是一个当代高手。纪空手略一权衡，推算出以自己现时的功力，虽然可以与之一拼，但是自己的心脉之伤随时可能发作，其凶险程度自是不用说。

他紧了紧自己握刀的手，肌肉绷直，双指夹刀，一股冷汗陡然从毛孔中渗出，令他感到了莫大的危机存在。

“呼……”骤风凭空刮起，卷起枯叶无数，枝影摇曳间，林梢一分为二，突然分开，向两边横卷。

“嗖……”风起之时，也是箭出之际，没有人可以形容这一箭的速度与力道，就如同是一道撕裂乌云的闪电，爆闪在苍竹翠林之间。

纪空手没有动，也不敢妄动，他也在等待一个出手的时机。面对能射出惊人一箭的强敌，他绝不敢轻易出手。

他在静心中漫向虚空的灵觉，已经清晰地捕捉到这一箭的方位与速度。面对如此狂烈的箭羽，他此刻的目光根本不起作用，也难以捕捉到这一箭的存在，除了用感觉、用心，才能体会到它在虚空中的整个轨迹。

“啪……”纪空手睁开了眼睛，却没有看箭的来势，而是落在了自己那充满力度与动感的大手上。

“呼……”手动了，以不可思议的动感之美诠释了整个出刀的动作，然后爆发出一股令人心悸的刀意，划破了整个虚空。

他的飞刀术来自于樊哙，却胜于樊哙，因为这里面不仅包括了他对飞刀的领悟，同时补天石异力亦赋予了飞刀全新的生命与灵动的质感，所以飞刀一出，天地间为之一暗。

“轰……”刀箭各行轨迹，却在虚空中最终交融，迸发出莫大的气劲，激射水浪无数。纪空手终于在最后的一刻间感觉到了箭的来路，以一种骇人的准确度，挡击了对方这必杀的一箭。

是的，他只能挡击，而不可能用人体的速度来躲避这毁灭性的一箭，唯一的办法，就只有用飞刀来格挡。

水浪冲天，震得孤舟摇晃颠簸，几有翻舟之虞。但任由小舟如何晃荡，纪空手的双脚仿若生根在船面上，冷冷地凝视着来箭的方向。

他在等待，等待第二箭的突袭。

但他没有等到他期盼看到的第二箭，就仿佛第一箭的存在只是一个虚幻，那密林之中，又回复到一个宁静的世界。

他一直不动，以一种静止的心态去感悟空间的动感，唯有如此，他才可以沉着应对。

“哈哈哈……”就在他以为对方会一直保持这种静态的时候，林中蓦然爆出一阵冷然大笑，其声之难听，便是鸟兽也不堪忍受，纷纷惊飞逃窜。

纪空手缓缓地舒了一口气，整个人却不敢松懈半分。敌人既现，但他却不会忘记身后的大敌。

一条人影纵上林梢，展动身形，几个起落间，人便站到了河谷前的一方巨岩上。

来人长得矮胖臃肿，形同冬瓜，但是身形步法极为轻盈，竟然是以轻功见长。纪空手没有看到他的弓与箭，却从他的眼眸中看到了一股浓烈无比的必杀之气。

刚才的结果显然出乎了来人的意料之外，所以他密布战意的脸上依然掩饰不了那种难以置信的诧异，眼中除了杀气，还有欣赏与惊讶之意，似乎根本不相信眼前的这个年轻人竟然能破去自己最为得意的一箭。

“你就是纪空手?”来人的语气低沉而冷漠，并不因他欣赏纪空手而改变他的杀气。

“你应该清楚，否则你也不会射出这必杀的一箭了。”纪空手毫不客气地道。

“你很直接，我喜欢你这样的性格。”来人笑了，只是笑得有些冷，“但是你不该犯下错误，一个不可弥补的大错。谁若得罪了我们的少主，就意味着他的生命已不会再延续下去!”

“你是谁?”纪空手笑了笑，觉得对方的话虽然可笑，却在荒诞中说出了一个事实：那就是在强权社会中，强者永远可以支配别人的命运。

“我本不想说，怕你死了之后亡灵会来找我，但是看在你能挡住我的无常箭的分上，我告诉你，我叫狄仁，是流云斋的十三家将之一，而且我的无常箭向来是一发七响，还有六箭，希望你能接下。”他的嘴上不无傲意，似乎当世之中，能够接下他无常七箭的人并不多见，所以他相信纪空手也未必能行。

纪空手心中一凛，这才知晓这个矮冬瓜虽然其貌不扬，却是当世有名的几大神射手之一，以气驭箭，霸力四射。无常之箭，确可索人性命于瞬间，这狄仁能够名扬天下，的确是名不虚传，有真正慑人的绝活。

“狄仁？你的确是我的敌人。”纪空手缓缓说道。

他的左手拉住竹绳，依然一点一点地向对岸移动，而右手放在腰间的刀柄上，一刻都没有松懈。

“站住，不要动！”狄仁大呼一声，双手一动，手中竟然多出了一把精致的鹿筋弓，六支寒光凛凛的箭矢同在弦上，使得空气为之一紧，笼罩在一片肃杀之中。

纪空手浑然不惧，犹如未闻，依然我行我素，步步进逼。他不能停在舟面上，必须人到对岸，否则难以摆脱背腹受敌的险境。

狄仁似乎为纪空手的无畏感到心惊，虽然他知道对方已受心脉之伤，但是纪空手脸上那漫不经心的气质与毫无恐惧的神态依然让他感到了一种强势的压迫，就像是一潭平静的深水，宁静而悠远，永远无法揣度它的深度。

他不再等待。

狄仁的手紧拉弦心，弓成满月之势，却久悬空中，仿若定格一般。虽然他的杀气够猛，杀机够烈，可是他却感到了一种无助的虚弱，似是面对着一座横亘眼前的山梁，无法找到一个最佳的攻击时机。事实上，纪空手的每一个动作都非常合理，守中有攻，随时都可能在对手出手的刹那发出最为残酷而狂野的反击。是以，狄仁不敢妄动，只能眼睁睁地看着纪空手逼近。

狄仁不动，并非表示他就坐以待毙，他之所以不动，其实也是一种等待。

他在等待水狼步云的出手，事实上纪空手的直觉错了，另一道杀气并非在他的背后，而是存在于他脚下的水底。只是纪空手绝对想不到有人竟然会像鱼儿一般在水里呼吸、生活，甚至可以长时间不浮出水面换气。

别人不能，但步云一定能。据说他还可以沉在水底睡上一觉，然后才在别人下河洗澡的时候在其背上捅上一刀。他不仅水性极好，而且忍耐力与对任何事物的敏锐都如饿狼一般，所以他才会成为水狼。

狄仁相信步云，步云如果没有出手，那就说明现在还不是出手的时机。到了步云出手的时候，那绝对是石破天惊的一击。

所以他只有等，眼睁睁地看着纪空手步步紧逼……

“噗……”一圈小小的水泡突然翻滚于水面，声音虽细虽微，却引起了纪空手的注意。

他几乎完全是出于一种本能，蹑足提气，向空中蹿去，同时右手一扬，手中的飞刀如电芒般疾射向狄仁。

他必须先发制人，抢在狄仁之前出手，只有这样，他才能赢得一点时间，让他看清自己的脚下究竟发生了什么事情。

“哗……”水流突旋，溅出一团晶莹的水花，卷向舟首，就在水花最盛处，突然射出串串水箭，恰恰从纪空手的脚下擦过。

这一招险之又险，若非纪空手反应奇快，的确能让步云得手。但这却不是步云唯一的杀招，水浪冲开处，一条人影飙射而来，剑锋凛凛，在虚空中划过一道诡异的弧迹。

纪空手心中大骇，飞刀在手，却没有时间发出，因为步云的剑实在突然，实在太快，就仿佛从水中射向空中，根本不受时间、空间的限制。

面对如此惊人的一击，纪空手冷静异常，知道自己此刻的每个选择，都关系到了自己的生死。

他幸好手中还有刀，一把锋长七寸的飞刀，飞刀并非总是在空中飞行，只要运用得当，它在手上也是一种厉害的兵器。

他大喝一声，劲力蓦然在掌心中爆发，带动刀刃向剑锋迎去。

“当……”步云的剑身一震，他的手腕一阵发麻，只觉得从剑身传来一道巨力，如电流般窜向自己的体内，与此同时，他听到了狄仁的无常七箭脱弦疾飞的慑人之响。

无常七箭，此时却只有六箭在空中飙射，这六道慑人的箭气，几乎封锁了纪空手在空中的每一个角度。

纪空手与步云刀剑相交的刹那，身形一晃，感觉到气血翻涌，十分难受，他强提一口真气，又往空中升去，人到至高处转为下落之势时，他看到了漫射虚空的六道箭芒。

这一连串的惊变简直让人目不暇接，如行云流水般的攻击在两大高手的配合下是如此的完美，如此的让人心悸，若非纪空手的直觉敏锐，只怕此刻已是孤野亡魂了。

不过纪空手并没有脱离险境，单是这六道劲箭已让他穷于应付，何况水下还有水狼步云的那一柄夺命之剑。无论从哪种角度来看，纪空手这一次似乎真的是无计可施了。

事实上，纪空手之所以能够迅速步入高手的行列，是因为他能够用脑子来想问题，同样是一件事情，别人看到的是表面，他却能透过表面去深究实质的东西。

当狄仁六箭上弦之时，纪空手便断定其中必有破绽。因为狄仁既称它是无常七箭，必定是七箭齐发，才有追魂索命的威力，如果突然少了一箭，那么这一箭在空中的破绽自然而然就会出现。这就像一个惯使鬼头大刀的人，有一天突然让他去舞动一把阔板厚背刀，虽然同是大刀，但是他却有一种极不顺手的感觉，连平时练得极熟的刀法也会出现破绽一般。

这与狄仁的轻敌不无关系，他听说自己要对付的只是一个心脉受损的年轻人，自然会觉得只用六箭已经足够致人死命。等到他发现纪空手并非是他想象中的容易对付时，那第一箭早已被他射出去吓人了，哪里还能收回？

不过这六箭齐发，仍是十分惊人，分呈各种角度出击，的确让人防不胜防。

纪空手却没有慌乱，在箭出的同时，他已经看到了欠缺的那一箭在这个箭阵中所留下的一点微不可察的破绽，虽然只有一点点，但在他的眼中，无疑是一线生机。

他的脚尖突然互点，在毫无借力之处的空中，他的身形借着这一点之力，顺着一道呈弧形的路线，堪堪从六支箭矢中擦身而过，同时脚踩竹绳，顺势一弹，人已稳稳地落在了巨岩之上。

“你的这串闪躲的确漂亮，可惜的是，它虽然漂亮，却不能让你的生命继续延续！”狄仁一惊之下，恢复镇定，他虽然手中无箭，却还有弓，坚硬无比的鹿筋弓。弓在狄仁手中，等同于一个剑客的手中有剑一般，同样具有惊人的杀伤力。

纪空手微微一笑，道：“我不能阻止你说大话，却可以证明你说的一切都是大话。来吧，让事实说话！”

他一扬手，飞刀立于虚空，一阵清风吹来，衣袂飘起，他整个人有一种说不出的飘逸与洒脱。

“难道他并没有受伤？”狄仁在这一刻间竟然心中起疑，他本不该对他尊崇的项少主有任何怀疑之心的，但是看到纪空手神采奕奕的模样，不由得让他产生一种不应有的错觉。

“不会的，绝不会是这样！”狄仁在心中冲着自己喊道，暗暗给自己鼓劲。他的战意在陡然间提升起来，鹿筋弓无锋无芒，却绽射出惊人的杀气。

他一步踏出，杀气顿时涌动，鹿筋弓微微振出，突然幻变千百道弓影，向纪空手的立身之处层叠袭去。

纪空手微一错步，脚下踏出见空步的步法，刀未出手，已经用鬼魅般的身法化去了狄仁这凌厉的一击。

狄仁心中虽惊，却将弓影幻闪出一团光幕，以更快更刁钻的速度与角度攻向纪空手，瞬息之间出手了三十六招。

三十六招的出手，浑似一招攻击，招招之间衔接得天衣无缝，犹如浪潮般前赴后继。纪空手只有旋步疾退，身子随着步法变换了三十六个方位，总是在弓到的刹那间，提前一步移动。

他虽然在守，却似占到了先机，攻者的一方始终处于被动。但他并没有胜券在握的感觉，他必须记住自己的身后还有一个水狼步云。

水狼步云真的就像一匹捕食猎物的饿狼，无声无息，伺机而动，总是在该出手的时候出手，而且毫无征兆。纪空手明知他的存在，却根本不知其确切位置，这让他伤透脑筋。

“呀……”纪空手不敢等待下去，一声大喝，他终于在守势中攻出了他的七寸飞刀。

刀出，带着一道凄厉的呼啸，响彻了整个虚空，同时牵引出澎湃如潮的劲力。

大智若愚般的一刀，也是返璞归真的一刀，看上去平平无奇，却燃烧着无穷的战意，映红了刀身划过虚空的轨迹，迎向了那弓影的中心。

这看似平常的一刀，却封锁了弓影进击的每一个角度，逼得鹿筋弓必须与刀锋相对。这一刀的确霸烈，但是纪空手也许忘了，他每一次妄动真气，都有可能使他断而未断的心脉彻底无救。

狄仁没有忘，所以在心中暗喜，不退反进，反而催动全身的劲力，企图悍然一拼。

“叮……”纪空手当然也没有忘记自己的伤势，飞刀准确无比地落在了鹿筋弓上，突然一滑，削向了狄仁持弓的手腕。

狄仁没有料到纪空手会有如此一变，再想收力，已是不及，他唯有撤招闪避，猛提一口真气，硬生生地横移三尺，方才躲过了纪空手这七寸飞刀的绝妙攻击。

狄仁挥弓连挡纪空手十来记刀锋，每挡一记，心中便愈发没有了必胜的信心，眉间不经意地现出惶惶然的表情。

所以战不过数十招后，狄仁的脸上已是密布豆大的汗珠，身体不显乏累，但心却累，累得几乎承受不起对手每一刀带出的压力。

但纪空手始终露出淡淡的微笑，似乎不是与人生死相搏，而是晚饭后的闲庭信步。

他当然惬意而轻松，心态更在张驰之间达到了收发自如的意念之境。他自从偶得补天石异力之后，仿佛悟到了武道真谛，在他看来，武道一脉，原无定规，任意挥洒，如果拘泥于门派套路，反而缚手缚脚，不能渗透攻守玄理，自然落入下乘。只有以平静的心态去感悟身体之外的一切动态，在动静对比间追求武道中至美的极致，方能最终步入天下一流高手的行列。

正是这自由发挥的前提，暗合了他散漫不羁的性格；也正是他的性格，决定了他的每一次出手都是天马行空，任意为之，却收到了意想不到的奇效。

狄仁再拼几招，几乎感到了一种绝望。这巨岩之上杀气密布，暗流涌动，充满着动感与活力，但狄仁却感受不到这些，他只感到空气是那么的沉闷，那么的静寂，闷寂得让人几欲发狂。

这是一种如死一般沉寂的压力，更是一种巨浪冲击堤坝引起崩溃的前兆。狄仁只感到自己的心仿佛被整座大山压伏，挤压得自己好累好累，累得不想再活下去。

而这一切，只是因为纪空手的微笑与他手中的那把七寸飞刀。

“呼……”一串水瀑突然射向空中，以闪电之势卷向巨岩，乍暖还寒的水珠足有万千之数，如一张大网般罩向了处在攻击状态的纪空手。

这水网来得突然，更有一道凛烈的杀气隐伏在水网的暗影后，其势汹汹，任何人都不敢无动于衷。

纪空手并没有感到惊讶，而是早就算计到步云会在这个时候出手，因为他每一次攻向狄仁的时候，都有意无意地将自己的后背亮在水面的一方。他虽然不能确定步云的藏身位置，但水狼步云应该就在水中。

所以步云一动，纪空手突然收住了攻向狄仁的飞刀，大手似动未动，飞刀却脱手向后急奔。

他一直在等待这个机会，他心里清楚，步云的袭击总是喜欢用水幕来作掩饰，这样既可以掩住身形，亦能盖住剑锋破空的声音。但步云似乎忘记了一点，既然他可以这样做，别人当然也能如法炮制，而且对方是将计就计，比他的攻击更具隐蔽性。

“叮……”等到步云发现了纪空手的企图时，他的面门仅距飞刀三尺，在这么短的距离内要想闪避一把高速直进的飞刀，几乎是不可能的事情。他唯一能做的，就是用剑格挡。

“当……”但他绝对没有想到一把飞刀会有如此惊人的力道，他人在空中，又毫无借力之处，只能顺着这股力道向后飞坠，重新落到了水中。

纪空手计谋得逞，又抓出一把飞刀，冷冷地盯住数尺之外的狄仁。他的飞刀出手，既震慑了步云，同时也为他赢得了一点时间，时间不多，却足以让他击杀狄仁。

狄仁没有想到战局会是像现在这样发展，他只能一步一步地后退。

一步、两步、三步……

听着纪空手踏出的步伐如此有力，狄仁仿佛听到了沙场决战时那激励士气的鼓声，又仿佛听到的是一首沉沦生命的哀曲，他的神经已经到了崩溃的边缘，就在这时，他忽然看到纪空手安详平和的微笑里竟然闪过了一丝痛苦之色。

他简直不敢相信自己的眼睛，直疑这是自己心态失衡之后的错觉，当他再一次看去的时候，此刻的纪空手，双眉紧皱，微笑已在其脸上消失。

纪空手所受的心脉之伤终于在这一刻发作了。

“哈哈哈……”狄仁终于又笑了。

“你完了，这一次你真的完了。”他缓缓地抬起了自己的鹿筋弓，以一种非常缓慢的步伐逼迫过去，他也想让纪空手尝一尝那种等待死亡的滋味。

纪空手的脸痛得已然变成了铁青色，嘴唇紧咬，已有一丝血红的液体滑出。心脉之伤如斯霸烈，痛得他只觉得自己置身于一个冰寒彻骨的真空中，什么也看不见，什么也听不到，只有那“咚咚咚……”的心跳声，如惊雷般回荡在他的意识之中。

“逃！只有逃亡，才有可能躲过这灾难性的一劫！”纪空手只有一个念头。

他不想死，一股求生的欲望使他迅速作出了决定。他必须在心脉之伤达到极限之时逃离此地，否则后果不堪设想。

他不作无谓的挣扎，只是将目光锁定在自己手中的那把刀上。这是他能拼尽余力发出的最后一刀，也是绝境反击的一刀，生死全系于这一刀之上，他不得不慎之又慎。

随着狄仁步步跟进，纪空手几乎退到了巨岩的边缘。他已不能再退，只是冷冷地横扫了狄仁一眼，道：“如果不是我心脉之伤发作，你本来是杀不了我的，是不是？”

他的语气中有一股不可抗拒的力量存在，逼得狄仁不得不答：“是的，我杀不了你，也许还会被你所杀，但就算你逃得了我们这一关，也依然改变不了你自己的命运！”

“我不信！”纪空手心中一惊，根本没有想到项羽为了置己于死地，不仅派出了狄仁、步云这两大强手，而且还有高手潜伏于后，伺机而动。他既然决定逃亡，自然与这些不知名的高手极有见面的机会，所谓知己知彼，他当然想从狄仁的口中得到更多的情况。

到了这个时候，狄仁已经觉得项羽的安排有些多余了，也就不介意把他所知道的事情告诉给一个即将殒命的死人听。他相信，纪空手就是知道这些也是无用，所以他不怕泄密。

“你可以不信，但事实就是如此。如果你侥幸闯过了我与步云的这一关，半天之后，你就会遇上项文、项武，这两人不仅同属项府十三家将，更是项氏一宗的远房亲戚，其一身武艺曾经得到少主的点拨，排名亦在我与步云之前。”狄仁说到这两人时，神情明显有所收敛，似乎对这两人心有忌惮。

“这么说来，他们的武功应在你们之上了？”纪空手的目光紧锁在狄仁的脸上，只要他稍有浮躁与闪失，就会立马出手。

“是的，这是事实，所以你即使逃过了我们这一关，也很难有活命的机率！”狄仁不自然地笑了笑，谁也不想承认自己的武功比别人差，即使是事实，也是一个令人尴尬的事实。

“如此说来，我只有认命了。”纪空手微微一笑，仿佛又回到了先前的自信。

狄仁眉头一跳。

纪空手突然脸色一变，眼芒望向狄仁身后，大喝一声：“步云，还不动手！”

这一喝几乎让狄仁三魂已去其二，出于本能地回头望去。他不得不看，因为在他们之间，为了权势尔虞我诈，从来就没有相信过谁，正是抱着这种将信将疑的心态，他所以回头。

“嗖……”一道刀破虚空的惊响蓦然生出，以迅雷不及掩耳之势炸响在整个虚空，飞刀如奔马踏云，杀气凛凛，奔向了狄仁脑颈间的大动脉处。

这一刀的出手无疑是一例经典，它几乎费尽了纪空手的全部心血，无论是出手的时机，还是角度、速度，都是经过了精心测算的，更有纪空手先谋后动的心理战。整个动作除了在力道上尚有欠缺之外，几乎是无可挑剔。

狄仁更是大骇，这才知道自己上了大当，他毫不犹豫地错步反滑，企图向左移动数尺，但是一切都已太迟，没有人可以在这么短的距离内闪躲过这惊人的绝杀，狄仁当然也不例外！

“呀……”一声惨呼惊起，划破了黄昏的宁静，它是那么的凄寒而短促，就像狄仁本身的生命。

步云在水中看到了这一切经过，心中骇然之下，根本就来不及出声示警。这一切就如梦幻惊醒，戛然而止，快得几乎让人不敢相信这是人力所为。

他被纪空手浑身散发出的杀气所慑，吓得连大气都不敢喘，反而更往水底潜下几分。他似乎忘了，纪空手受心脉之伤所累，此刻正是没有反击之力的时候了，他这个偷袭好手，却竟然放弃了刺杀对方的大好机会。

也正因为如此，纪空手强提一口真气，从容不迫地消失于暗黑的山林之中。

这时的纪空手真是到了绝境，前有项文、项武伺机设伏，后有水狼步云衔尾紧追，比之先前的逃亡，更增凶险无数。

他的心脉之伤似有愈发加剧之势，那种莫名的绞痛感滞留在体内的时间越来越长，其痛难耐，生不如死。虽然樊哙断言还有三月时限，但纪空手每一次妄动真气，都使自己更向死亡走近了一步。

他咬牙走出了十许里路，此时天色全黑，无星无月，纪空手唯有凭着感觉乱闯一气，等到他辨明地势时，忽然发现自己竟然置身于一个绝谷之中。

望着三面黝黑的峭壁断崖，纪空手的心中好生绝望，再想回身，已是周身乏力，只有倒卧在一块大石上，听着耳边的豹鸣狼嚎，昏昏睡去。

等到他一觉醒来时，天已大亮，他这才知道自己这一睡足足花去了十几个时辰。他心中蓦然一动：“无论是步云还是项文、项武，他们都必然断定我会拼命逃亡，向前疾奔，而绝对料不到我会在他们身后，也许天意让我藏身绝谷，逃过此劫亦是未定。”

他心情大好起来，打量起眼前的地势，只见绝谷三面俱是断崖险壁，孤树斜长，藤蔓环绕，壁直一线，便是猿猴亦难攀爬而上。而自己的来路却是一大片莽莽森林，一眼望去，终不到头，真不知自己昨夜是如何闯入的。

绝谷之中风景犹好，山涧深溪，飞瀑流泉，滋润着一方茂盛草木。此时正是春天，野花四处，野蜂嗡嗡，阵阵松涛之中夹杂着鸟鸣兽叫，无不尽现大自然的原始美态。

“如果有红颜相伴，结庐隐居，终此一生，人生该是何等的惬意。”纪空手遐思情动，不免想入非非。

他采摘了一些野果充饥，然后步到水涧边，饮水洗脸，看到水中倒影，自己竟然憔悴了几分，不由轻轻一叹。

“呜……”就在这时，相距数十丈外突然响起一阵凄厉的狼嚎之声，低沉哀婉，闻之生怖，似有哀情相诉。

纪空手心中一动：“狼嚎如此，必是老迈或是带伤，才会显得这般惨烈，看来我与此狼同属一命，且去看看。”

纪空手翻过一堆乱石，便见数丈外一头猛狼卧伏于长草之中，身形庞大，状如猎豹，两眼如鹅蛋般大小，充血生红，目光中保持着高度的警觉与自卫的敌意。一见纪空手的身影，便要蹿起扑来，突然一声哀嚎，重新又跌倒在地。

纪空手一眼便看出了这头野狼的腿骨已折，伤势极重，不知是因何遭此大罪。见它虽然伤重，却凶性不改，纪空手心生厌恶，倒也懒得理它。

待他扭头走得几步，狼嚎又起，显是野狼不负剧痛，哀鸣起来。纪空手不由心生怜意：“它好歹也是一条性命，遇上了我，岂能不救？这也算是我在人世中做过的最后一件善事吧。”

他回到水涧边，捕杀了几条斤重的大鱼，折转回去，站到野狼身前道：“狼兄，你我相见总算有缘，我想救你，却又怕你伤及我，所以你若把我当作朋友，你就点点头。”

野狼似乎极通灵性，瞪足双眼盯紧纪空手看了良久，轻鸣一声，竟然点了点头。

纪空手没想到自己无心之言，竟然得到反应，心中大喜：“原来你还能听得懂我的话，这可真是奇哉怪哉。”当即抛下鱼肉，撕裂成条，喂到狼嘴边。

看着野狼吞嚼不迭，自是多日未食，饥饿难耐，当下又回到涧边，又捕杀了几条大鱼喂之，然后细细地察看野狼的腿伤。

这野狼的四腿骨尽折，显然是一时失足，从高处坠下所致。野狼性情孤僻，一向独来独往，一旦有伤，它有天生的自疗手段，自然无碍，只是像这头野狼的伤势，爬行犹难，又怎能采药自救?

第十四章　与狼共舞

纪空手混迹市井，虽然没有见过野狼，却常常遇狗，狼与狗大致同类，他便按照以往所见采来几味草药，剁碎替其敷上，撕下衣巾，替它包扎好。

这一番折腾下来，花费了四五个时辰。野狼通灵，感到纪空手为己忙碌，也就尽去敌意，偶尔伸出舌头轻舔纪空手的脸颊，虽然腥臭，但纪空手并不在意。

他原想折路而返，刚走数步，又听得野狼召唤自己。他的目光扫去，正与狼眼相对，却见那狼眼之中已无凶光，多了一层感激与哀求之意。

“这可奇了，它何以也会有如此丰富的感情，竟然对我如此亲近？莫非它不是一般的野狼，而是一头通晓人性的灵异之狼？”纪空手暗暗称奇，转念一想，又留在谷中。

他却不知，这头野狼存世十年，天生凶悍性残，孤身生存在大森林中，不知经历了多少生死搏杀，终于成为了这森林之王。它深谙“物竞天择，适者生存”的自然法则，所以它总是独来独往，恃强凌弱，在它的意识中，永远不会有“朋友”二字，只有敌人。

它之所以对纪空手表示驯服之心，却是出自真心。因为纪空手的身上积存着补天石的异力，它生于天地之间，吸收灵异禽兽之气，自然而然会对百兽千禽有镇服之力，这头野狼纵然桀骜不驯，但面对这股奇异的魔力，面对比自己更强的强者，它唯有驯服。

这也是它何以能听懂纪空手言语的原因。

一人一狼相处四五日，难得有狼会如此听话，纪空手在好奇心的驱使下，倒也乐于与它嬉玩。狼与人之间感情愈深，竟如好朋友一般。

眼看野狼伤势愈合极速，纪空手明知分离在即，心中生出恋恋不舍之感。只是想到自己若是与它相伴，一出人世，必然惊世骇俗，只得打消了带它同行的念头。

这一日纪空手替野狼拆去裹布，看着它支撑起来，一瘸一拐地走了几步，不由大喜："狼兄，你伤势无碍，又可在森林中自由跳跃了。"

狼兄勉力过来，依偎在他的脚下，轻呜数声，很是感激的样子。纪空手俯下腰去，轻拍它的腰身，道："你伤好了，就该到我们分手的时候了，如果我侥幸不死，必定会回来看你。"

狼兄轻咬他的衫角，紧紧不放，似乎感到分离在即，眼中露出一丝哀婉的眼神。

纪空手拍拍手道："你舍不得我，我又何尝舍得你呀？"他站将起来，突然感到心口爆胀欲裂，无数道绞痛如魔鬼般紧缠不放，瞬间淹没了他的整个意识。

"难道这一次真的是心脉之伤发作了吗？"纪空手心中狂喊道，顿时晕厥过去……

当他悠悠醒来时，已不知是几天之后。

纪空手听到一股熟悉的呼吸声在耳边响起，那如暴雨般的绞痛已不知所踪，消失在了他的意识之外。他想起了狼兄，睁眼一看，却见狼兄忠实地守候在他的身旁。

狼兄见得纪空手睁开了眼，蓦然惊喜欢叫起来，伸出长舌轻舔着纪空手的脸颊，丝毫没有掩饰自己的依附之情。

纪空手微微一笑，嘴唇一动，正想说话，只觉得自己的口舌异常发苦，舌尖中还有不少残渣遗留。

他蓦然心惊，问道："狼兄，你喂了我什么东西？"

狼兄待他支起身子，这才缓缓来到他身前的一块平石之上，纪空手只见那上面至少有十七八种药草一一摆放，空气中隐隐传来一丝药香。

纪空手大是感动，心中暗道："这定是在我昏厥之后狼兄替我采摘回来的，如此盛情，可见狼心未必不如人心。"他感慨之余，倒是疑惑这些药草对自己的伤情是否有用。

狼兄叼了几株药草，含进嘴中，一阵咀嚼，然后凑到他的嘴前，便要喂服，纪空手大吃一惊，又好气又好笑地道："莫非你这些天来都是这般喂我吃药的？"

狼兄见他如此，倒也欢喜，摇摇尾巴，非要将药草喂服到纪空手的嘴中。纪空手虽感狼兄盛情，但这份盛情太过腥臭，不要也罢。

纪空手缓缓站将起来，看看天色已晚，心想此时若走，只怕又要迷失山林。

他看了看狼兄，见它伤势已是大好，心里也着实替它高兴。拾起地上的药草，端详半晌，也不识得，只好放下，道："狼兄，这些药草莫非都是你采来的么？"

狼兄却不理会他，站在一方高处，突然昂首嗥叫一声，它的声音苍凉而悠长，带着一股威严的气势，俨然是在向子民发号施令。蓦然间，从山涧边、藤蔓中跳出十几只猴子，肃然坐在狼兄的面前。

纪空手哪里见过这等有趣的场面，不由大乐，可是还没等他看清是怎么回事，狼兄一声低嗥，那些猴子纷纷跳开，向峭壁攀爬而上。

纪空手这才知道采摘药草的是这些猴子，而狼兄不过是发号施令者。他心下暗暗叫奇："这些猴子竟然能够听从狼兄的指令，倒也是闻所未闻，看来畜生野兽的世界，也并非如人想象的那么简单。"

不一会儿，那些猴子纷纷回来，手上都拿着药草，放在那块平台上，等待狼兄的检阅。狼兄看了一下，突然向其中的一只猴子龇牙低嗥，吓得那只猴子伏地而坐。

纪空手不知狼兄何以会陡然发怒，上前一看，大吃一惊，只见那堆药草中赫然放了一颗赤红之珠，在夕阳照射下，红光闪闪，炫人眼目。

他俯身拾来一看，入手寒意蚀骨，转动珠子，发现珠身刻有一个“范”字，显然是此珠主人的姓氏。

他心中的惊奇，已经无法用任何言语来形容。自他误入绝谷以来，从狼兄到猴子，从猴子到这颗红珠，无不给他巨大的震动，他心中隐隐觉得，也许他并不是进入这道峡谷的第一人，在他之前，应该还有人来过这里。

“狼兄，狼兄，这颗红珠是从何而来？你帮我问一问，好吗？”纪空手看了一下狼兄，很是兴奋地叫道。

狼兄会意，冲着那只吓得瘫坐一团的猴子低吼了一声，便见这猴子跳将起来，顺着一道飞瀑的边缘，抓住几根藤蔓向上升跃，爬行不过十丈左右，那猴子尖叫数声，突然消失在藤蔓之中。

纪空手一直关注着这只猴子的动静，终于明白，在那片峭壁之上，一定存在着一个山洞，这红珠显然是来自于那里。

“如此隐秘的山洞，定然隐藏着什么东西，只是看那洞口藤蔓横生，显然是很长时间无人进出了。我倒要看看，里面究竟有什么宝贝。”纪空手好奇心起，摸摸口袋中的火石煤纸，微一提气，人已凌虚升空，抓住长垂的一根藤蔓纵身而上。

他人到猴子消失的地方，分开藤蔓，一个只容一人钻进的洞口赫然入目。洞中漆黑一片，除了猴子在里面吱吱乱叫外，再无其他动静。

“淮阴纪空手拜会范老前辈。”纪空手不知洞中深浅，唯有运气于声，遥传而入。

谁知连呼三声，洞中毫无反应，纪空手只得道声“得罪”，翻身入洞，打燃火石，借着微弱的光线一步一步向里走去。

这山洞入口狭窄，行不多远，纪空手便感到自己的脚踩到了一级石梯上，他缓缓地运起玄阳之气，顿时使自己的耳目灵敏数倍，视物范围已可远及数丈开外。

纪空手进入洞中陡觉眼前一亮，只见从置身处起竟是一个长五十丈、宽五十丈的正方形殿堂，四周俱是坚岩石壁，隐隐有人工斧削的痕迹。在这座殿堂的堂顶中央，镶嵌了一个形如玉盘的光源体，整个殿堂微弱的照明正是由此提供。

“这山洞原属天然，经过后人发现之后，花费了不少心力凿成现在这等规模，可见洞中主人绝非寻常之人。”纪空手仔细打量着这洞殿的摆设，无论茶几桌椅，屏风大床，俱是用与红珠同样质地的石料打造，就连日常所用的盆碗瓢盘亦是如此，不由得让纪空手心生诧异。

这红色石料绝非取自绝谷之中，当时的主人花如此巨大的心血将之运入洞中，却只是用于日常事物，这不得不让纪空手感到费解。

他抛开心中的疑团，一步一步拾级而上，来到了洞殿正中央。当他看到正面的石壁上有刀刻的数个大字时，心中一震，只觉得自己的体内涌出一股灵异之力，几欲喷发，似乎暗合这字义寓意的精神力。

“武道，心道也；唯心存天地，天地方能尽收一心。”

这的确是武道的至理。

能够书写此字者，当然是真正领悟了武道极致的绝顶聪明之人，唯有如此，他才会有如斯魄力，如斯心境。

纪空手只感眼眶一热，泪水缓缓流过脸际，他不明白自己为何一见此字便想哭泣流泪，但他感到了有一种感动自己的精神力注入了灵魂之中，让自己超越了这段时间与空间，进入了一个玄乎其玄的全新天地。

他初识武道以来，从来都是在悟性中徘徊，然后一步一步向武道玄理迈进。他也许曾经窥到了武道至极的境界，但一闪即逝，从来不像现在这般有切肤的感受。当他与这十八个大字遥遥相对时，才豁然明白，其实追求武道的过程，亦是改造心境的过程，唯有心道修成，武道才能存于一心。

可惜的是，这心脉之伤的大限留给纪空手的时间已经无多，他是生是死，犹成悬疑，谁又能料到他的将来？

纪空手心神震动之下，不自觉地跪了下来，随着自己身位的降低，入目的竟是一堆白骨，这白骨形似盘膝而坐，血肉化尽，骨架不倒，依稀可辨此人生前的赫赫威势。

“这人莫非就是那位姓范的洞中主人?”纪空手暗道，虽然他面对的是一堆白骨，心中却油然生出一股崇敬拜服之意，思及此人生前傲视天下的王者气度，不禁嗟叹。

他恭恭敬敬地向这堆白骨叩了三个响头，低声念道：“在下乃淮阴纪空手，一时心奇，进洞一观，不想打扰了洞中主人的亡灵，你若在天有知，还请恕空手无知之罪。”

他缓缓站起，游目四顾，再也没有看到洞殿中还有其他物事。想来洞中主人看破生死，无求无欲，对身外之物概不眷恋，真正做到了“来无一物，去无一物”的原始心态，返璞归真，大彻大悟。纪空手体会着当时主人的心境，良久方叹道：“做人做到了如此份上，夫复何求?”

他看到那只猴子坐在红石椅上，辗转反侧，坐立不安，吱吱叽叽地叫个不停，不由微微一笑，道：“猴兄，我们去吧！无意闯入洞来已是不该，若再打扰主人的亡灵清修，我们便是罪过了。”

他走得几步，伸手便去搂抱猴子，谁知无意间手指触着椅背，一股惊人的寒气陡然从手指而入，直贯经脉之中，他骇然一惊，甩手不迭，心中惊奇道：“这些石物看上去毫不起眼，想不到还有这等古怪。”

他这才知道那只猴子坐立不安的原因，谁的屁股下坐着一块如寒冰般的东西，要想清静下来殊属不易，何况是这只本无坐性的猴子?

他有了先前的经验，暗一运力，将玄阳之气透入手掌，这才缓缓地按在那红石椅上，体会着这道寒气的来源。

这道寒气似有若无，丝丝缕缕，来自于石质的深处。它的寒气比冰雪犹胜三分，却清纯无比，仿佛不掺任何杂质。当纪空手的手掌与之相触的刹那，寒气便自然而然地吸附于他的掌心，随着气血的运行，一点一点地向他全身经脉渗透而去。

纪空手心中一凛，不敢大意，提聚玄阳之气护住心脉，任由这道寒气在经脉中窜行，运行一个周天后，纪空手浑身一震，只觉得在这道寒气的冲击下，自己的心脉之伤似有发作的迹象。

他心惊之下，正要撤手，突然感到有一种无限畅美的感觉由心而生，沿着神经的走向，进入到自己的意识之中。这种感觉既像是久渴之下的一滴甘露，又似重尝交欢滋味的深闺怨妇，让人欲罢不能。

他深深地吸了一口气，静下心来，默默体会着这种快感，整个人进入到了有欲无求的境界。

当这道寒气转到第九个周天之时，纪空手感到自己体内的玄阳之气与这道寒气水乳交融般浑为一体，不分彼此，爆发出一股莫大无匹的生机，一点一点地愈合着自己的心脉之伤，虽然只是一丝一缕地接续合成，但已足见成效。

纪空手心中大喜，寻思道："原来这红色石质竟然有如此神奇的功效，不仅能增加我本身的内力，而且还有疗伤的作用。看来这洞中主人花费心思将它移放于此，绝不是一时心血来潮，而是大有用意，有备无患。"

他既有了这惊人的发现，自然也就不急于出洞赶路，而是静下心来，将这些红色石质的物事一一把玩，吸收其中寒气。他虽然不知这些寒气最终是否能痊愈自己的心脉之伤，但吸收交融的畅美之感令他乐此不疲，不知不觉间在洞殿之中度过了七日光阴。

七日之中，他不分白昼黑夜，尽情地遨游于阴阳双气互生互容的气理玄境中，毫无倦意，肚子饿了自有那只猴子采来鲜美果实，让他大块朵颐。直到他体内再也不能包容这种由红石透发出来的寒气时，这才收摄心神，回复到清明的意识。

他缓缓地站将起来，试着积聚体内的真气，谁知他意念一动，真气便随之而动，几乎达到了收发自如、全在一心的境界。这一惊令他心中狂喜不已，知道自己身体内阴阳双气已达到生生不息之境，相生相容，共有一个天地，再也分不出何为阴何为阳，使得补天石异力终成自己身体的一部分，内异之差永远不存。

纪空手陡然发出一声长啸，啸声悠长而及远，充满着一股概莫能敌的王者霸气！至此，他对武道禅心境界的领悟，更是精进一层。

洞外依稀传来一声狼嚎，其声应和，苍凉中亦多了一丝欢喜。这狼嚎声自是来自狼兄，它显然是从纪空手的啸声中听出了什么，是以慷慨昂首相和，一人一狼，啸声不断，此起彼伏，回荡于绝谷上空。

纪空手出得洞来，整个人精神焕发，眉目之间更添一股傲视天下的王者霸气，便是野狼兄见他，亦生畏惧之心，直到他呼唤数声之后，才敢近前相偎相亲。

“狼兄，这一次我们可真要别过了。”纪空手的神情中自然流露出一丝莫名的惆怅，虽然一人一狼相处的时日无多，但彼此间却建立了深厚的感情。

狼兄摇头摆尾，大是不舍，紧紧地跟在他的身后，寸步不离。

“我绝非无情，只是此次远行，路途遥远，一路凶险无常，生死难料，我自己尚且难保其身，又怎能照顾得了你?”纪空手蹲下身子，搂紧狼头，动情地道。

狼兄强力挣脱开去，“呜”的一声，蹿上一方高处，对着天上斜照的红日狂嗥三声，毛发尽皆竖立，极有威势，尽显强者风范。

“好，你既有心出山，那么我便带你出去，游逛一下，如碰到敌人，以你我的组合，定能将他杀个片甲不留。”纪空手蓦生豪气，哈哈笑道，言语中自有一股说不出的豪迈。

当下一人一狼出了绝谷，沿着森林随山势而行，直奔上庸。行得数日，山势渐渐平缓，来到了前往上庸城的必经之路——忘情湖。

这忘情湖占地万亩之阔，草木繁茂，鸟兽成群，风拂碧水，林木争艳，偶有渔舟数点，宛如一幅山水墨画。游人置身其中，的确流连忘返，留情于山水之间。

纪空手人在高处，俯瞰全景，虽然陶醉于湖光山色中，但他的心灵却突然产生一种前所未有的感应，令他莫名心悸。

他清清楚楚地感觉到，在湖滨的那片森林里，有一股强大的杀气与力量渗透于空气中，这股力量至强至大，显示着对方拥有不可小视的实力。

“以项文、项武、步云三人的实力，还不足以形成这么强大的威胁，这只能说明在首次刺杀无果的情况下，敌人已有强援到了。”纪空手微微一笑，蓦然发现自己所在的对面山峰处升起一缕黑滚滚的狼烟。

“敌人已经算计到了此处乃是通往上庸的必经之路，所以设下重兵埋伏。看他们井井有条、调度有方的样子，必是欲在此将我一战即灭。项羽啊项羽，你也太霸道了吧？”他因自己深爱的女人而遭来嫉妒，面临杀身之祸，可是在他的心中，却无怨无悔，即使再让他重新选择一次，他也会毅然决定为自己心中的至爱付出一切，包括生命。

“呜……”狼兄也在这一刻嗥叫起来，狼类特有的敏锐使它意识到了危机的存在，所以出声示警。

纪空手轻抚着它的头：“狼兄，你怕不怕？”

狼兄以一声有力悠长的狼嚎回应。

纪空手只觉心神一振，一股勃发的战意猛然飙升，充斥于全身每一道经络，整个人变得无畏无惧，长啸一声：“好，我们走！”

他大步向前，一步一步向森林迈进，丝毫没有犹豫。

一曲故楚小调随着一阵清风遥遥传来，声音温婉，和着西下的夕阳，构成了一幅渔舟晚归的和谐图画。但是纪空手充耳不闻，在他的身上，唯有一股浓烈的肃杀之气随着他那铿锵有力的步伐透发出来，具有一种大无畏的精神力。

他知道自己只要一踏入这片古树林中，就将会有生死大战等待着自己。他原可以绕道而走，无非是多费几日行程，但当他看到那浓浓的狼烟如魔鬼般升腾于空时，他便决定不再躲避，无论前面是刀山，还是火海，他也要勇于面对。

他的心里全无半点惊惧，亦无丝毫紧张，脸上的表情就像是赶赴山寨举行的野火会，轻松惬意，根本就不像是步入代表死亡的境地。

这是一种自信的心态，有了自信，这种心境便自然而然生成，而非是人为的行为。

然后他便看到了一对孪生兄弟各持快刀，挡在了自己的前路上。

这一对孪生兄弟长得实在太像，无论是相貌、体形，还是衣束、气质，都浑如一人，他们唯一的不同，便是手中的兵器。同是一把刀，却是一公一母，正是杀人无数的阴阳分界刀。

刀锋一出，阴阳分界，如此充满霸杀之气的刀，当然是项氏兄弟才能拥有。

“项文、项武!”纪空手的心里跳出了两个人的名字，只有将这两个人的名字套在这两个人的身上，你才会发现这名字是取得如此可笑，因为他们所学绝非文武之道，而是搏杀之道，这一点可以从他们冷冷的目光中看出。

杀气横溢，如雾般笼罩着这片密林，一种似有若无的压力存在于他们对峙的空间，沉重得让人几乎窒息。

“你们的耐心实在不错，等了这么多天，终于还是让你们等到了我。”纪空手似乎并没有感受到这气流中的压力，淡淡一笑。

项文、项武的眼中同时流出一种诧异之色，似乎想不到纪空手遭心脉之伤的折磨，气色不减反增，愈发显得神采照人。不过这诧异只是一闪即逝，取而代之的依然是那冷冷的杀意。

“无论你怎么逃亡，最终都不可能改变你必死的命运。”项文道。

“因为我们少主发下的霸王帖，至今还没有能够受帖不死的记录。”项武接上一句，两人说起话来也如同一人，话与话之间衔接之妙，显得配合默契。

纪空手微微一笑，觉得这对兄弟的说话很有趣：“我没有接到这帖子，可是你们却要杀我!”

“所谓的霸王帖，是我们项府的一句行话，少主的一句话，其实就是帖子。”项文一怔，觉得自己有必要解释一番。

“所以他要你死，我们就绝对不会让你再活下去。”项武也觉得自己应该补充一下。

纪空手轻哼一声：“如果我不死呢?”

这句话显然出乎项氏兄弟的意料之外，因为他们从来就没有想过会有这种现象出现，所以微微一怔，想了一想才道：“那就我们死，不过迄今为止，我们似乎还没有失手的记录。”

“那就请!”纪空手冷冷地道。

“为什么?”项氏兄弟异口同声地道。

“请动手!”纪空手话一说完，手已按住了腰间的飞刀。

拔刀是一个过程，一个直接给对手施压的过程，所以纪空手按刀的手快，拔刀的时候却是一寸一寸地向外移动。随着刀锋一寸一寸地暴露空中，那凛凛的寒意随着耀眼的刀光悍然射出。

整个空间为之一滞，风静云止，冷寂一片，除了呼吸声外，就唯有那暗涌空中的杀气。

项文与项武对视一眼，这才真正感到了对手的强大，不由在心中暗暗骂着步云。因为在步云的描述中，纪空手虽然杀了狄仁，但是受心脉之伤的拖累，已是难以对人构成威胁。正是因为他们相信了步云的话，所以才在长老凌丁的面前一力请战，争邀头功。

但是他们虽然惊诧，却绝不畏惧，因为他们算定纪空手必死无疑。这倒不是说他们对自己的实力极有信心，而是他们相信凌丁。

凌丁是流云斋三大长老之一，名列斋主之下，却在万人之上，纵是项羽本人亦不敢怠慢于他。项羽考虑到纪空手曾与玄铁龟有染，怕有变数发生，所以请他亲来压阵。他此时人在林中，随时都可能出现，这给了项氏兄弟莫大的鼓舞。

项氏兄弟同时拔刀，速度极快，横亘于空中，犹如两道山梁，他们的动作一致，只是刀锋一正一反，优势互补，形同一人。

风没起，却有暗流涌动……

“锵……”的一声，项氏兄弟双刀互碰，发出一道刺耳的声音。纪空手心神一震之下，蓦见两缕雪白的光影向他袭来。

他感到自己有些轻敌了，事实上项氏兄弟表面上有些像是头脑短路之人，其实心智却是一等一的聪明，他们利用自己的说话和一些举止来使对手产生错觉，造成轻敌思想，两人便可趁机偷袭，达到事半功倍之效。

纪空手心惊之下，身子倒翻而出，但是他似乎忽略了双刀并进的速度。

纪空手根本就无法看清对方的刀路，手中的七寸飞刀也是宜攻不宜守，“蹬蹬蹬……”一连退了数步，气机一动，顿时脚踏见空步，游刃于双刀杀势的缝隙之间。

他的步法快速灵活，旋步移身，连换十来个方位，但项氏兄弟的双刀似有灵性一般，紧追不舍，始终不让纪空手逃出刀势范围。

“呀……”纪空手瞅准对方一个破绽，一声大喝，劲力在掌心中蓦然爆发。

刀漫虚空，带出一声清越的龙吟之声，也带出了疯涨不息的战意。

飞刀虽然只有七寸，却如七丈大刀，横破空中，刀锋在虚空中幻出一道亮丽而奇诡的弧迹，毫不犹豫地点在了最先迫近的阴刀之上。

“叮……”飞刀击在阴刀的中心点上，以一种非常巧妙的力道一吸一引，略带回旋之力，将阴刀引向了随之而来的阳刀。

“当……”双刀迸击，发出一阵闷响，项氏兄弟同时发现手中的力道与刀锋的方向不对，无奈刀速太快，根本来不及避让。幸得两人收力及时，所以双刀一触即让，没有互伤到对方。

“兄弟有仇，也用不着兵刃相向吧？”纪空手嘴上调侃，手上动作却丝毫不让，飞刀在手，振出无数道刀芒，刺向了身形微晃的项氏兄弟。

他改守为攻，占尽先机，出手毫不留情。飞刀虽短，但刀势却无比霸烈，刀锋所向之处，数尺内足可伤人，杀气如飞溢的瀑布，冲泻而下，大有势不可挡之势。

虽然双方的变化只在一瞬，但场面上却大不相同。纪空手抓住时机，拥有十足自信，向项氏兄弟展开了如水银泻地般的攻击，项文、项武纵是心有灵犀，配合默契，但依然在这种强攻之下唯有节节败退。

五尺、一丈、两丈……随着纪空手的步步紧逼，项氏兄弟苦苦支撑，向森林深处退去。纪空手愈战愈勇，心动意动，渐渐发挥出了这些日子来他在洞殿内领悟到的武道玄理，同时灵台一片清明，捕捉着周围的一切动静。

所谓吃一堑，长一智，经历了刚才轻敌带来的被动之后，纪空手似乎明白了一个道理，那就是在高手对决中，你永远不要小视对手，而是要以尊重的态度相对。只有这样，你才能尊重自己，尊重自己的生命。

所以他在占尽了绝对优势的情况下，依然不敢放松自己，让自己的身体始终处于一种高度灵敏与快速反应的状态之中。也正因为如此，他在每一次攻击的同时，心中都有一种惴惴不安的感觉，似乎预感到了潜在的危险。

“呜……”狼兄突然狂嗥起来，它伏在纪空手身后的那一片草丛中，在没有得到纪空手的指令前，它是不敢妄动的，但它在这个时候突然嗥叫，是否意识到了一种危机的存在？

“轰……”就在纪空手追赶项氏兄弟欲自一棵大树旁经过时，那棵大树的厚重树皮突然迸裂开来，碎裂成无数木片，似箭雨般暴射开来。

如雨般的木片劲气逼人，更有一道惊人的杀气随之而来。

“水狼步云！”纪空手心里虽然早有防备，但是步云的这一招依然出乎他的意料之外。

“呼……呼……”与此同时，项氏兄弟反身挥刀，趁机展开了绝地反攻，令纪空手顿时陷入了绝境之中。

在这一瞬间，纪空手的心豁然变得宁静，静得不起一丝微波。

但在纪空手的心中，却感觉不到这肃杀之气，感觉不到阴阳分界刀的存在，甚至于步云那把藏在无数木片中的剑，他也浑如未觉。此刻他所感觉到的，唯有这风。

“唯心存天地，天地方能尽收一心。”此时的纪空手，跳跃的思维中闪现出这一行字来，仿佛他又回到了洞殿之中。

他的心静如止水，不起半丝波澜，真气随意而动，随着三万六千毛孔透射出去，捕捉着每一寸空间的异动。

在这刹那之间，这段空间仿佛变成了三维世界，无论时间、速度、力量，都全然失效，不管是疾射的木片，还是飞射的剑锋；不管是项文的阴刀，还是项武的阳刀，在纪空手的眼中，它们都成了一个个悬凝不动的静物。

飞刀漫空，虽只七寸，却似飞奔的烈马，发出了一连串快逾闪电的动作。

“呼……”飞刀旋动，拨开了如雨般的木片，正好点在步云刺来的剑锋上，然后借着一荡之力，疾刺项文、项武握刀的手腕，虽有先后之分，却如同至，就似三把飞刀齐出一般。

“呀……”三人同时发出了一声惨呼，然后刀剑砰地落地，脸上均露出一种迷茫的表情，似乎根本不相信刚才的一切竟然是人力所为。

这太令人匪夷所思了，难怪他们目瞪口呆，其实就连纪空手自己，也不敢相信刚才的一切竟然是自己所为。

他这惊人的一刀，的确超越了时间与空间的限制，在瞬息间爆发出了他体内的全部潜能。正因为他这一刀太快，所以相对来说项氏兄弟的刀简直就如蜗牛爬行；正因为他这一刀力量巨大，才显得步云的那一剑软弱无力。其实这一刀，已经让纪空手在这一瞬间看到了武道的巅峰。

项氏兄弟只有逃，步云也唯有逃，面对这一刀，他们都失去了再战的勇气。

当他们逃出数丈之后，这才听到“哗……”的一声，枝叶如雨般纷纷坠落，纪空手的这一刀刀气霸烈，竟将刀势数丈范围内的枝叶尽折。

纪空手缓缓地看着这一切，丝毫不动，然后缓缓地闭上眼睛，似乎想追寻这一刀迸发出来时的刹那心境。

他没有寻到，一无所获，他知道这是可遇而不可求的刹那，却也并不惋惜。

这只因为——他曾经拥有这惊世的刹那！

良久之后，他才轻叹一声，一人一狼重新上路。他的步伐依然铿锵有力，一步一步向前直进，因为他知道，决战只是开始，真正的战斗还在前方。

行不多远，他来到了三棵古树相互环抱的地方。这种景观的确少见，三树同抱而生，任何人都会停下脚步来看上一眼。

纪空手当然也不例外，所以他停下了脚步，可是他还没有来得及看上一眼，便听到了一个冷冷的声音：“你不像是在赶路，而像是行军打仗，脚步有力却不快，让老夫等得都有些不耐烦了。”

这个声音似乎就在耳边响起，差点让纪空手吓了一跳，但幸好他一直都有心理准备，所以从外表上看他还是显得镇定自如，只不过他的手心紧了一紧，握住了腰间的飞刀。

然后他便看到从暗黑的树影中走出一个人来，踱步而出，不疾不徐，风度绝佳。

纪空手看不到来人的五官，也看不到来人的衣着，但是这些已不重要，重要的是他感到来人往自己的身前一站，就像是一道伟岸的山梁，气势之强，让人有种无法攀越之感。

他不害怕，而且无畏，他也喜欢高手的挑战，甚至追寻生死悬于一线间的刺激。但面对此人，他的心中却泛起一丝莫名的寒意。

“不过，你还是来了，这说明你很有勇气，而且你能从项文、项武与步云设下的圈套中脱身而出，证明你很有心计，文武双全，大智大勇，的确值得老夫为你出手。”来人依然是冷傲的声音，不过又多了一丝欣赏之意，显然他知道项氏兄弟与步云共同设下的杀局。在他认为，这个杀局很有水平，少有人可以逃出生天，所以他才会让这三人去自行安排。

“你是什么人？说来听听，看看你是不是也值得我为你出手!”纪空手看不惯对方如此倚老卖老，索性顶撞一句，尽管他也知道，眼前之人将是他在这里遇到的最可怕的对手。

“哈哈哈……”来人狂笑三声，笑中自有三分怒意，“你小子够狂，很合老夫的脾胃。告诉你吧，老夫乃流云斋凌丁，希望你不要弄错，免得日后你的鬼魂寻仇寻错了人。”

纪空手心头极为震撼，这才知道自己面对的竟然是江湖上有数的几十个奔雷级高手之一——凌丁。他与红颜相处之时，曾经听过红颜点评天下高手，说到凌丁时，红颜评道：“此人擅长追杀，为人凶恶，冷血无情，执画天鞭，乃奔雷级高手中最不要脸之人!”

红颜的点评，当然是来自于其父五音先生，凭五音先生的见识，自然不会有错评误评，说到最不要脸，是指凌丁杀人不择手段，只求目的，不管其余的处事作风。也正是这种人，才是最可怕的人物。

“原来是你，项羽连你都派了出来，可见他是必杀我才甘心。”纪空手收摄心神，冷静以对。谁遇上凌丁这样的敌人，都必须小心翼翼。

“你现在才知，只怕太迟了。须知情场如战场，情敌便是生死大敌!你之所以不幸，是因为你爱上了一个你不该爱的女子，而你最大的不幸，却是我们少主也正好爱上了这个女子。”凌丁眼露不屑之色，有些同情纪空手。在他看来，天下的女人千千万万，又何必只恋一根草？虽然这是一根灵芝草，但用自己的生命去交换，付出的代价也未免太大了。

“这是我的事情，幸与不幸，只有我自己才知。我想知道的是，红颜现在怎么样了？”纪空手掩饰不了自己的思念之情，不由关切地问道。

“她很好，离开樊阴时，还为你的不辞而别而伤心，但这在我们少主看来，更加坚定了必杀你的决心，所以才让老夫出手!”凌丁极为自负地道。

纪空手闻言心神一荡，思及红颜不见自己时的那种伤心失态，心中不由生疼生怜，最难消受美人恩，他此时正是这种心态。

“多谢!”纪空手拱手谢道。

“多谢老夫亲手杀你吗?”凌丁不知其意，还以为他是为了能死在自己的手上而感到无比荣幸。的确，他凌丁的那双手，从来就不杀无名之人。

“你错了。我之所以谢你，是因为你告诉了我有一个女人在为我伤心，为了不让这个女人再次为我伤心，所以我决定了，无论如何，我都要活下去!”纪空手精神蓦然一振，生机勃发，战意熊熊，整个人仿若一头俯瞰大地的苍狼，充满了无限动力与杀意。

凌丁微微一怔，显然没有料到纪空手的气势亦同样咄咄逼人。他不敢大意，缓缓地取出了他最拿手的杀人武器——画天鞭。

然后他便看到了纪空手的飞刀，一把只有七寸长的飞刀。他想笑，但是当飞刀悬凝空中不动时，他笑不出来了，因为他发现了一个可怕的事实。

那是一把沉稳有力的飞刀，就好像它天生便横亘在那里，经历千百年而纹丝不动。不动还不可怕，可怕的是刀虽不动，却封锁了自己每一条攻击的路线，自己一旦攻击，就会遭到这把飞刀的无情封杀。

“有趣，真的有趣!”凌丁喃喃自语，同时鞭锋一扬，终于出手了。

他不进反退，竟然沿着三棵大树绕了一圈，才悍然攻出。这一手甫出，顿令纪空手脸上失色。

原来在两人对话时，纪空手就已经从两人相峙的空间中看到了一个绝佳的位置，只要自己从这里出刀，进可攻，退可守，进退自如，占据主动。但凌丁显然也看到了这一点，所以换位移形，从另一角度杀出，顿时破去了纪空手精心设置的防御。

“轰……”纪空手唯有撤刀闪避，幸而这里大树不少，他一个错步，已闪至大树之后，凌丁的画天鞭击在树身上，顿时枝叶尽落，树干频摇，声势端的惊人。

纪空手为之骇然，不过他早有准备，一计不成，另施一计，借着此地树林密布的特点，从容穿行闪避。对于高手来说，一寸短，一寸险，兵器的长短有时候能起到决定性的因素，但在空间狭窄之处，长兵器反不如短兵器更能发挥作用。由于受到空间的限制，凌丁的画天鞭虽然威势惊人，但施展的空间不大，致使精妙之招难以尽情发挥，倒是纪空手的七寸飞刀如鱼得水，游刃有余。

两人一前一后，绕树而行，纪空手身形狼狈，却不失为对付凌丁的最佳对策。

“轰轰……”之声不断，凌丁的鞭法威猛刚劲，全被纪空手以见空步闪躲开来，鞭击树干，发出惊天闷响，树动枝摇，犹如裂岸惊涛。

纪空手的每一步踏出，似乎都占到了先机，这才能躲过凌丁这一连串的攻击。否则的话，以凌丁的速度与力量，已臻一流，即使两人同时启动，纪空手也要略慢半拍。

他之所以只守不攻，并非胆怯，而是采取了避其锋而击其钝的战略战术，根本不与凌丁强大的气势正面抗衡，所谓两强相遇勇者胜，这固然是一句至理名言，但是没有智慧，不用头脑，那就是愚夫之勇，不足以构成威胁。

凌丁似乎看穿了纪空手的心思，所以并非一味强攻，而是突然收势，凝立不动。他用改变节奏的方式企图打乱纪空手的步法，从而形成有效的攻击，可是纪空手绝非他想象中的弱手，同样在感悟到他的气机的同时，刹住了身形。

两人相对而立，相距最多一丈，却根本不能见到对方，只能从对方的气机中来感受各自的动静。因为在他们之间，正好有一棵盘根错节的古树隔亘中间。

“你很聪明，但是却失去了年轻人应有的勇气，这令老夫很失望！”凌丁经过了这一番强攻，依然气不喘色不变，显示着他的内力悠长，异常雄浑。

“那你就只有失望了，匹夫之勇，恕我不为。”纪空手淡淡一笑，他无赖的心性根本不受这套激将法。

“如果你认为自己这样只守不攻的策略可以对付老夫的话，那你就错了。”凌丁冷冷地道。

“也许我是错了，但却是我唯一的选择。遇上你这样的高手，我必须慎之又慎！”纪空手笑道，“本来你是可以把握整个战局的，但是却犯了一个高手通常爱犯的毛病，就是过于自负，如果现在项氏兄弟与步云在侧，自然可以对我构成威胁，但你是凌丁，是流云斋长老级的人物，当然不屑于与人联手来对付我这么一个初出江湖的毛头小子。”

“即使没有他们，老夫依然把握了整个战局，难道这不是事实吗？”凌丁轻哼一声，自是被纪空手说中了心事。

“你拿我毫无办法，这似乎也是事实！”纪空手嘻嘻一笑。

“是吗？那我就让你见识一下，什么是真正的鞭法！”凌丁话音一落，鞭势一改，画天鞭如同一道游蛇般蓦然绕过古树，向纪空手奔袭而至。

纪空手没想到凌丁的应变能力如此之强，说变就变，竟然以气驭鞭，凭空旋来，他心中的惊骇确实无与伦比。对他来说，以气驭剑、飞花伤人只是神奇的传说，从未亲见，所以认为这是被人夸大的事实，但凌丁演绎出的以气驭鞭，却是活生生地展现在眼前的事实，这由不得他不信。

“当……”纪空手不得不出刀，面对画天鞭在空中飘忽不定、诡异非常的攻击，他几乎不能躲闪。刀鞭相击，爆出轰然声响，纪空手身形微微一晃，却见那鞭悠然直退，一碰树干，竟借反弹之力弹射回来，速度更快更猛。

纪空手的心神反而镇定了不少。

虽然凌丁的以气驭鞭诡异精妙，速度奇快，但是凡事有一利必有其弊，它在攻击的力量上和气势上定会有所削弱。毕竟真气流窜空中，遇阻力而消耗，加之既是以气驭鞭，必须用一部分真气来控制鞭的方向走位，如此一折一扣，威力自是大减，所以反让纪空手松了一口气。

“呼……”刀鞭再迎，杀气狂泻，这一次纪空手人虽退了一步，却一刀将画天鞭撞上了半空。

树后传来凌丁的一声冷哼，纪空手蓦感不妙，抬头一看，却见画天鞭由上自下俯冲而来，竟然幻化千万道鞭影，如一张大网般扑罩下来。

画天鞭竟能借势生力，这一着令纪空手大出意料之外，暗叫一声："好!"整个人倒蹿出去，企图闪过这铺天盖地的一击。

他身形闪得极快，画天鞭的反应亦是不慢，竟似长了眼睛的幽灵一般，陡然折射追来，纪空手听得身后杀气迫近，心中大骇，根本不相信这世上会有如此神奇的武功，会有如此灵异的兵器。

他的每一个动作都是随心所想，临时而动，下一步的动作连他自己也未必可知。但画天鞭却似通灵一般，总是料定自己的下一着棋，阴魂不散地紧迫不放，这世上难道真的有鬼?

纪空手从来不相信鬼神一说，所以他认定事情虽然诡异，但必有其因。

他挥刀挡击，与画天鞭交击了十几招，虽然被动，却并未完全落于下风。在他的心里，对任何事情都从来没有绝望过，遇强越强，更能激发他的斗志与自信，这似乎也暗合补天石异力的秉性。唯有强大的压力，才能将潜能自由地、尽情地、淋漓尽致地发挥出来。

他的心随之而静，对画天鞭的每一个动作与变化都留意观察，同时将飞刀插入画天鞭的每一个破入点，其刀法看似随心所欲，毫无章法，但每每击出，却能发挥出意想不到的威力。

"呼……"画天鞭绕树击来，眼看快到纪空手面门处时，陡然一滞，纪空手迎刀架了个空，诧异之下，突然哑然失笑。

面临生死之境，他竟然笑得出来，这的确有些稀奇。

但是他不能不笑，因为他发现了凌丁所谓的以气驭鞭的秘密。

他自从在洞殿彻悟武学玄境之后，就已经认定了以气驭剑这种至高无上的气驭术实际上是不存于世的，想象中的气驭术，必定需要有强大雄浑的真气来操纵兵刃，达到收发自如、随心所欲之境。但如果一个人真的拥有了这般强大的真气，他的一个举手、一个投足都能给人莫大的威胁，又何必去简从繁，以气驭剑？这实在让人不可思议。

真正的高手，永远是去繁从简，返璞归真，绝不会因为好看花巧而步入诡道。凌丁是个高手，他又怎会不知道这种简单的道理呢？

他当然不会去练所谓的气驭术，其画天鞭之所以凌空而御，攻守有术，其实是在他的手与画天鞭之间，系了一根肉眼难察的冰血蚕丝，以线驭鞭，然后用手操纵蚕丝，看上去就好像是传说中的气驭术。

纪空手能够发现这个秘密，自然是迎刀架空之后，看到蚕丝受树干一绕，长度不够，致使画天鞭一出即回。但饶是如此，凌丁能够凭借一根蚕丝将画天鞭使得如此出神入化，的确是一个不可小视的人物。

纪空手识破玄机之后，灵机一动，迅即绕树穿行，在树与树之间疾步飞掠腾挪。凌丁一见，哪里还能不明白他的心思，当下回手收鞭，整个人提气上纵，跃上树顶。

他一上高处，纪空手顿时无处藏迹，也不敢奔逃，只能脚步一错，原地静候。凌丁借地势之利，随时可以乘势追击，所以纪空手不动无疑是明智之举。

但即使不动，一个在高处，一个在低处，两人相峙，纪空手在气势上已是有亏无赢，换作别人，只怕唯有俯首认命。

但纪空手就是纪空手，越是有巨大的压力，就愈能激发他心中的战意，面对凌丁居高临下的强压，他昂首以对，丝毫不惧。

凌丁将这一切看在眼中，对他的剽悍与野性不得不刮目相看，只有在这个时候，他才深刻地认识到这个年轻人斗志旺盛，绝不简单。也许他可以一千次一万次地将纪空手击倒在地，但只要纪空手还有一息尚存，就会一千次一万次地重新站到他的面前，对于这一点，凌丁毋庸置疑，这也正是他认为纪空手最可怕的地方。

静，可怕的静，整个森林都寂然无声，甚至没有一丝活的气息。

凌丁的手紧了紧画天鞭，几次都欲跃下攻击，但最终都还是放弃了。

他必须等，等到纪空手在自己气势强压下露出破绽，那才是他出手的最佳时机。

这将是一个漫长的等待过程。

倏然间，一道耀眼的闪电裂空而过，霎时将暗黑的世界照得一片通明，亮光划过纪空手的脸，那是一张刚毅剽悍的脸，脸上露出不屈的神情。

凌丁有些不敢相信自己的眼睛，一晃两个时辰过去，纪空手竟依然保持着自己的站姿，仿若雕像般一动不动，这份毅力与从容的气度，实在让凌丁感到心惊。

他这才感到这是一个无趣的等待，他不想再耗下去，准备出手。

闪电过后，轰轰雷声由远及近，突然在森林的上空炸响。

“啪啦……”突然一声大喝，就在雷声炸响的刹那，凌丁终于出手了。

他的身形之快，犹如电芒掠动，整个空间生起一种强烈的呼啸声，带动着无数气旋席卷向纪空手。

这无疑是近乎完美的攻击。

他借树冠的高势，借雷霆之威，将自己全身的潜能在瞬间爆发，全系在这一鞭之上。

天沉、地陷、林动、风狂……

天象骤变，一切俱在毁灭。

凌丁出手的刹那，甚至带有一丝惋惜，惋惜一个生命最终被自己毁灭。

“啪啦……”又一道闪电裂空劈来，不可思议的事情发生了，纪空手纵身跃起，竟达数丈，七寸飞刀漫向虚空，吸引着一道电火缠绕其身，高压耀眼的电流，将整把飞刀闪击得光芒四射，接着这光芒向四周扩散，将纪空手笼罩其中。

在暗黑的夜空，这一幕犹如电神忽至，便是凌丁亦是目瞪口呆，心悸之中，刀鞭在瞬间交击了十三下。

“轰轰轰轰……”十三记闷响，带出了十三道无匹的劲浪，炸出了十三个数丈方圆的大坑，掀翻了十三棵大树，这毁灭性的十三击，真可谓地动山摇，惊天动地。

“哇……呀……”两人同时惊呼，一触即分，同时向后跌飞，血雾如注，狂喷一气。就在纪空手坠地的刹那，暗黑中一对绿光飞奔而至，伏地一抄，竟将纪空手驮在身上悄然隐去。

凌丁身受重创，勉力站起，只觉握鞭的手臂一阵发麻，口舌中亦满是血腥味。他心生悸意，回想刚才那惊人的一幕，几乎不敢相信自己的眼睛。

“纪空手绝不会比我好到哪里去，我必须找到他，然后由我来结束他的生命!”他强提一口真气，摇晃几步，踏过乱石断枝。

电弧又起，划过长空。

借着这刹那间的光线，凌丁大吃一惊，因为他一眼望去，哪里还有纪空手的踪影?

与此同时，纪空手此刻正伏在狼兄的身上，越过这片森林，向上庸城的方向前进。

他的内伤虽重，但凭借着自身玄阳之气的自疗功效，很快扼制了伤势的加重，渐渐恢复紊乱不堪的气血向正规运行，从而诱发生机，愈合伤处。

数日之后，他的身体已无大碍，带着狼兄翻过一道山岭，终于发现了一条官道。一路上遇到一拨数十人结伴同行的商旅，问明正是通往上庸的去路，不由大喜。

为免惊世骇俗，他寻到有人家的市集时，租了一辆马车，一人一狼坐将进去，随着车身的晃动，人狼相对，纪空手伸手抱过巨狼，说道：“狼兄，前方人口密集，为了你我的安全，我们就在此分手，将来若有机会，我定回绝谷找你。”两双眼睛霎时彼此凝望对方片刻，随着一声悲嗥，一道影子自车中射出，消失于阳光之下。

黄昏时分，纪空手终于到了上庸城。

缴纳了入城关税后，寻得路人相问，才知药香居并非自己想象中的出名，问及神农先生，也是无人得知，不由得令纪空手暗暗叫奇。

“樊大哥既让我来上庸，绝非无的放矢，说明这神农先生对疗治心脉之伤肯定有独特的手段，我倒要用心找找。”他知心急无用，当下寻了家客栈住下。

其实自洞殿出来之后，纪空手的心脉之伤便再也没有复发，即使是与凌丁一战，也丝毫不损，想来已康复痊愈。但他不懂医理，不明心脉之伤究竟是否得到大治，是以心中依旧惶惶，想到三月之限，时日无多，唯有尽快找到神农先生解除心惑，方才放心。

谁想一连数日，都是一无所获。纪空手几乎寻遍上庸城各家药店药铺，都说自家神农氏的牌位肯定供了，只是神农先生却闻所未闻。他心灰意冷之下，坐到一条小巷口的酒店里，叫了数碟冷盘，一壶温酒，自斟自饮起来。

这家小酒店铺面极小，也就三五张桌面，虽然过了吃饭时间，但铺子里还是人满为患。纪空手刚一坐下，一个鼠头鼠脑的中年汉子便挤来坐下道：“借光一坐。”

纪空手一看此人模样，便知他是一个老资格的混混儿了。他出身市井，见到这一类人多了，心中自然亲近几分。

这中年汉子大呼小叫地点起菜来，纪空手看他一眼，知道此人大有古怪，倒也不去理他。果然不出所料，这汉子菜一点完，站起身来道：“老子先上一趟茅房。”

纪空手大手一拍，将他按在座上，嘻嘻一笑，道：“茅房不上也罢，还是先坐下来喝杯酒再说。”

那人刚想叫喊，纪空手伸手一亮，原来被对方偷去的钱袋又回到了他的手上：“你的手法不错，只是比起老子来，还是差了一点。”

那人见得纪空手露出这一手，立时被镇住，陪着笑脸道：“原来阁下也是同道中人，请恕马五有眼无珠，饶恕一次。”

“我不仅可以饶了你，还请你喝酒，不过有言在先，你必须回答我几个问题。”纪空手灵机一动，想到盗行中人识人无数，或许知道神农先生的消息亦未可知。

马五眼珠滴溜溜地一转，嘻嘻笑道：“那我就不客气了。”当下大马金刀地坐下，在自己点好的酒菜一齐上桌后，这才动筷。

谁知纪空手的竹筷伸出，夹住他的筷子不动，问道：“你可识得药香居?”

“不识。”马五回答得非常干脆，急着抽筷，却半天不动分毫。

“你可识得神农先生?”纪空手又问道。

“也不认识。”马五急得汗都出来了。

纪空手心中蓦生惆怅，想到像马五这等人都不知神农先生的下落，自己一个外乡人自然更难寻觅，微微一叹，也不为难马五，问了一个他并不想知道答案的问题：“那么你是否知道这家店铺的生意何以会这么好吗?”

马五暗松了一口气，道：“这我倒知道，这家店铺名为胡记老店，三年前请来一个大厨，做得一手好菜，就是架子大了点，言明每月只逢初一、十五两天开工做菜，而且一日只做一餐，今日正逢十五，所以食客闻风赶来，生怕错过了这顿口福。”

纪空手不由惊奇道：“做厨子做到这份上，倒也稀奇，只是他手艺这么好，何以不寻一家大酒楼，却要在这小巷陋店中谋生?”

“这就叫艺高人胆大，厨子的手艺，大多是因店扬名，店大招牌硬，食客自然多，但真正的厨中高手却不屑为之，非得是店铺因他扬名，这才显示出他的真本事。”马五喝了口酒，整个人浑身来劲，唾沫横飞，“这位大厨所做的每一道菜，据说都是家常风味，从来不用山珍海味、名贵佐料，所用主料配料都是街头小巷常见的东西。可是经他的手这么一弄，其味鲜美，据说连那些吃过京城大菜的人也赞不绝口。”

马五的这一番话顿时勾起了纪空手的心思：“难得遇见这等美味，总要大快朵颐一番才甘心，否则三月大限一到，自己到了阴间地府也得后悔。”他拿定主意，有心想见识一下这位大厨的手艺。

“怎么不见这位大厨的人影呢？”纪空手环顾四周，只见几张桌上挤满了食客，大多衣着华丽，一看便知是豪富人家。而店铺铺面与后堂相连，以一道门帘相隔，除了跑堂的伙计进出之外，门帘上写着四个大字：“闲人免入。”

马五边吃边谈道：“这你就不知道了，他老人家的手艺既是一绝，那谱摆得可就大了。先不说其他，单是那厨房，豪华得简直让你想都想不到。”

纪空手看了看这破烂门面，脸上不信的神色顿时让马五看了出来，压低嗓门道：“你别看这外面，那厨房至少比这堂口大了两倍有余，据说他老人家站灶炒菜，替他打杂的下手少说也有十几位，那排场，啧啧……”

“你怎会知道得这么清楚？”纪空手看看“闲人免入”四个大字，努了努嘴道。

“我是干哪一行的？”马五笑道。

纪空手哑然失笑，想来这马五肚子饿时，也曾到这厨房去过，只是非应主人之请，乃是不请自入而已。

两人又闲谈半晌，酒菜尽光，眼看到了晚饭时间，才听到一名跑堂伙计出来道：“大先生来了，各位客官若要点菜，尽请赶早。”

马五站起身来道：“纪公子慢慢享用，我就不打扰了，改日有缘再见，我们就算是朋友了。”

纪空手正要留他，却见他拍拍自己的褴褛衣衫，又指指周围的人，意指自己不适合待在此地，纪空手只得任其去了。

他随手在菜谱上点了几道小菜，看到众人眼中诧异，指指点点，也不在意，倒是一心一意地等着跑堂伙计上菜，以求尝尝大厨手艺。

第十五章　江湖厨神

菜肴上齐，果然是色、香、味样样上佳，虽未入口，却香气扑鼻，勾起肚腹中馋虫无数。纪空手缓缓下筷一尝，品味良久，只觉通体透爽，无酒亦醉，方知吃饭也是一门博大精深的艺术。

几盘菜下肚，他缓缓站起，这才留意到其他桌前七八人围坐一席，只摆一盘菜肴，细嚼慢品，满脸知足。他心中暗道："看来此地人崇尚节俭，尽管只是几盘素菜，看来我倒显得大手大脚了。"

一个伙计迎上来道："客官吃好了，敝店自开张以来，客官算得上是头一位大主顾了。难得有人像你这般舍得吃，不愧是吃食中的行家。"他满脸堆笑，一番话说得纪空手心惊肉跳，暗自寻思道："我口袋里银钱不多，若是菜价太贵，只怕我出得了此门，进不了客栈门了。"

不过他想此菜满打满算，也不过十两银子罢了，而自己口袋中少说也有几十两银子，绝不会现场出丑，当即挥挥手道："结账吧！"

伙计正等他这句话，忙道："好嘞！客官，账已算好，一共是一百八十三两白银，您老是大主顾，老板发话，三两免收，请您老付一百八十两银子吧！"

纪空手大惊，道："我没听错吧？几个小菜要我一百八十两银子？杀猪呀！"

那伙计冷笑一声："本店明码标价，世人皆知，收你一百八十两银子，绝对公道。你知这一盘炒豆芽的用料吗？若是没有十五只陈年母鸡，三十六只初鸣雏鹅休想做出，算上十几个人工和大先生的心血，收你五十七两银子不算贵吧？”

纪空手这才知道这些人为何一桌只有一个菜，并非是他们节俭，而是自己过于奢侈了。想起自己点菜时遭人指点议论，自然是因为自己出手过于大方了。

事已至此，纪空手无话可说，只能将自己的钱袋一并奉上，苦笑道：“在下乃异乡人，实在是不知贵店行情，所带银钱全在这里，一并奉上，所欠数目只有等到日后再还。”

那伙计掂掂银两，不敢做主，叫来老板，这胡老板哪里肯依，拉拉扯扯，骂骂咧咧，突然从纪空手怀中滚出一件物事来。

纪空手一看，正是樊哙交给自己的竹质令牌，此物乃是自己面见神农先生的信物，岂能有失，当下俯身来拾。

谁知胡老板以为是什么宝物，一脚踏上，道：“银钱不够，以此物作抵。”

纪空手空有一身本事，却不愿与这些市井中人计较，恃强凌弱，是他所不为之事，只有轻叹一声，任胡老板将令牌拾在手中。

“什么破烂玩意？”胡老板把玩半天，不由“呸”了一声，作势欲扔。

“且慢，将那东西让我看看！”一个声音从门帘之后传来，低沉有力，胡老板一闻之下，立时满脸堆笑，快跑几步递了过去。

帘中之人接过一看，半晌才道：“有请这位公子进来一叙。”

此言一出，众人无不大吃一惊。须知这门帘之后，除了店中伙计进出之外，还从来没有客人踏入过一步，而且听这声音，似乎正是大厨自己发出的邀请，令人觉得不可思议。

在胡老板的殷勤招呼下，纪空手掀帘而入，走过一条不长的甬道，眼前一亮，便见一座精美的房舍赫然入目，里面锅响勺翻，忙碌一片，正是马五口中的豪华厨房了。

谁知胡老板并未停步，再往里走了十余步，到了一扇庭院门口，这才止步道："公子请入。"

纪空手踏进门去，迎面扑鼻而来的是一片花香，林木掩映中，数座雅致精巧的小楼房舍时隐时现，假山瀑布，飞溅而下，奇花异草，花浪轻翻，犹如一幅山水画卷。

纪空手看得油然神往，始知这小巷陋店中，亦是别有洞天。

一名清秀淡雅的美婢盈盈而来，施礼作揖道："公子请随我来，先生在药香居恭候公子大驾。"

"什么?"纪空手心中一阵狂喜，这可真是踏破铁鞋无觅处，得来全不费功夫。他怎么也没有料到，"药香居"三字并非是药铺的招牌，竟然是庭院之中一所建筑的名称而已，这的确让他有喜出望外的感觉。

美婢诧异地瞟了他一眼，纪空手这才发现自己有些失态，当下紧随其后，穿过一道回廊，便见一座古亭隐现于花海之中，亭上有匾，匾题"药香居"。

一个清瘦矍铄的老者一袭白衣，双手背负，手上拿的正是那块亮黝黝的竹质令牌，他仿佛浑然不觉纪空手的到来，抬头观天上星辰，似乎沉浸在悠悠往事之中。

纪空手站在他的身后，不敢相扰，只是默然而立，良久才听得此老轻叹一声："你终于来了。"

纪空手应声道："是，淮阴纪空手拜见神农先生!"

神农先生微微一震，道："神农之名，已有十年未听人再叫起过，今日一听，又勾起我往日的诸般回忆。"

他蓦然回首，双目精芒一闪，正与纪空手的目光相对，纪空手心中暗惊："此人功力非凡，眼芒逼人，深不可测，便是凌丁也未必及得上他。看来樊大哥所言不假，医治心脉之伤，非他莫属。"当下上前行礼，说明来意。

神农先生微微一笑，道："我已接到了飞鸽传书，你持令牌而来，我必当尽力，还请不必客气。"

他示座之后，眼芒紧盯纪空手的脸色，半晌才道："我第一眼看你的时候，心中就好生奇怪，你的伤既然是心脉之伤，算算时辰，此刻已临病危之期，脸色绝不会这般红润。但此刻的你丝毫不见病发之兆，莫非另有奇遇？"

他一语道中，顿让纪空手心生佩服之感，当下将自己这一路所遇之事一一告之，听得神农先生摇头晃脑，啧啧称奇。

神农先生把脉之后，拱手笑道："恭喜公子，你的心脉之伤已然痊愈，用不着我献丑了。"

"怎么会这样呢？"纪空手心中的一块石头顿时落下，只是心中仍是大惑不解。

神农先生思虑良久方道："你在洞殿中所见的红色石质，我虽未亲见，但是据我推断，应该是取自大漠火焰山中的赤日寒铁。它虽出自赤炎之地，却本身性寒，铁质中的寒气不仅能助增功力，亦有续接经脉之效。"

纪空手这才明白过来，想到此间事了，心系韩信安危，便要立时告辞。

神农先生道："公子不必性急，你心脉之伤虽然痊愈，但是你此去咸阳，凶险异常，我受令牌主人之托，已经为你打点一切，你只需随我习得一门手艺，自然可以出入相府，参与龙虎会。"

纪空手正愁咸阳之大，侯门之深，自己如何才能混入相府，此刻听得神农先生这般说话，心中自是大喜。

"如此便多谢先生了。"纪空手肃立行礼道。

神农先生扶着他道："公子不必多礼，我曾经欠得令牌主人一份情，十年来一直耿耿于怀，不能了却心愿，今日总算是可以报效了。"

纪空手不由大奇："这令牌乃是刘大哥与樊大哥送我之物，他们当是令牌主人才对，可是神农先生说到十年前，他们也仅是十来岁的少年，怎会对神农先生有恩呢？"他心中不解，见到神农先生不提及此事，倒也不好相问。

神农先生最后又说道："我之所以留你，无非也是让你学习厨艺之道，因为我已接到赵高送来的帖子，他的五十寿宴将由我一力承办，你将作为我的门徒一同入府帮灶。"

纪空手微微一惊，心中忽然有一丝不安的感觉，就像自己正步入到一个精心布置的计划之中，一步一步地迈向旋涡的中心。他相信樊哙，不会出卖自己，但自己是不是又被刘邦所利用呢？

"也许是我多虑了。"他在心里暗暗地安慰着自己。

这一日他在院中的一座精巧小灶上操练厨艺，眼看一盘拿手好菜即将出锅，却见神农先生从院外走来，行色匆匆，脸色略显阴霾。

"大事不妙，凌丁等人已经追到上庸，正在四处打听公子的下落。"神农先生眼神之中暗藏不安，缓缓说道。

纪空手一怔之下，始知凌丁等人受命于项羽，必杀自己才肯罢休。他原以为凌丁遭创之后，疗伤时间绝不会短，等到伤愈追来，自己或许已离上庸而去。想不到他复原得如此之快，阴魂不散，终于又缠上了自己。

"我们应该怎么办？"纪空手人在药香居内，不好擅自做主，只能将目光投在神农先生的脸上。

"此时距七月初二时间无多，如果在这个时候出乱子，必定会传到赵高耳中，引起不必要的麻烦。我们唯一的办法，就只有快刀斩乱麻，在最短的时间内将他们一网打尽，然后启程上京！"神农先生眼芒一闪，杀气顿生，显然已有了应对之策。

问题是凌丁的实力强大，凭自己与神农先生的能力，能否将他们一网打尽？

神农先生看到了纪空手眼中的疑惑，微微一笑，道："我已经想好了行动的方案，而且放出风声，将你的行踪暴露给了他们。"

纪空手道："你是准备在药香居中动手？"

神农先生对纪空手有如此反应表示欣赏，道："只有这样，才能杀人于无形，不至于使风声走漏出去。何况我们占尽天时、地利、人和，有必胜的把握。”

“但是我们即使事先早有准备，又怎能把握到他们行动的时间呢?”纪空手提出了一个很关键的问题。

“他们杀你心切，自然等待不及，而且凌丁此人，太过自负，即使明知有诈，也会不屑一顾，所以我可以料定，他们今晚必至!”神农先生果断地预测道。

纪空手只觉胸中一热，战意横生，道：“那我们有必要好好计划一番，让他们有来无回。”

两人相视一眼，哈哈大笑，都被对方的豪气所感染，心中涌出必胜的自信。

与此同时，距药香居不远的一座高楼上，凌丁携项氏兄弟、步云以及手下一帮武士登楼远眺，观察着药香居的整个地形地貌。

他自林中一战后，已不像先前那般轻敌，而是重新估量起纪空手的实力。他不得不这样做，因为与纪空手交手引发的内伤，差点让他九死一生，若非有流云斋的独门圣药，他岂能像现在这般神采奕奕地站在此地?

他的伤势略有好转，立刻带人赶往上庸。对于纪空手，他是势在必得，否则他很难向项羽交差，毕竟霸王帖出，例无活命，他不想让这个规矩坏在自己的手里。

所幸搜寻数日，终于得到了纪空手确切的消息，这使他大松了一口气。只要目标仍在，他就不愁没有下手的机会，身为流云斋有数的几大高手之一，他当然有这个自信。

“你可打听到，纪空手此刻藏身之地是属于何人的产业?他与房屋的主人又是怎样的一种关系?”凌丁的目光望向步云，后者精于隐身暗杀，打探消息亦是一绝，他们一入上庸，所得消息十有八九来源于他，是以凌丁有此一问。

“步云已探听明白，此屋的主人乃胡记老铺的一个大厨，身份虽低，排场却大，住到上庸已有十年，只在这几年才抛头露面，世人皆不知他的来历底细。据步云推算，想必此人亦是江湖中人，当年与纪空手的师门长辈有些渊源，归隐之后，碍于情面，才暂时将纪空手收容藏身。”步云面对凌丁咄咄逼人的眼光，心中虽怯，但还是条理清晰地将自己得到的消息讲述出来。

凌丁陷入沉思之中，细算十年前归隐山林的江湖好手，没有三十之数，亦有十余人之多，一时之间，哪里去理头绪？不由轻哼一声：“此人莫非连姓名也没有吗？”

步云打个寒噤，道：“我听到别人都是称呼其‘大先生’，想来不是真名，所以不敢禀告。”

“大先生？”凌丁的眉头紧皱一处，沉声道，“老夫记得十年前江湖上的确有过一个大先生，此人复姓神农，骁勇善战，剑术一流，与问天楼的卫三公子交情不错，如果这房屋的主人是他，那么这将是一件十分棘手的事情。”

流云斋一向与问天楼誓不两立，存世百年，虽没有太大的冲突，但小的磨擦始终不断。凌丁身为流云斋长老，对问天楼的情况十分关注，所以立时想到在纪空手的背后，或许有问天楼的支持。

他没有料到事情会弄得这么复杂，当初接到项羽的邀请，他就以为这是项羽小题大做，区区一个江湖小儿，何必要劳动长老大驾？但时至今日，他才发现一切事情并不如自己想象中那么简单，如果对方真的是神农先生，那就意味着问天楼将开始对流云斋宣战。

“为了慎重起见，我们是否静观其变，等待援手？”项文的心思非常缜密，意识到形势有些严峻，不由出言提醒道。

凌丁眼芒一寒，冷冷地盯住项文的脸道：“你认为有这个必要吗？”他一向自负，在森林中未能击杀纪空手，已被他视作这一生的奇耻大辱，此时再向项羽求援，岂非自掴耳光，颜面何存？

项文不敢作声，肃然而立。

凌丁遥望远方的药香居，脸色数变，喃喃自语道：“由此楼而去，相距药香居不过百米，而且此楼明显高过于它，但是由外而视，却不能看到其内部动静，这就说明其主人家深谙建筑之道，借山石树林，相映掩护，使其内部自成洞天，外人难探虚实。由此可见，此人即使不是神农先生，想必亦非寻常之人。”

步云谄笑道：“凌长老眼光独到，自然一目了然，能从一幢建筑上看出破绽，真令步云心生佩服。”

凌丁微微一笑，摆手道：“其实这也不是什么难事，久走江湖，阅历自然多了。不过这建筑虽然颇多古怪，但要阻挡老夫的脚步，却又差了一点，所以为防夜长梦多，我想今夜子时，应该是我们出手的时候!”

项文忍不住劝道：“此刻我们未明对方虚实，贸然动手，未必稳当，何不多等两日，等到摸清了对方的底细再动手亦不算迟。”

凌丁摇头道：“我们虽然不知对方的虚实，但对方又何尝知道我们的底细？以有心算无心，我们的胜算极大，岂能为求稳妥而延误战机呢？所谓兵贵神速，这才是用兵诡道。”

项文知他心意已决，劝说无用，只得退一步而求其次道：“长老说得也是，既然主意已定，如何出手，还请示下。”

凌丁淡淡一笑，道：“老夫心中早有打算，吃过晚饭后，再容老夫一一安排。只是今晚一战，务必人人争先，将纪空手彻底斩杀，否则的话，休怪老夫不留情面!”

他在心中对纪空手已是恨极，话音虽淡，杀气却浓烈无比，众人无不感到心惊。

他却不知，今夜一战，究竟是哪一方有心，哪一方无心，而且他更是连做梦也没有料到，其一切计划早已在神农先生的妙算之中。

药香居，园心亭。

神农先生与纪空手相对而坐，只是亭中石几上，多出了一把刀匣。

刀匣古朴，静卧几上，纪空手的目光停留其上，半晌才带着一丝疑惑望向神农先生。

“此乃纪公子故人之物，我受朋友所托，将之转赠于你，希望你能喜欢。”神农先生微笑道，手一伸，将刀匣推至纪空手的面前。

纪空手出战江湖以来，从来都是以七寸飞刀对敌。飞刀虽然灵活多变，但若棋逢对手，却又不能尽兴，是以心中早已渴望有一件称手的兵器，此时听得神农先生这般说话，顿时大喜，道了声谢，双手轻轻按在了刀匣之上。

他入手下去，浑身微微一震，只觉得从刀匣中传来一丝淡淡的寒气，正与自己掌心之中的血脉相对。寒气入脉，似有若无，却使自己在刹那之间杀气飙升，向四方空中漫涌而去。

他心中一凛：“此刀如此灵异，虽隔一层刀匣，却犹能与我心生感应，莫非注定了我就是它的主人吗？”

他脸色顿时凝重，肃然站起，双手捧住刀匣，恭恭敬敬地低头俯视，良久方道：“我虽暂时还不识你的庐山真面目，却知你乃世间罕有的神兵，若是你不嫌纪空手愚钝无知，从此刻起，你我便相依为命。”

他话音一落，悠然开匣，但见匣中一道白光亮出，耀眼无比，刀身不动，刀锋却微颤不已，发出一阵激昂悠长的龙吟之声，慑人至极。

“离别刀?!”纪空手入目一看，不由大吃一惊，心中自是喜不可言。

他第一次看到离别刀时，就有一种不可名状的冲动，总觉得它必然会与自己结成不解之缘。虽然后来他们之间失去了联系，但在他的心中，总是有一股难以割舍的情愫，久久不能忘怀。想不到自己竟能在斯时斯地，再见宝刀，那种感觉，恰如热恋中的情人相逢一处。

他伸手一握，抓刀在手，轻啸一声，心中充满了无尽的喜悦。

这当然是刘邦与樊哙托人相赠自己的，虽然他不知道神农先生与刘邦究竟是什么关系，但他真诚地感谢他们，因为正是他们，才使自己获得了这把宝刀。

神农先生拍手叫道：“所谓宝刀赠英雄，当真是一点不假。有此刀在手，纪公子果真侠气惊人，豪情勃发。”

纪空手微微一笑，突然长啸一声，纵身而起。他的劲力聚集掌心，刀锋闪处，尽是杀气。在见空步精妙的步法配合下，离别刀忽似轻巧，淡若无声，刀迹诡异，宛如天马行空，不着痕迹；忽而沉重，劲力飞泻，化作浑雄的呼啸，犹似裂岸的惊涛，尽显慑人胆寒的威势。

刀舞之中，纪空手心中更生灵异之力，贯注刀身，人与刀浑如一体。心静则刀如止水，心动则刀如狂风，心念意念合乎刀意，心刀如一，终合武道禅意。

一段刀舞下来，纪空手纵回亭中，微微一笑间，一阵清风吹来，满园残花飞舞。原来就在刚才，刀气漫空，已在不经意间从每朵花茎下一一划过，不见一丝痕迹。清风虽然无力，却只需轻轻一拂，残花自然离枝飞舞。

“心刀合一，挥洒自如，不仅刀好，而且人亦绝佳，堪称一段绝配，真正羡煞我了。”神农先生情不自禁地赞道。

“空手一时按捺不住，致使这园中百花遭了大罪，实在是不好意思。”纪空手收刀回鞘，恭声谢罪。

“这些花儿算得了什么，能让我见到如此精妙的刀法，你就是将这诸般花儿连根铲尽，亦是千值万值!”神农先生笑呵呵地道。

“如此说来，我便再也做不成护花使者了。”纪空手被神农先生的情绪所感染，说起笑来。

神农先生豪气迸发道：“这护花使者不做也罢，要做，今夜你就做个杀手!”

今夜有星，有月，只是淡星孤月，使得天地间愈发变得朦胧不清。

静寂的子夜，寂然无声，在星光月芒的俯瞰下，更添一份凄寒。

一道清风掠过，一条人影首先出现在墙头之上，如鬼魅般探头探脑地张望一番，然后发出了一声蝈蝈叫声。

随着这“蝈蝈”叫声的响起，院子之内四呼五应，这堵高墙上顿时出现了十数条人影，玄衣短靠，暗光闪闪，每一个人的脸上都带着一股浓烈的杀气。

凌丁算得上是一个刺杀的老手，在他的江湖生涯中，至少经历过四次重大的刺杀行动，而且全部成功，无一失手，这也是五音先生评他“最不要脸”的原因之一。因为在五音先生这等超一流高手的眼中，武道是正大光明的决战，任何违背了这一原则的游戏，都是危险的、无理的，也是君子所不为的。

幸好凌丁不是君子，所以他才能凭着一连串精彩的刺杀而名扬江湖。他之所以决定在今晚行动，是因为他凭着自己多年的经验，认为今晚的夜色正是刺杀的最佳时刻，被攻击的目标人往往会因为这朦胧不清的月光而在感觉反应上处于比较迟钝的状态。

刺杀最关键的一步，是要准确无误地找到目标，否则一切免谈。凌丁正在算计着怎样才能找到纪空手的时候，他突然发现，在这座庭院的中央，竟然有烛光在暗黑的夜里不住地摇曳。

“时至子夜，怎么这院中还有人不曾入睡?”凌丁心中一凛，感觉到有一种不安的情绪升起。对他来说，任何反常的东西都值得他去研究，因为杀机往往就隐藏在反常的现象中。

他隐隐约约看到了一个熟悉的背影，心中蓦然生出一股惊喜。自那一夜森林之战后，他对纪空手的背影已是刻骨铭心，当然不会看错。

他可以百分之百地断定，亭中那独坐的人影就是纪空手，也正是他此次刺杀的目标!

目标既然出现，就应该考虑在对方毫无察觉的情况下如何接近他。凌丁想都没想，就带了项氏兄弟与步云潜下高墙，自四个不同的方向朝纪空手包抄过去。

从高墙到药香居，无论从哪个方向逼近，都必须经过一片剪接有度的花草林木。为了不引起花枝林叶的声响，凌丁等人都是小心翼翼，一点一点地向中央进逼。

当他们几乎就快要接近古亭的时候，不知为什么，凌丁的心中突然产生出一丝莫名的悸动。

“这是怎么回事？”凌丁眉心一跳，冷汗顿出，似乎预感到一丝凶兆，同时他的脚步立时停下，屏住呼吸，向四周观望。

静，静得让人毛骨悚然。凌丁看到整个庭院中除了慢慢移动的那三条黑影之外，压根就见不到还有动态的物体。

“难道这是自己的错觉？”凌丁暗松了一口气，似乎为自己草木皆兵般的神经质感到好笑。当他正要继续前行时，突然听到了一声惊呼，以及十几声肉体倒地的闷响，在这宁静的夜里，此种情况显得诡异至极。

闷响来自于身后的高墙上，如此整齐划一，任何人都会明白在那里发生了什么事情。但是这声惊呼却来自凌丁的左侧，在那个位置上，正是步云前进的路线。

“上当了！”凌丁的第一个反应就是如此，惊怒之下，瞬间明白了对方的用心。

敌人显然是利用了自己杀人心切的心理，以纪空手为饵，将自己等人的注意力全部集中在纪空手一人的身上，然后展开了各个击破的战术。这种战略也许并不高明，但在有心算无心的情况下，却非常简单有效。

不过受到最大惊吓的人，还是步云。

他走得很慢，也十分小心，总是要等一只脚踩实之后才去移动另一只脚。当踏到第三步时，他突然感到自己的脚被什么东西拽住了。

他好奇地看了一眼，整个人顿时就像掉入到一个冰窖中，寒意彻骨，因为他看到了一只手，一只沉稳而有力的大手。

“呀……”他从来都没有看到过这么可怕的事情，这只手从地下伸出，来得如此突然，就像是来自于阴间地府无常的勾魂手，顿时吓得魂飞魄散。

他只想逃，可是又逃不动，仓促之间，他想到了手中的剑，拼尽全力向地面刺去！可是他的剑芒刚亮，忽然感到了一道寒气从自己的肛门处插入，直透心脏。

但是这一系列的惊变并没有让凌丁改变攻击的决心，他大喝一声，鞭影击出，人如大鹏般直扑亭中。

与此同时，他看到项文、项武也挥刀跃进，只要三人的动作够快，他们仍然有击杀纪空手的机会。

但是无论是项文，还是项武，他们人在半途，就已经被人截住。凌丁吃惊之余，为这些人的突然出现感到不可思议，他明明注意到整个庭院中除了纪空手之外，再没有第二个人，可是为何一到自己动手的时候，这些人便及时出现呢？难道他们是从地里冒出来的不成？

他没有猜错，这些人的确是从地底跳出来的。

神农先生知道以凌丁的耳目，要想在他的眼皮底下隐匿身形，是一件十分困难的事情。不过，他既然决定要向凌丁动手，当然会考虑到这些困难，所以他派出自己七名弟子，埋伏土里，以期达到反偷袭之效。

这种办法绝对有效，凌丁虽然老奸巨滑，却也不会想到在自己的脚底还另有玄虚。

凌丁没有想到，项文当然也没想到，只是在听到步云的惊叫后，他忽然感到有一道惊人的杀气随着一团花影迫来，花散、剑出，生出强大无匹的气势，笼罩着项文所有可退之路。

来剑突然而凶猛，便连项文也心生寒意，他的阴刀在手，唯有全力抗击。

“当……”刀剑相击，两人身形各退一步，项文这才看到对手是个肥胖大汉，体重如山，却轻盈灵动，双目炯炯有神，显示着其人有不凡的内气修为。

“你是谁？”项文出于本能地问了一句。

“在下后生无，为神农先生座下七弟子之一，恭候项兄多时了。”后生无冷冷一笑，手下丝毫不停，剑风再起，如旋风般刺出。

项文一怔，只觉得“后生无”三字实在陌生得很，但却证明了对手的确是神农先生的人，心惊之下，刀锋一闪，斜劈后生无的剑身。

两人的出手都是极快，以步法的灵动来弥补气势上的不足，眨眼间已是相互攻守了数十招。项文明知对手有备而来，而己方偷袭不成，反遭围杀，在心态上已落下风，只想寻找机会，与项武会合。

他们所习刀法，讲究二者合璧，优势互补，合攻合守，自有意想不到的奇效。但是后生无显然从纪空手口中知道了项氏兄弟的这点秘密，反而攻势更烈，逼得项文与项武之间的距离越拉越大。

项文唯有一味闷守，寄希望于项武能突破重围，来与自己合并。

可是项武的形势更显严峻，他面对的竟是两个强手。这两人一个舞锅，一个舞铲，而它们又是以精钢打制，有矛盾之功效。招法怪异，杀势慑人，未出几招，已让项武有手忙脚乱的感觉。

这两人也是兄弟，亦是神农先生的弟子，终日为厨，从厨房中悟出一套攻防兼备的武功，经神农先生改良之后，便成拿手绝技。这舞锅之人姓公名不一，生性稳重，心思缜密；而使铲者为公不二，天生神力，极富攻击性。两人合在一起，比之项氏兄弟的双刀合璧，似乎也不遑多让。

项武此时落单，自非公家兄弟的对手，不过他的阳刀擅攻不擅守，拼命之下，也能发挥出几成攻势。

“砰……”项武刀走偏锋，一个旋身，刚刚避过公不二的一记飞铲，蓦觉胸口一闷，当胸遭到公不一的锅底重重一击，他连退数步，气血翻涌，五脏欲裂，始知这看似全守的钢锅也能发出有效的攻击。

“叮……”他强提一口真气，勉力格挡住公不二的数道铲锋，每一击之后，都觉自己的嗓子发热发腥，终忍不住张嘴一喷，一道血雾如电射出。

项武一手挥刀挡住公不二的攻势，见得钢锅旋动而来，气势猛烈，唯有横臂格挡。他自信自己的内力不错，充鼓肌肉，绝对可以挡住这破锅的袭击。

但是这个世上是没有绝对的事情的，待他横臂一出，这才叫糟。

“呀……”他惨呼一声，断臂飞出，血肉飞溅，痛得整个人立时变形。

他怎么也没有料到，这锅儿虽然无锋，但它的锅边却如刀锋般锋利无比，旋动之下，正好绞断了他的一只手臂。

公不二一见之下，当然不会放过这种绝佳的机会，全身劲力蓦然在掌心爆发，飞铲出手，其势无匹，铲锋如箭矢般捣入了项武的心窝。

惨呼短促，却慑人心魂，更让项文心生悲愤，所谓兄弟情深，他的潜能突然提聚，阴刀“唰唰……”数响，逼退后生无，人如电芒般向公家兄弟纵去。

“又来一个，兄弟，看来我们还得再忙乎一阵了。”公不一持锅在手，与公不二的飞铲构成一个夹角，以静制动，丝毫不惧。

后生无并不追击，他缓缓收剑，明白项文此去，只会死得更快。他只是将自己的眼芒望向了药香居内的一战，在他看来，这才是惊心动魄的一战，但凡武者，不容错过。

凌丁跃出的同时，就发现自己的每一路人马都在这一瞬间遭到了敌人的攻击。他心惊之下，却丝毫不惧，以飞电之势向药香居扑去。

他没有一丝的犹豫，也没有一丝对同伴的怜悯。他只有一个目的，就是必杀纪空手，即使只剩他一人，亦要完成这个使命。

人在飞纵之时，他已完成了自己全部内力的提聚。就在相距纪空手只有两丈的距离时，他盯住纪空手凝然不动的身形，忽然生出了一丝不祥的预兆，突然稳身落地。

他必须落地，不能冒进，因为他感到了一种完全渗透虚空中的杀气似有若无地缥渺其间，看似淡若无形，却能在瞬间爆发出惊人的力量。

凌丁的眉间一跳，终于将目光锁定在那条如山梁横亘夜空的背影上。他知道，一切杀气的来源，正是来自这纹丝不动的纪空手身上。

纪空手始终不动，目光深邃，望着摇曳不定的烛火，似乎想从中看出一点世间的玄机。他的身形如山峰凝立，静默中透发出一种自然动感的活力，似乎在他的身上，每一寸肌肤都蕴藏着无尽的生机，每一个毛孔都散发出慑人心魂的杀气，就仿佛他与空气融为了一体，生机与杀气同时弥漫在这朦胧的夜空中。

凌丁的脸上不自觉地多了一丝讶异，他怎么也没有料到，分别不过半月时间，昔日的对手竟然又在武道上有了精进。一个人的武功高低也许能欺瞒别人，可一个人的气质变化却逃不过凌丁的眼睛。这一次，凌丁面对纪空手时，第一次感到自己并没有必胜的信心。

他必须使自己改变这种被动的局面，于是他开口说话了，唯有这样，他才可以忘掉自己心中的这一丝惧意，同时向所有人表示，他是凌丁，是一个让任何人都感到可怕的对手。

“你居然找到了神农先生来保护你，果然有些神通，不过我还是要告诉你，他救不了你，有我凌丁在，你就必死无疑!”他的声音嘶哑有力，听上去有点歇斯底里的味道，他自己似乎也被自己声音里的这种情绪吓了一跳。

“或许你在今天之前说这句话，我还可以相信，但是现在，你的话就变得有些滑稽、可笑，甚至有些不要脸了。你只要看看你的周围，就应该明白你现在的处境。”纪空手没有转身，甚至没有动一下，只是淡淡地说道，似乎并没有将凌丁放在眼里。

“我不用看，他们技不如人，就该死！这用不着让人怜悯，但我的功力远胜于你，就应该让你去死！这才是这个世道的真理!”凌丁冷冷地道，他的大手紧握着画天鞭，劲力提聚，就等一个出手的机会。

“是的，这个世道的真理就是物竞天择、适者生存，永远是强者的天下!”纪空手冷冷地道，在他话一出口时，整个人的气质都霍然生变，傲然坚挺，横生王者之风。

凌丁心中一凛，绝对想不到纪空手会说出这样一句话来，而更让他感到心惊的是，纪空手在说这句话的时候，就像是他已把握了这个天下，笑谈挥指间，强虏尽灭。

他忍不住退了一步，在后退的同时，他看到了一把刀，一把寒锋无敌的长刀。

刀，是离别刀，也是纪空手的刀，刀一出手，快如闪电，就如同刀本身就已是漫过虚空，横斜在凌丁的眼前。凌丁根本没有看到纪空手从哪个角度出刀，甚至连刀的攻击方向也猜测不透，只知道刀锋一出，眼前亮起了一幕奇异诡秘的刀云。

凌丁在心悸中疾退，同时大手一振，鞭影疾出，连封了七道气墙，企图阻止这一刀的迫压。他不得不如此，因为他没有想到纪空手的这一刀有如斯境界，说来便来，毫无征兆，宛如云天之外那一缕清风。

纪空手一声冷哼，身形已起，整个人与刀合一，幻生出千百道光影，穿破气墙，强力挤进……

“叮……当……”声音连绵不绝，杀气飞泻中，两人在瞬间交手了三十九招。一个全守，一个全攻，纪空手攻击固然锐利，但在凌丁全力防守之下，并未达到先声夺人之效。

凌丁绝非弱者，事实上他每接一记纪空手的刀招，都在琢磨着对方刀中的破绽。就像一条盘身缩首的毒蛇，护住自己的七寸，然后瞅准机会就反噬一口，他也一直在寻找绝地反攻的契机。

“你守得真不错。”纪空手不由由衷地赞道，他的这三十九招刀法，都是凭着记忆，然后针对凌丁的鞭法而自创出来的，攻敌所必救，无一不是绝妙之招。但是凌丁却凭着自己老到的经验一一化解，毫发无损，这的确让纪空手感受到了对方可怕的实力。

“你的刀法也不赖!”凌丁压下胸中翻腾的气血，装作无事般冷冷笑道。

“幸好我还有几刀，不知你能否接得下来?”纪空手话锋一转，又多了一丝嘲讽的味道。

凌丁冷哼一声，正要说话，纪空手的刀已划向了虚空，向他迫来，刀式平淡无奇，却蕴含着一种玄理。

凌丁的眼眸中闪过一丝异样的色彩，凝视着离别刀划向空中的轨迹。他已经清晰地感觉到这看似平凡的一刀中所蕴含的一往无前的霸烈之气，更看到了这一刀之后衍生千变的后继攻势。

事实上即使没有这种直觉，凌丁也看到了这种危机的存在。这一刀的本质根本就与纪空手刚刚接连攻出的三十九式迥然有异，它朴实、单纯，仿若初学水墨者手中的一支笔，虽然没有功底与规矩，却暗合自然之道，蕴含了无穷禅机。这同样是一种境界，是一种返璞归真、大智若愚的境界。

所以刀锋一出，凌丁唯有反攻，他绝不能让纪空手的这一刀发挥到极致，否则他只有败亡一途。

他的画天鞭终于出手，经过了一番压抑之后的出手，带出一种解放了束缚的感觉，所以酣畅淋漓地达到了快的极致。他的鞭不仅快，而且准，毫不犹豫地击向了刀锋的中心。

一快一慢，形成了一种速度的反差。如此诡异的一幕，唯有在高手决战中才会出现。

"叮……"画天鞭精准无比地触到了离别刀的锋尖，却没有发出预想中的爆炸，凌丁只感到自己刚猛无匹的劲力被一股回旋之力一引，冲向了地面。

"轰……"爆响倏起，泥土飞扬，地上蓦开一条数丈大缝，犹如山洪暴发的力道冲得花树连根拔起，一击之威，端的惊人。

纪空手一退之下，刀势凭空一顿，疾若秋风直扫，攻势如潮，趁势向凌丁的手腕劈去。

凌丁收势不及，旋身回弹，唯有扬鞭再挡。

"叮叮叮……"

凌丁一攻未成，又成守势，仓促之间，这才真正地领略到了纪空手这一刀的可怕。纪空手的这一刀本就是诱招，泄尽了对手的气势，却在对手旧力已尽、新力未生的刹那出手，顿时打破了两人之间的攻守平衡，使得凌丁在被动中毫无抗击之力。

凌丁只有节节败退，每退一步，都让他感受到了一种前所未有的耻辱；每退一步，都让他的心中多了一份悲愤之情。他的理智似乎正被这种怒火所燃烧，他怎么也没有料到，纪空手的手上只多了一把刀，却让胜利的天平向其倾斜而去。

“难道自己真的老了?”凌丁在心中问着自己，其实他知道，自己还是原来的自己，但纪空手变了，已经是超越了自身的纪空手，只有这样才使他们之间在今日一战中互换了角色。

面对潜力无限的纪空手，凌丁的心中悲愤至极，更多了一种悲怆的心境。这种心境让他爆发出了毁灭的心态，不是你死，就是我亡，或者是同归于尽，他都必须将眼前这位撕下了自己自尊面具的年轻人毁灭于无形，唯有如此，他才甘心。

他的主意已定，眼神中竟然多了一股亢奋的红色，红得惊人，如燃烧的火焰。纪空手把这一切看在眼中，心中凛然，不得不小心戒备。

当纪空手劈出第七十四刀时，他忽然有了一种不可名状的感觉，心惊之下，已经感到了自己的刀锋仿若劈在了一段虚空中，毫不着力，他唯有疾退收刀!

可惜这一切都迟了一点，只迟了那么一点点，却改变了整个战局。

凌丁根本就无意去接挡这一刀，他将全身劲力都凝集到了握鞭的手心，看准刀路，突然鞭压刀身，迅速向纪空手的手腕滑去。

他这一招绝对是出人意料的一招，亦是同归于尽的一招。他根本就不去理会纪空手的刀势，而是拼尽全力，展开了如毒蛇反噬般的一击。

这一招虽然有失高手的水准，却是有效而致命的，如果纪空手不想同归于尽，唯有弃刀。

弃刀是痛苦的决定，纪空手曾经发誓，他将自己的生命与离别刀相连一起，刀在人在，刀亡人亡，他自然不会忘记这一点，所以他绝对不会弃刀。

他不弃刀，也不想同归于尽，这似乎已是不可能的事情。

凌丁看出了这一点，所以画天鞭一出，拥有排山倒海般的气势，大有不达目的不收兵的阵势。

“当……”

一声清脆的金属声蓦然响起，在这夜空中回荡，这声音响得如此突然，突然得让凌丁的心在这一刻间莫名悸动。

鞭势一缓，纪空手人已纵出一丈开外，他的离别刀依然在手，身体的每一部分都完好无缺。他已在毫发无损的情况下逃过了这致命的一劫。

这简直让人感到不可思议，对凌丁来说，至少如此。

他几乎算计到了纪空手的每一个动作，无论从哪一个角度来看，纪空手都只有在弃刀或是同归于尽上作出选择，别无他法。可是现在却出现了第三个结果，这是怎么回事？

不为什么，只因为纪空手的另一只手上还有一把刀，一把七寸飞刀，正是它适时出现，使得凌丁的如意算盘落空了。

虽然纪空手总算逃过了一劫，但是凌丁抓住这稍纵即逝的机会。长鞭挥空，大开大阖，向纪空手展开了如潮般的攻势。

高手之间，只争一线，这惊人的变化导致了整个战局角色的互换。凌丁终于在占到先机的情况下开始把握战局的走向。

“当当当……”纪空手变幻了十余种方位才闪过凌丁这一连串的攻击，直到这时，面对对方连成一气犹如长江大河般的攻势，他才知道，凌丁的高手之名，绝非虚负。

他唯有用见空步与之周旋，同时刀锋转换不同的角度，在严守防线的同时伺机反扑。

“你也有今天。”凌丁拧笑一声，横亘于天际的画天鞭犹如一条在雷火电光中重生的恶龙，疾射而出，更在虚空中变扭出数道奇诡的幻痕。

“轰……”纪空手骇然之下，着地一滚，同时飞刀出手，击在鞭锋之上，撞击出无数火星。他的身法虽然狼狈，却有效地化去了这惊人的一击。

“啸……”纪空手不得不另换刀路，他的刀似乎很难阻挡得了一味强攻的画天鞭，一步一步地向一丛花树间退去。

二人一进一退，在花枝间飘忽行进，杀气漫天，充斥着这段虚空的每一寸空间。

“呀……”纪空手的一只脚已经踏入到了身后的一团花丛中，再退已是绝境。他蓦然大喝一声，离别刀突然疾射，暴生气劲，绞杀向画天鞭。

凌丁虽然讶异，却相信这是纪空手强弩之末的最后一击。刀破长空，呜呜直响，声势虽然惊人，但只要他破去了纪空手的这一刀，就应该能够置纪空手于死地。

他的脸上终于露出了一丝得意的笑容，有一种即将要功成身退的感觉。虽然这次行动他的人马几乎是全军覆灭，但他并不觉得可惜。他始终认为，任何成功都是需要付出代价的，没有付出，哪有收获？只有经历了千辛万苦换得的成功，才值得他用一生去追忆。

他很快就寻到了纪空手的一点破绽，虽只一点，却足以致命，至少对凌丁来说是如此。

与此同时，后生无人在数丈开外，与公不一、公不二兄弟俩站在一起，蓄势以待，封锁了凌丁的左路线路。

那边的战事已经结束，十几具尸体已被迅速处理，神农先生的门下七弟子，已将凌丁围在了中心，他们的任务，就是绝不容许凌丁逃出药香居去。

他们甚至看到了纪空手这一刀的破绽，也看到了凌丁针对这个破绽发出的最凌厉的一击，却没有一丝惊讶，平静得让人觉得反常。而在后生无的脸上，居然还流露出一丝淡淡的笑意。

可惜凌丁没有看到这些反常的现象，他也无暇顾及于此，他的心神集中在他的画天鞭上，希望能够通过这一鞭来结束纪空手的生命。

风动，暗流涌动，鞭锋一出，空气竟似在刹那间如炸开四射的松针般飞泻狂舞，泥石激散，气破枝碎……天地为之一暗，仿佛在虚空中涌动的不是鞭，而是阴曹地府中无常的勾魂幡旗。

如此惊人的一击，又是针对自己的破绽而来，纪空手似乎再无回天之力了，但是，他在凌丁鞭出的同时，却笑了。

在这种生死悬于一线的紧要关头，他居然还能笑得出来，这太反常了。而这反常令凌丁忽然间失去了必胜的自信，冥冥之中，他感到了一种不可名状的危机存在。

危机来自于他的左侧，就在凌丁奋然一击的同时，一股淡淡的杀气从锦簇的花团中飙射出来，以闪电般的速度攻向了他的肋部。

与此同时，纪空手的离别刀突然旋转了九十度，呈斜角夹击之势拍开了他汹涌的鞭势，一动之时，刚才的破绽竟然不见，看上去更像是一个圈套。

如此惊变令凌丁心中大骇，根本没有时间去想这一切的原由，生命比一切都要重要，他不能不退，也不敢不退。他用一种比进攻的速度更快的方式而退，但他绝对没有料到，陡然出现在他肋部的这一拳会比他的速度更快，气势更猛，犹如炸响半空的一记雷霆。

“呀……”他只叫了一声，就感觉到了自己肋部的强烈痛感，然后“咔咔……”数声，他甚至听到了自己的肋骨折断粉碎之声。这一切来得如此突然，让他的心顿时充满了无尽的恐惧。

他终于看到了这一拳，也看到了隐藏在这一拳背后的眼睛，这双眼睛深邃而明亮，带着一种远胜冰雪的无情，似乎嘲弄着这位曾经不可一世的对手。

“你、你、你就是——神农?!”

凌丁瘫坐地上，整个人浑如散架一般，脑中打了一个激灵，蓦然想到了这个未曾出现的大敌。

“不错，我就是神农，在我的五味拳下，从无活口，所以你可以安息了。”神农先生缓缓地收住拳头，然后缓缓地从花间踱步而出，淡淡一笑。

凌丁这才知道，自己从头到尾，似乎都落入了一个圈套中，从来就没有真正地掌握过主动。可惜，他明白得太迟了，所以他唯有死。

杀气渐渐散去，月夜依旧朦胧不清。神农先生回过头来，冲着纪空手笑了一笑："大功告成，明日我们即可启程了。"

纪空手缓缓收刀入鞘，道："多谢援手。"

"不必谢我，其实我们已在同一条船上，生死与共，荣辱与共，你的事就是我的事，何必言谢？"神农先生拍了拍他的肩头，眼中流露欣赏之意。

"我想杀了凌丁之后，流云斋未必肯就此罢休，只怕我的麻烦还在后头。"纪空手想到了项羽，如果自己未死的消息传到他的耳中，不知这个不可一世的人物脸上会是一种怎样的表情。

"人在江湖，谁又会少得了麻烦？这不足为惧，我倒觉得，此次相府一行，我们将遇到的风险才真正是凶恶万分！"神农先生的目光中透出一丝忧郁，似乎预见到了未来的艰辛。

纪空手默然无语，只是静静地思索着神农先生话中的韵味。

神农先生微微一笑："不过幸好有你，你的心智与武功都足以让人称奇，他日成就之高，只怕放眼天下也无人能及，所以我相信此行应该能逢凶化吉。"

"先生对我如此看重，实在是让我汗颜了。"纪空手轻轻地吐了口气，似乎想释放这种沉重的压力。他从来就没有想过终有一天自己会成为什么英雄豪杰，只是心性使然，由心而发，所做的事情都是认为自己应该去做的，并没有刻意去追寻境界。直到神农先生说出这番话来，才使他从朦胧之中看到了一点今后的目标。

神农先生淡淡一笑，道："长江后浪推前浪，辉煌永远是留给你们这些年轻人的，你应该当仁不让，如果你不介意，从今日起，神农便是你的好朋友了，而神农门下便是你的门下！"

纪空手大惊："这怎么可以？！"

神农先生眼睛一瞪，道："你嫌我老么？"

纪空手忙摇头，道："先生的五味拳妙至毫巅，哪有半点老态？我只是怕辜负了先生的厚爱，是以才婉拒先生的这番盛情。”

神农先生嘿嘿一笑，大手一挥，便见后生无等七名弟子来到药香居中，恭声行礼：“弟子谨听师父吩咐！”

神农先生脸上露出满意的微笑，眼芒从每一个人的脸上缓缓划过，然后转头道：“纪公子，这些人随我已有十余年的时间了，资质虽非绝佳，但为人忠诚，勤力勤勉，一身武功倒也还过得去，如果你不嫌他们，就让他们跟随你创造辉煌吧！”

纪空手感动之余，知道神农先生情真意切，自己倘若再谦让，未免显得太小家子气了，当下拱手道：“如此便多谢先生了。”

此言一出，不仅神农先生喜形于色，便是后生无等七大弟子亦是心中欢喜。纪空手虽然年轻，但心计智谋远胜常人，武技更是一流，这些都是后生无他们耳闻目睹的，而最让他们心中折服的是，纪空手虽是年少有为，却丝毫没有年轻人应有的浮躁之气，举手投足间，尽显大气，隐隐然有超凡入圣的王者霸气。

“你们还不快快跪拜主人！”神农先生厉声喝道。

第十六章　意锁虚空

众人欲跪，却被纪空手伸手拦住："从今往后，我们以兄弟相称，切切不可行这主仆之礼，否则就真的折杀我了。"

在神农先生的提议下，众人对天起誓，结成神风一党。所谓虎从风，龙从云，暗合龙虎际会之意。纪空手凭空多出了这么一帮强援，心中着实欢喜，想到咸阳之行，不免又多了几分把握。

众人散后，纪空手惆怅顿起，思绪万千，想到红颜，想到韩信，只觉得月光所照，哪一方才是他们的归处？

经过半个月的精心打理，韩信对照月马场的一切事务终于做到了了如指掌，他不由在心中暗暗惊道："想不到时农十年时间创下的家业竟如此之大！"

在昌吉的引见下，韩信以少东家的身份视察了一支由上百名青壮汉子组成的铁骑。这些人全是来自关内各郡的孤儿，经时农收养调教之后，习得一身武艺，个个尽显剽悍之气。他们的忠心自不待言，见了韩信，更是战意勃发，摩拳擦掌，一心誓死效命。

韩信得凤五所授，深谙兵不在多而在于精的道理。经过数天观察，他从这些人中选出三十六人，组成了照月三十六骑，作为自己的亲兵卫队，同时对他们授以搏击之道，从严治军，使他们在短时间内形成极强的战斗力。

咸阳之行，的确凶险至极，韩信深知以己之力，孤身犯险，胜算可谓微乎其微，能有这一支精锐之师，无论在心理上，还是临战上，至少多了一分把握。

照月三十六骑的每一名战士个个善骑，骑术极精，对弓箭射术都有相当的造诣。韩信针对他们在近身搏击上的弱点，因人施教，在这些方面加紧强化，使得他们受益非浅，各项技术趋于全面。

这一天韩信在照月马场的练武场上，正对他选出来的两名照月三十六骑的头领进行剑术指导，突听得马蹄声响，烟尘漫起，一标人马快速从场外而来。

韩信微微一怔，自他入主照月马场以来，一向清静无事，这彪人马所为何来?

他耳目灵敏，相距虽遥，却已认出当头一人乃是昌吉。在他的身后，除了宁秦城守格瓦将军之外，还有一个身材魁梧的壮汉相随，此人满脸钢髯，杀气贯眉，不怒而威，看上去与格瓦有几分相似，但神态间却多了一丝嚣张而骄横的意味。

“他既来了，想必大事已成，只等我动身启程了。”韩信虽然不识此人，却料定他就是格瓦所说的兄长格里，突厥暗杀团的首领，乃是赵高最器重的三个红人之一。此次他能亲来宁秦，想必是受格瓦之托，为韩信入京出谋划策。

“万九、宗十一，你们俩先去通知手下各骑，列队恭迎贵客光临!”韩信冲着这两个头领发号施令，两人应诺一声，纵马而去。

韩信大步迎上，相距数丈，便已拱手笑道：“格瓦将军，好些日子不见，你可让我一阵好想啊!”

三人下马，双方聚到一处，格瓦笑道：“自上次分别之后，我便托人上下打点，忙乎一阵，总算在今日有了眉目。”他身形一让，指着格里道，“这位便是家兄格里，他得知你我之间的交情，慨然应诺，答应为你此次入京见相铺平一切。”

韩信这时再看，只见格里浓眉之下，目光凛凛，显示其高深的功力，而最令人心惊的是，他随随便便往人前一站，便有一股无形的压力凭空而生，让人心生寒噤。

“原来是格里将军，久仰大名，今日得见，果然是名下无虚，在下时信，性情愚钝，此次入京面相，还望将军多多关照。”韩信连忙笑脸迎上，礼数周到，态度恭谦，顿让格里心生好感。

格里为人傲慢，秉性嚣张，一贯目中无人，此次若非自己的兄弟一力牵线怂恿，说到时信对人仗义，出手大方，他才不会跑这么远的路来搭理这个暴富人家的子弟。可是当他打量了韩信第一眼时，心中蓦然一惊，忖道：“此子目光看似随和，却暗含精芒，可见有不凡的内力，我可不能小觑了他。”

当下微微一笑，道：“时公子太谦了，如果我没有看错，你可是一个少见的高手，怪不得格瓦说起你来，定要让我给你在龙虎会上安排一显身手的机会。”

韩信道：“在下练过十年功夫，说到高手，那是蒙将军抬举。只是习武之人，有时不免一时技痒，听说有龙虎会这等武林盛事，谁又不想露上一手，以博赵相青睐，从此非富即贵呢？”

格里听他说得直爽，毫不隐瞒此次入京的目的，显然是把自己不当外人了，自然十分高兴，脸上顿时露出难得一见的欣赏之意，道：“时公子能这样想，亦是人之常情。我此次来，就是为公子此举出力，只要我们细细谋划，相信定能如公子所愿。”

韩信与昌吉相视一笑，知道以格里的身份地位，他若能这么说话，事情已有了七八分的把握。而格瓦更是诧异，他心知自家兄长原是碍不过自己的情面才出手相助，谁知格里一见韩信，态度立变，倒让他大出意料之外。

他却不知，格里虽然身为赵高的心腹，却与赵高身前的俏军师张盈、亲卫营的统领乐白素来不和，虽然三人同为赵高最为器重的红人，但各领一股势力，隐成分庭抗礼之势。加之近段时间张盈与乐白隐现联手迹象，对他不断施以排挤打击，他虽隐忍不发，却在暗中扩张势力，企图与这二人相抗到底。

所以他一见到韩信，顿时被其气度与慑人的风采所吸引，认定此子前途无量，倘若收归己用，必是强力援手，当下已起笼络之心。

数人从照月三十六骑的战阵之前走过，面对这等军纪肃然、士气高昂的威威战阵，格里更是对韩信的才能有所了解，与格瓦相视一眼，觉得此行不虚。

四人到了一所庭院，摆下酒桌，上得佳肴美酒，边谈边饮。格里暗中观察韩信的一举一动，只觉得此人武功之高，不可揣度，举止从容，具有大家风范。

“时公子自小离家学艺，对武道如此痴迷，实在令我佩服，不知你师从何人？能否告之一二，看看我是否认识?”格里求才心切，三杯酒下肚，便想打探韩信的底细。

“在下的授业恩师归隐山林已久，默默无名，并不为世人所知。他老人家性情古怪，我下山之时，曾与我约法三章，其中言明不得泄露他的姓名行踪，所以只有请将军见谅了。”韩信心中早有应对之策，缓缓说来，仿佛真有其事一般。格里深知江湖中人性情各异，有此举措，亦属寻常。

“我初见公子之时，便觉得公子行事绝非常人，双目有神，气息悠长，必是武道高人！如果你不嫌格里冒昧，你我切磋三招，不知意下如何?”他有心相试，容不得韩信不允。韩信迟疑片刻，已从格里的神情中明白其意，当下站起，允诺而战。

他立于场中，自有一股威势生出，人虽不动，却衣袂鼓动不已，劲力溢出，向四方涌动。

格里缓缓地站在他的面前，心中惊叹不已：“此子尚未出手，杀气已然蠢蠢欲动，看来我若不使出真功夫，未必能占到他的上风。”他既有心笼络，当然要显露一手，以震慑其心，所以缓缓提气，造出先声夺人之势。

他的武功在入世阁高手中已是一流水平，韩信虽然气质不凡，却并未让格里当作对手看待，是以出手时大喝一声：“小心了！”突然化拳为掌，斜斜劈出，劲风蓦然生起。

韩信顿觉呼吸不畅，感受到一股惊人的压力随掌而来，速度虽缓，却罩住了他整个身形，不由霍然心惊：“格里能得赵高赏识，绝非侥幸，看他的样子，最多使出七成力道，却让我难以招架。”

他心中虽显惊慌，表面上却极为冷静，倒退一步，同样拍掌而出，攻向格里的手腕。

韩信不守反攻，顿让格里“咦”了一声，甚是惊奇。他的掌势猛烈，凶悍无比，有大漠恶鹰凌空扑落的气势，少有人可以硬抗。韩信看出了这一点，根本不防，而是攻敌所必救，顿时化去了格里的这一凶招。

格里回臂一格，掌劈敌势，撞肘而出，一消一打，以一种惊人的速度迫向韩信的胸口。

这一变化欲守还攻，确非常人可及，关键之处在于格里拿捏时间与分寸恰到好处，正好在敌方掌力稍顿之间陡然生变，换成是一般高手，根本来不及抵挡。

韩信也没有换招格挡，而是脚下一滑，退出一丈有余，在退的同时，突然掌劈虚空。

格瓦与昌吉惊呼一声，不明白韩信何以会如此出掌，肘风正疾，他不迎肘而击，反舍肘于不顾，劈向一段空处，真是令人费解。

而格里眉间却隐含笑意，看出了韩信这一招的高明之处。他这一肘虽然平实无奇，但其力道之猛，绝对如泰山压顶，更兼肘击之后尚生变化，如果对方迎肘而击，必败无疑。但韩信判断精确，掌劈虚空，完全封锁了肘击的路线，自然让格里心生顾忌，无功而返。

“果然身手不凡。”格里赞一声道，突然收肘还拳，拳风溢出，缓缓地击向空中。

他有心相试，所以这一拳击出，确实是他平生所学的精华所在。看似简简单单的一拳，但拳路往前一寸，拳劲便骤加一分，空气涌动间，只觉这拳势如江水般一浪紧接一浪压迫而来，罩住了这庭院的每一寸空间。

格瓦与昌吉同时站起，迫得向后连退数步，可见格里的这一拳之威，是何等惊人。

昌吉心中担心不已，深怕这一拳击伤韩信，头上已有冷汗渗出。但要舍身相救，却又不及，唯有闭眼不看，心中不住祈祷。

格瓦更是心惊，只道格里不识轻重，竟然一逞虚名而击杀韩信，不由暗暗叫苦。

拳势如风，震得酒杯中的酒水亦起道道波纹，但韩信却没有动。

他不动，是在承受这一寸一寸逼来的压力，从而激发自己心中的战意，心中战意燃起，才能使他在瞬息之间将玄阴之气提升至极致，以抗衡格里这如大漠风暴般的拳劲。

当格里的拳头终于出现在自己的眼前时，他这才眉心一跳，拳头“咔咔……”直响，突然伸出，以刚猛无敌之势迎将上去。

“轰……”一声闷响，回荡在庭院之中，除了这一声闷响，整个空间再无其他，即使是刚才奔涌于空中的气劲，也陡然消失了一般。

静，真静，无论是对峙而站的格里与韩信，还是呆若木鸡般靠立墙角的格瓦与昌吉，没有人开口说话，似乎仍为眼前的一幕感到莫名其妙。

只有韩信轻叹了一口气，心中的惊骇实在是任何言语都无法形容的。他不得不承认，格里是一个可怕的人物，也是一个真正一流的高手，他不仅用自己异常雄浑的掌力包围了自己骤发而至的拳劲，而且在两劲相触的刹那间一卸一消，竟然将两股劲力化为无形。

“咔……咔……”直到这时，韩信才看到格里脚下所站的那块厚重大石板突然龟裂而开，遇风一吹，尽成粉末。

“将军如此神威，时信总算领教了。”韩信心悦诚服地道，语气中不免多了一些心灰意冷的味道。

格里一脸肃然，缓缓踱步过来，拍了拍他的肩道："能与我相拼掌力的，这个世上并无几人。你能做到如此，实在让我感到惊讶，如果我所料不错，日后你的成就必在我之上，所以你应该感到知足才是。"

他拉住韩信的手，接着道："从今往后，你的事就是我的事，我们平辈论交，将军二字，再也休提！"他当真是一代枭雄，断事果敢，行事极速，给人雷厉风行的感觉。若非韩信心有所属，早已拜为门下，誓死效忠了。

韩信假意谦让几句，众人重新入席，格里问起韩信为赵高准备的寿礼，昌吉从怀中取出一份礼单，双手递上。

格里仔细浏览了一遍，将之置于桌上。昌吉又递上一份礼单道："这是我家少主为将军准备的一点薄礼。"

格里看都未看，淡淡一笑，道："你听说过有人为自己办事还收礼的吗？"

格里言下之意，自是将韩信当作了自己的心腹，不分彼此。

他大权在握，远见卓识，深知一个真正的人才远胜于成山的珠宝，所以对韩信大加笼络，收买人心。韩信大为感动，若非有凤影之故，在他的眼中，是问天楼也好，是入世阁也罢，其实并无什么区别。

"时公子出手果然大方，比之他人，当然受人瞩目，只是要真正打动赵相的心，却又未必能够。"格里沉吟半晌，深思远虑之后这才缓缓开口。

韩信与昌吉对视一眼，心中惊道："这已经是尽我照月马场所能了，如果还不能算作厚礼，那真是无法可想了。"他一心想借此来获得赵高的注意，如果自己的礼单不能使之动心，岂非是前功尽弃？

格里见他神情紧张，微微一笑，道："我随驾侍奉赵相二十余年，深知赵相为人。他看上去生活奢华，拥金戴银，日日有醇酒美人相伴，其实这只是他对外人的一种障眼法，表示自己对现在的生活很是知足，让敌人尽去防范之心。事实上，他真正的志向远大而广阔，非常人可以揣度，所以能真正让他动心的，绝非是金银美人这一类身外之物，他需要的，是可以襄助他完成大业的人才和物力。”

韩信脸上不露声色，心中却暗惊：“赵高位极人臣，已是一人之下、万人之上的炽天人物，他倘若还不知足，岂不是要取胡亥而代之，成为天下之主?”不过他同时也暗暗欢喜，知道格里说出这番话来，的确是对自己信任有加，再无防范。

“依将军所见，我应该怎么办才好?”韩信问道。

格里脸色微愠，正要责怪韩信又称自己为“将军”，转念一想，用人之道，在于恩威并施，他既然执意如此，也不勉强，当下点头道：“此事换作别人，也许很难，若是你来筹备这份厚礼，却正是出自手上。我来时曾经留意到你马场中的各色战马，其中不乏有上等货色，你只要精心挑选出十四良驹，外加你自己，必然能得赵相另眼相看。”

韩信恍然大悟，连连称谢，与格里把酒言欢，谈及相府诸多事情。他人虽还未至咸阳，但对咸阳的情况总算有了大概了解。

一连数日，格里兄弟都逗留在照月马场，尽极笼络之意，韩信知其用心，虚与委蛇，与之周旋，愈发令格里欣赏不已，两人还不时就武道上的事宜切磋一番。至此，韩信这才知晓拳法并非格里所长，他真正的拿手武器，是霸王钹!

钹是一种乐器，以此作为兵器，自然有借音伤人之意，可见格里的内力是何等雄浑。韩信与他有过三招之战，至今想来，犹然心惊，有意无意间，倒想见识一下霸王钹的威力。

可是格里淡淡一笑，道：“雕虫小技，不足挂齿。”轻轻一句话便婉拒了韩信所请。

转眼间已是六月十七，正是日头毒辣、地面生烟的炎夏时节，韩信亲率照月三十六骑与昌吉、格里一道，护着十四上等良驹，以及数车珠宝金银上路了。照昌吉的意思，此行虽有格里照顾，但阎王好见，小鬼难缠，带上些护身之物，一路上自可少些不必要的麻烦。

与此同时，纪空手与神农众人，也从上庸出发，正行进在汉中郡的入关途中。

他们为防流云斋的人马追杀，一路上从不招摇，整个马队装扮成商旅模样，快速前行。这一日行到沔水边上，按照事先的计划，他们选择了搭乘大船前往故道城去。

这一路上，神农先生与纪空手相处久了，愈发觉得此子不是池中之物，便将自己最为拿手的五味拳倾囊相授。纪空手闻言大喜，诚心相学，不过半月时间，已经领悟到了这套拳法的精华所在。

神农先生看在眼里，喜在心头，他之所以一眼看中纪空手，固然有看破天象之功，更多的是一种微妙的缘分，他甚至从纪空手的身上，看到了一些他过去的影子，所以希望能从他的身上，再看到自己未竟的雄心与抱负，最终得以实现。

这看上去像是一个怀旧的绮梦，更像是一个充满理想的梦境。虽然看似遥不可及，但神农先生坚信，这绝对不是一个遥遥无期的梦，所以他毫不犹豫地将自己的所有本钱投入进去，就赌自己没有看错纪空手。

有的时候，他觉得自己似乎有些违背了对卫三公子的承诺。当年卫三公子有恩于他，名声如日中天的神农竟然舍弃自己一切辉煌的过去，隐姓埋名，一等十年，就为了在今朝一刻为其出力。若非让他遇到了纪空手，他依然会为了这一承诺而效忠拼命，但是现在，他忽然觉得，自己的十年等待与付出，其实足可抵得上这任何加在自己头上的恩情。

十年光阴，也许在历史长河中并不算什么，但在一个人的身上，十年的光阴却是一段难以忘却的记忆。尤其是发生在曾经叱咤风云的神农身上，可想而知，这十年来的甘于平淡与寂寞又是一段何等痛苦的记忆。

所以，当他看到纪空手时，纪空手身上那种特有的王者风范与不灭的战意顿时激发了潜藏在他心中已久的激情。他不再为当年的承诺而苦恼，而是将这一切看作是一个难得的契机，重新开启自己尘封已久的记忆，加入到争霸天下的行列中去。

只不过这一次，却与十年前的他有所不同，十年前的他，是这场大戏的主角；而这一次，他却甘于退到幕后，去成全纪空手的英雄之梦。

望着眼前的这位年轻人，听着窗外沔水哗哗流淌之声，神农先生好不容易压制住自己心中的激动，缓缓说道："此次咸阳之行，旨在襄助韩信，可是你想过没有，韩信为什么会到咸阳？而刘邦又何以知道韩信人在咸阳？关键的问题是，韩信究竟要在咸阳干什么？"

这一连串的问题正如一串串的谜团，套在纪空手的脑海中已是很长时间了。他出于对刘邦与韩信的信任，每每触及到这些问题，都一带即过，从不深思。他始终认为，凭自己与这二人的交情，他们是绝不会加害于己的，自己所做的一切，只是在尽一个朋友的本分与道义。但是既然是神农先生将这些问题郑重其事地提出来，他也并不回避。

"我对此一无所知，作为他们的朋友，我完全相信他们。"纪空手坦然答道，但在他的心中，并非全无疑虑。

神农先生是何等聪明之人，当然看到纪空手的身上有一个致命的弱点，那就是过于看重友情。他经历江湖数十载，深知江湖险恶，当然不会坐视不理，因为他知道，在一个真正的高手面前，能够伤害他的只能是朋友，而不是敌人，只有背后捅来的刀子，才是足以致命的。

"我很欣赏你这种对朋友的高义，但是你要记住，真正的朋友是相辅相成的，你如果要完全信任一个朋友，就必须有一个条件，也是原则，那就是这个朋友一定也要完全相信你！否则这一切都将毫无意义。"神农先生淡淡一笑，眼中流露出的仿佛是对世情的看破。

"先生有话请讲。"纪空手从神农先生的表情中似乎看出了一些什么，恭声说道。自从他们相处以来，纪空手被神农先生待己的一片真情深深打动，他虽然不知道神农先生何以会这样对待自己，却能感觉到神农先生对自己的这份至诚之心。他没有理由不相信神农先生，就像他没有理由不相信自己一样。

神农先生心知纪空手并非愚钝之人，肯定也是看到了一些问题所在，所以才虚心请教，不由微微一笑，道："你这两个朋友，我虽从未谋面，却从你的故事中了解到了一些。尽管了解了一些，但要凭这点了解去评价一个人，未免有失偏颇，有失公允。我只能就事论事，谈谈我的一些浅见。"

纪空手点头道："先生所言极是，个人的感情色彩容易影响到一个人正确的判断，只有将之抛开，让事实说话，才是最公道的评价。"

神农眼带欣赏之意，道："你能如此想，我就放心了。其实这件事情从一开始，我就有所怀疑。当年我向卫三公子承诺，见令牌如见其人，答应为他办一件事情，这事唯有我两人知晓，这刘邦是从何而知？又是从何处得到这竹质令牌的？"

"这的确是让人生疑的地方，我也曾想过卫三公子乃是问天楼楼主，而刘大哥只是沛县中一个小小的亭长，他二人身份地位悬殊，相距又何止千里？本是风马牛不相及的两个人，他们又怎会联系在一起？"纪空手若有所思，显然对这个问题早已想到。

神农眼中露出一丝惊诧而喜悦之色，纪空手此言一出，说明他并非一味地死抱着友情不放，审时度势，目光非常敏锐。

"这只是疑点之一。疑点之二则是你受项羽重创，心脉有伤，自是一件非常偶然的事情，刘邦将你送到药香居来，又嘱你伤愈之后入京，这显然也是临时决定的事情。正因为如此，疑点就应时而出，而这疑点正是出在我的身上。"神农眼芒一闪，备显锐利，仿佛闪动着睿智的光芒。

纪空手只是望着神农，默然不语，他并不觉得这件事情有何不对，是以静听下文。

"你仔细想想，答案自然会出来。试想卫三公子与我订下这十年之约，是何等的煞费苦心，他如此费尽心力，自然是希望我能帮他办成一件大事。可是你的出现看上去全是偶然所致，似乎根本不是他计划中的一环，两相对照，你不觉得我们此次入京太突兀了一点吗？"神农每一句话都说得很缓，生怕疏漏了一些细节，而使自己的整个思路缺乏连贯性和说服力。

纪空手蓦然惊醒："这的确是令人生疑的一个问题。"他始终觉得自己此行有些太过巧合，心生惴惴不安之感，此时听得神农说起，心中迷雾尽散，似乎看到了问题的症结所在。

他沉思良久，缓缓说道："也许我们这一路人马在卫三公子的计划中，只是作为疑兵之用，他寄予希望的，正是韩信！"

神农虽然也想到了这一点，但是他总觉得问天楼如果真是这样做的话，那么这个计划实在是太庞大了，就像是一个投资巨大的工程，令人简直不敢想象。不过他深知卫三公子的为人处事，其人作风，不可揣测，也许这一切都是他刻意为之，也未尝没有这个可能。

"如果事情真如你所说，那么韩信此次咸阳之行，所为之事绝非小事，他要取得的东西，绝对是可以惊天动地！"神农眼芒一亮，骤然兴奋起来。

"管它是什么东西，此次入京，我只要保得韩信平安，也算是问心无愧了。至于这之间的事情，我纪空手不想知道，也无心过问，只等此间事了，我便入川。"纪空手淡淡一笑，他听了神农的这一番分析，不由肯定了自己心中所想，刘邦又想以樊哙来利用自己！

月色如水，洒落在流水哗哗的江面上，听着这如二胡独奏的涛声，神农从纪空手的眉宇间看到了一丝恬淡与淡泊的韵味，如深山中持锄耕种的老农，带着一种与世无争的心态来看待世间的万千风景。

"人各有志，我不想劝说你什么，不过身为男子汉大丈夫，如果为了一个女子而舍弃他本可以创造的辉煌，这是否值得？"神农眼睛一眨未眨地紧盯着纪空手的脸，眼神中带出的是一股希翼之情。他显然听说了纪空手与红颜之间的故事，所以他近乎严厉地叫道："自古美人所爱的都是英雄，以红颜的身世地位，她是否会甘于与你一起度过平淡无味的一生？"

神农的这一句话显然触动了纪空手的心弦，令他忆起往日的种种事情，不由感慨万千。这无形中也激发了他的斗志，暗暗寻思道："是啊，即使红颜甘于平淡，我也不能就此逃避一切，只有通过自己不懈的努力，使自己心爱的女人能以己为荣，这才是真正男子汉的作为！”

他的眼神蓦然一亮，仿若黑暗中的一缕光明，照亮了自己未来的方向。当他不再保持沉默，准备开口说话时，他已决定，无论如何，此次进入咸阳，他都要扬名天下，成为世人瞩目的核心人物。

“谢谢你提醒了我，从今日起，不管遇到多大的困难险阻，我都会迎头面对，绝不逃避！”纪空手缓缓地道，整个人仿若出鞘的锋芒，其势已不可挡。

神农笑了，他之所以笑，是因为自己并没有看错人。在这个世上，有些人也许不会看重功利虚名，也不会刻意去追寻一些自己所得不到的东西，他们生性淡泊，甘于平淡与寂寞，却绝不表示他们就是弱者，只要他们真正要想作为强者的话，他们不难做到，因为他们本身就是真正的王者，而纪空手正好就是这一类人。

两人相视而笑，双手互握一起，神农肃然道：“我不得不再提醒你一句，一到咸阳之后，我们的敌人不仅有赵高的入世阁，项梁、项羽叔侄的流云斋，还有卫三公子的问天楼。这三者都是武林豪门，稍有不慎，你我走的就是一条有去无回的不归路！”

纪空手深深地吸了一口气，道：“我既然已经决定，就不再后悔！无论这些人是如何可怕，我必与之周旋到底！”

在烛火之下，他的脸被烛光映红，显得更加精神。神农蓦然在面对他的这一刹那间生出一种奇异却又清晰的感觉，似乎觉得眼前这位充满斗志与激情的年轻人，必将轰轰烈烈地加入到争霸天下的行列，从而名扬天下，光耀江湖。

神农缓缓地伸出手来，手心中多出一段布条。

“这是附在离别刀上的一封短信，信中的主人再三嘱咐，要我见信之后立刻毁去，我想它对你或许有用，就留了下来。”

纪空手为之一怔，接过布条一看，只见上面赫然写有八个大字：“事成之后，将之除去。”正是刘邦的手迹。

他浑身一震，道："想不到他竟这么狠毒！"

神农淡淡一笑道："这就是你一直为他卖命的朋友，其人之无情，其人之可恶，由此可见一斑。"

纪空手神色一黯，往事纷沓而至，一幕幕浮现在脑中，乌雀门中那暗夜间熟悉的身影……山野间他与韩信被凤五追杀的情景……他默然无语，此刻终知刘邦为何要非杀自己不可，要怪也只能怪自己得到了不该得到的东西。

门外传来一阵急促的脚步声，神农听出是后生无的声响，心中微惊："他负责一路上的探报消息，这时赶来，莫非是有大敌来到？"

后生无敲门而入，拜见纪空手与神农之后，方才禀道："流云斋三大长老之一的申子龙正率一帮人马从上庸连夜赶来，看其情形，只怕是针对我们而来。"

神农沉吟片刻，对纪空手凝声道："凌丁之死异常机密，想必他们并不知情。申子龙之所以赶来，恐怕是没有得到你的死讯，受命增援。照此推算，流云斋对你势在必得，如果我们避让不理，只怕他们会一直纠缠下去。"

纪空手剑眉一扬，道："既然如此，我们就先下手为强，彻底将敌人消灭干净，然后再行入京！"

神农点头道："这事势在必行，不知申子龙此刻相距我们还有多远？"后一句话所问自是后生无。

"据准确的情报，三日之后，在官山峡附近我们有可能与之遭遇。"后生无大有把握地道。

"那我们就在官山峡设伏，杀他们一个措手不及！"纪空手道，他的话语虽轻，却有一种必胜的决心。

三日之后，官山峡内。

这是一段水流湍急的河道，两岸夹峙，高耸入云，峡谷狭长，弯曲几折，船只上溯而行，犹如蜗牛爬行般缓慢。

申子龙的船一路快赶，终于在欲进峡谷时，看到了前面的目标。对申子龙来说，这不啻于一个惊喜，只要目标出现，他就根本不怕对方能逃出自己的手掌心。

他有这个自信，也有这样的实力，身为三大长老之一，他在流云斋的排名高于凌丁，武功也远在凌丁之上，何况他带来的手下个个都是门中精英，他没有理由让纪空手再活在这个世上。

他独立船头，放眼望去，只见前面的大船虽然相隔数十丈远，但船上的情况却不能逃过他惊人的目力。当他仔细打量了一番之后，心中骤然多了一丝诧异。

他所看到的船上，根本就未见一人，保持着一种让人心惊的宁静。这种宁静所带来的压力，让申子龙有种惴惴不安的感觉。

迄今为止，他还没有与凌丁的那一路人马碰头，一路追来，到了上庸之后，便突然失去了他们的消息，这让申子龙心中感到了一丝凶兆。他虽然未知凌丁的凶吉，但心中却作好了孤军奋战的准备。

他也曾想过，如果凌丁这路人马全军覆灭，那么纪空手他们的实力就足以让人害怕了。这令他不由得更加小心翼翼，想到了出发之前项羽对他再三叮嘱的那句话来："纪空手此人绝不简单，我之所以要将他除之而后快，并非是世人想象中的冲冠一怒为红颜，而是因为此人身上有一股无穷的潜力，假以时日，他必然是我争霸天下的强敌之一。"当项羽一脸肃然说出这句话时，申子龙颇显不以为然。他对这个年轻有为的少主虽然佩服得五体投地，却并不认为少主对纪空手这件事情的看法就是正确的。

那一日在樊阴城外的码头上，申子龙人在项羽身后，曾经仔细地打量过纪空手。面对这位敢与自己少主争美的年轻人，他不得不佩服纪空手的勇气与不畏强权的傲骨，并且大有欣赏之意，但是说到争霸江湖，无论是从身份地位，还是从纪空手现在的实力来说，似乎都差了一大截。

如果他知道纪空手此刻已经得到了神农先生的全力支持，或许会改变自己的这个看法，以五味拳闻名天下的神农先生，当可列入当世前五十名高手之列，更以超凡的智慧，被武林大豪所推崇。像这样一个完全可以开山立派的宗师级人物，尚且甘于为纪空手谋划大计，可见纪空手确实有其独特的人格魅力与卓尔不群的领袖气质。

可惜申子龙并不知道这些事情，所以他没有看出纪空手的船如此宁静，其实正是一场大战即将爆发的先兆。

随着两船愈来愈近，申子龙也感受到了这种山雨欲来风满楼的紧张态势。在他的身后，站有三人，一老二少，神采奕奕，目光炯然有神，他们都是申子龙最为器重的属下，江湖上人称父子三侠的桂家爷仨，父亲叫桂永波，长子桂风，次子桂云，父子三人往船头一站，自有一股慑人的霸杀之气，凛然如战神降世一般。

“桂兄，你看前面这船毫无动静，会不会被他们事先发现了我们的行踪，摆下了空城之计？”申子龙眺望良久，心中疑惑地道。

桂永波早就对前船的反常情况有所警觉，他注意到前船甲板舱楼上虽不见人影，但从船舷之边伸出的几排桨橹却翻动频频，与激浪搏击极烈，心中顿时少了几分担心，缓缓一笑，道：“申兄所言过于多虑了，我们此行北上，极为隐秘，谅纪空手也料不到我们的行动会如此迅速。何况他绝对想不到少主为了他的项上人头，会出动两大长老，是以我们在暗不在明，完全可以把握整个杀局的发展。”

申子龙听来亦觉有几分道理，点头道：“我们也不能如此乐观，凌丁受命追杀纪空手已有月余时间，迄今毫无消息。凭他的实力，别说是一个纪空手，就是十个，我也会买他赢，可是事实并非如我所想，时至今日，纪空手还是活得好好的，他却吉凶未卜，这实在让人感到匪夷所思。”

桂永波道：“凌长老擅长追杀，人又机警，想来不会出什么事情。据我估计，可能是凌长老发现对方有太大的背景，是以不敢轻举妄动，只是躲在暗处，伺机待动。”

申子龙摇摇头道：“他若是人在附近，岂有不来与我相见之理？不过桂兄所言倒是提醒了我，也许纪空手到了上庸之后，确实得到了强援相助也说不定，我们万万不可掉以轻心。”

两人一路闲谈，眼看着两船愈追愈近，最多相隔不过七八丈远，申子龙看到前面大船依然毫无动静，心中惊诧间，忽然感到了一股淡淡的杀气充斥于这虚空之中。

这种感觉让他心惊，眼观地势，才发现这段水面愈发狭窄，宽不过六七丈，水流急湍，能容一条大船通过，两岸山林茂密，乱草遮地，显得山势极为险恶。

“大伙儿准备了，一等船只靠近，立刻动手！”申子龙伸手按住了腰间的短戟，发出了准备战斗的命令。

船上众人无不持械待命，留下二十余人守船，另外二十余人摩拳擦掌，目光锁住对方的大船，大有一触即发之势。

“哈哈哈……”从大船上传出一阵激情四溢的狂笑声，笑声之后，自船尾处走出一个清癯老者，双手背负，面对群雄，自有一股概莫能敌的霸气显现脸上。

“申子龙，识得故人吗？”老者断然喝道，声如霹雳，震得众人耳内嗡嗡直响。

申子龙觉得对方面目极熟，一时间却又想不起是谁，当下拱手抱拳道：“请恕在下眼拙，敢问高姓大名？”

老者微微一笑，拳头伸出，在空中陡然发力，击向浪涌波泛的水面。

“轰……”劲力到处，滔滔江水中蓦起一道巨大的水流漩涡，卷起数丈巨浪，掀向申子龙所在船只的甲板。

“五味拳？你是神农先生！”申子龙心头一紧，终于认出来人的底细，不由大惊！神农与他曾有数次交手，虽然未分胜负，却知此人智勇双全，难缠得紧，如果纪空手有他相助，只怕今日必是一场恶仗。

“哈哈哈……难得你还认得老夫，看你穷追不舍的样子，莫非是一时技痒，还要与老夫决战一场？”神农话音有力，颇显意气风发，衣袂飘飘，犹如猎猎战旗迎风招展，愈发显得斗志昂扬，看得众人无不震惊。

申子龙心中暗道："一晃十年不见，这老儿的功夫愈发深不可测。所谓小不忍则乱大谋，为了擒杀纪空手，我可不能对他动气。"

当下拿定主意道："神农先生的五味拳在下已多次领教，的确了得，我今日前来，绝非与先生为敌，只是受项少主之命，来请一位贵客上我们总堂一聚，还望先生能够成全。"

神农先生淡淡一笑，道："你也忒客气了，不就是想要纪空手的性命吗？何必说得这般隐晦？不过看着你我多年'交情'的分上，我倒想劝你死了这条心思。"

申子龙眼芒一闪，寒光逼出，道："这么说来，先生定是要为纪空手强自出头了？"

"不！老夫绝无此意！"神农先生此言一出，简直出乎申子龙的意料之外，不过神农先生继续微笑道，"我今日来见你，是受了一位客人相请，想请各位去他的地头走上一遭。此人待人诚恳，再三叮嘱，务必要老夫将各位请去一见，未知你是否领情？"

申子龙愕然道："此人是谁？"

神农先生冷然哼道："姓阎名王，字判官，别号无常。"

申子龙闻听之下，心中大怒，一挥手道："放箭！"

他手下不乏有善射之人，早已持弓在手，一听号令，抽箭而出，便要上弦。

神农先生冷笑一声，同时喝道："放木！"此言一出，便听得"嘣嘣……"数声粗索断裂之音，从两边舷下响起。

"放木？"申子龙心中一惊，再闻得绳索断裂之声，猛然醒悟，急叫道，"快快速退！"

直到这时，他方才明白己方已经落入敌人的圈套中。

原来对方事先选择了这条狭长水段作为攻击的地点，然后在两边船舷上捆住两根巨木，巨木两头削尖，突然斩断绳索放行，木借水势，自然力量惊人，一旦撞击到其他船只，即使不当场覆没，亦会使船只大大受损。

而且在这么短的距离内，又处于如此狭窄的水道中，纵是高明的船工，也休想避开这两根巨木的撞击。

等到申子龙想通这一点时，已是迟了，只见两根巨木穿行于惊涛骇浪中，如恶龙般飞速冲向了自己船舷板上。

“轰轰……”两声惊天的闷响，撞击得船体猛然一晃，顿时倾斜，数声惨呼同时响起，几名功力稍弱之人经不起这一撞之力，纷纷跌入了巨浪之中。

事发突然，申子龙大惊失色，同时桂永波父子亦是束手无策，更不用说手下的那数十名属众了，大船显然被撞开了两道巨大的口子，水流直灌，船体急剧下沉……

“小心……呀!”桂风突然一声惨呼，刚要向岸上纵落，腿上赫然中箭。

以他的功力，要避过此箭并非难事，只是在这种情况下，他的注意力全部集中到了对方的船上，根本就没有想到在两岸的丛林之中还有埋伏。

箭，来自暗处，虽不见发箭之人，但其箭快而准，准且狠，一看便知是行家出手，这让申子龙等人根本不能多想，各持兵刃，向另一边岸头纵去。

船距两岸最多不过两三丈距离，的确难以难倒这些武林中人，但就在他们腾空纵跃的刹那，“噗噗……”之响顿时暴迭而起，从丛林中暴射出数十支劲箭，其势极快，其劲极烈，仿若半空中骤降箭雨。

“呀……呀……”这箭雨来得如此突然，又在这种时机中出现，顿时令众人手脚大乱，功力稍逊者，身体中箭，当场亡命。侥幸能逃过箭矢攻击的，却因一口气提不上来，唯有落入湍急的江水中，难逃溺水之灾。

唯有申子龙与桂永波父子三侠，带着四五名随从挥舞兵器，高接低挡，化去了这一轮箭矢的攻击，先后落在了河岸之上。只是神情狼狈，似乎根本没有想到己方未经一战，就在这一系列惊变中折损了大半人马。

一切都似乎经过了精确的计算，构成了一个几近完美的杀局。

“纪空手不愧是纪空手。”神农人立船头之上，情不自禁地发出了这声感慨，像这种自始至终都完全把握着主动的杀局，他还是第一次见到，这令他对纪空手又增添了几分信心。

可是战局并没有结束，真正的恶战才拉开序幕……

申子龙人一跃到岸上的实地，并未显得太过慌乱，而是立即安排仅存的几人前后呼应，站成一个严密防守的阵式，迅速稳住脚跟。他深知此时己方任何的冒进都有可能成为敌人的目标，与其如此，倒不如静观其变。

他这一着是在一系列惊变之后迅速作出的决定，临危不乱，的确是高手风范，连神农的眼中也露出了几分欣赏之意。

“申子龙，阎王请客你不去，实在是不给阎王面子。不过作为老朋友，我不得不提醒你一句，阎王要人三更死，谁敢留人到五更？你还是乖乖地认命吧！”神农乐呵呵地道，看着昔日的对手这般狼狈，他的心里着实高兴。

“神农，算你厉害，我申子龙甘拜下风，不过这只是指你设下的这个圈套。论及手上功夫，你敢与我单挑吗？”申子龙观察着两岸丛林与对方大船上的动静，丝毫不知内中虚实，无法可想之下，他唯有兵行险着，希望擒贼先擒王，然后借机行事。

谁知神农毫不上当，微微一笑，道：“十年之前，你我就单挑过了，无非是半斤八两，谁也奈何不了谁。”

“十年之间，你又怎知我的武功没有精进？”申子龙仍然不死心。

“我当然知道，你这十年武功不仅没有丝毫长进，似乎还退步了不少，否则怎会还未交手，就落得损兵折将，惨不忍睹？”神农忍不住大大地戏弄了一句。

申子龙勃然大怒，扬起无为戟，蓦然向大船飙射而去。

“呜呜呜呜……”数道箭响，骤然从神农的身后发出，未闻弦响，显然是袖箭一类的兵器，不过其速之快，确非寻常。

四箭齐发，各有角度，封锁住申子龙前进的路线。申子龙发一声威，戟锋闪跃，将之一一击落，身形不停，依然直进。

他这一手端的漂亮，便是神农也不由得叫了声好，令他颇有几分得意，孰料就在他即将接近船头之时，耳中突闻“呜”的一响，眼芒一亮，顿时见到了一道白光如电芒般扑射而来。

这一惊非同小可，申子龙此刻人在空中，已经毫无借力之处，纯粹是以一种惯性向前滑移。而如此迅猛的飞刀杀出，却又让他不得不对此作出相应的举措。

飞刀的速度极快，蕴含着爆炸性的力道，充斥了整个空间，眼见飞刀几逼面门，申子龙的无为戟终于暴闪出手！

“叮……”刀戟相撞，火星四溅，申子龙只感手臂一阵酸麻，为这一刀所蕴之力而吃惊。不过他并不慌乱，反而毫不犹豫地借着这股反弹之力，稳稳地落回岸上。

他的应变能力极强，每一个动作也极富针对性，但却无功而返，的确让他感到了一丝沮丧。

他不由自主地抬起头来，便看到神农的身边又多出了一个飘逸俊朗的年轻人来。

此人便是纪空手，这个杀局中的一切，都是出自他的谋划。

纪空手嘴角含笑，站于船尾之上，意态悠闲而散漫，犹如观云赏月。他这不经意间的出现，顿时给了这空间一种似有若无的压力，仿若一座高峰，又似无尽的大海，让人无可揣度亦无法征服。

申子龙知道，纪空手人未出现，已经在气势上压过了自己一头，那是一种无形却有实质的气机。高手相争，只争一线，他骤然感到了一股莫大无匹的压力正向自己缓缓迫来。

压力来自于自信，而纪空手的自信就像是一种实质存在的压力，那种睥睨天下的气概，令申子龙蓦然间想到了项羽。

这两人无论是年纪还是个头，都几乎相当。唯一的区别，也许就在于身世与背景，但饶是如此，当他们面对敌人的时候，脸上的表情与神态都是那般的神似，如出一辙，仿若世间绝对没有什么事情是他们无法办到的，即使是这个乱世的天下，在他们眼中仿佛也是唾手可得。

峡谷间的气息随着纪空手的出现陡然变得沉闷起来，无论是神农，还是父子三侠，无不感到了空气中这异常的变化。

直到此时，申子龙才明白了项羽为何会在临行之前再三叮嘱自己，这不是多此一举，而是金玉良言。项羽看出了纪空手的可怕之处，所以才会再三叮嘱自己。

可是自己最终还是小视了对手，这才失去了战局的主动，这让申子龙懊悔不迭。当他与纪空手的眼芒悍然交错于虚空的那一刹那，他突然感到，即使没有神农相助，纪空手也不会像他想象中的那般容易对付。

战意在无声无息中涌动于他们相峙的空间，神农的眼睛紧盯着纪空手的每一个细微的动作，眼神中自然流露出了一丝讶异。两人经过这段时间的相处之后，他明显地感受到了在纪空手的身上又出现了妙不可言的变化，涌动的战意更如一团熊熊火焰缠绕着他的整个身体，向四周的空气中散发出热力。

三丈的距离，实在太近，也许在高手的眼中，这根本不算距离，但申子龙却感到在他们中间横亘了一道不可逾越的山梁，令人遥不可及。

“申兄，让我出战吧!”桂永波显然看到了等待下去只会对己方不利，今日面临绝境，稍有不慎，他们父子三人只怕会横尸当场，自己唯一的心愿，只求拼得一死，希望能保住儿子的两条性命。

桂风、桂云大惊，道：“爹!”一左一右，护在桂永波身前。

桂永波看到桂风脚上一瘸一拐，心中生痛，道：“风儿，云儿，你们难道还不知道为父的心意吗?”

他们父子三人自从投身流云斋以来，经历了无数次血战，自然有血脉相连般的默契。无论是桂风，还是桂云，都已看到了桂永波的用意，他是不想让两个儿子去送命，更希望通过自己的一战，能让申子龙看出敌人的破绽，借此挽回败局。

申子龙不由眼眶一热，叫了声“桂兄……”便再也说不下去。

桂永波大手一推，从两个儿子的中间踱步而出，倒提长矛，道：“在下桂永波，领教纪公子高招!”

纪空手眼见桂家父子情深，亲情可见，心中倒踌躇起来。他一生从未得到过父爱母爱，也从来未曾听说过自己父母的任何消息，是以一见这种场面，激动之余，杀气顿减。

神农先生暗暗心惊，深知桂永波绝非弱手，假若纪空手心存不忍之心，两人交战，必定吃亏，当下冷哼一声：“父子三侠，情深意重，的确是名不虚传，可是在你们父子三人的手中，不知拆散了多少家庭，留给这世上多少无父无母的孤儿，难道你们就一点不感到内疚吗？哼！早知如此，何必当初!”

纪空手心中打了一个激灵，顿时明白了神农此话的用意，心中暗道：“此刻是什么时候，我还心存妇人之仁，不是你死，便是我亡！生死大战之际，我岂能心慈手软？”当下淡淡一笑：“先生不说，我倒忘了一句古训，那就是恶有恶报，善有善报，时机一到，什么都了。桂老爷子，承蒙你看得起在下，便让在下领教你的高招!”

他话声一落，人已纵于空中，如大鸟般滑落岸边。桂永波眼见有可趁之机，一声大喝，人如疾风般挥矛而出，万千矛影骤起，攻向了纪空手未落的身形。

纪空手一惊之下，连心中仅存的最后一丝好感也化为无形，狂叱道：“乘人不备，算什么英雄？”双拳同出，迎向矛影的中心。

桂永波不顾高手身份实施偷袭，实乃救子心切，既已出手，当然全力以赴。矛锋与拳头互换几下，“砰……”的一声，终于撞在一处。

气浪飞泻间，桂永波只觉气血上涌，“蹬蹬……”退了两步，却见纪空手身形不退反进，大喝一声，铁拳幻出千百道劲风，袭卷而来。

就只一个照面，无论是申子龙，还是神农，都已看出桂永波绝非纪空手的百招之敌。单从内力与攻击的技巧而言，纪空手就已胜上一筹，而且纪空手的年龄优势让他占据了不败之地。

桂永波心中暗暗叫苦，每接纪空手一记铁拳，自己的气血便翻涌不止，如浪鼓动，只需再拼数招，自己的经脉非受损不可。但是他心存必死之心，唯有勉力为之，咬牙坚持。

场中还有一人，更是惊喜不已，因为他看出纪空手的五味拳虽然出自于自己，却毫不拘泥旧有的格式，信手挥之，兴之所致，往往在一些攻防转换中另出新意，让人根本无法捉摸其拳之线路。

“奇才，真是练武的奇才，假以时日，便是五大豪门在他的眼中，又何足道哉?”神农简直不敢相信自己的眼睛，唯有欣然感慨。

桂永波竭尽全力接下纪空手的七拳之后，再也不退，而是一声低啸，矛如游龙般在身体周围绕出一道亮丽的弧迹，封锁了所有对方企图接近他的空间。

此招有名，名曰天网，意指天网一出，可以抵挡万千攻击。

纪空手及时收拳，眼中闪过一丝讶异。他是当局之人，自然深谙此招的凶险所在，可是就在他的拳势处于要收未收之际，他却拳路一变，拳影在对方密密匝匝的矛影中化成了无数碎片，化成了一道无形的清风。

只有一拳，不知道它是何时出现在这段虚空，虚空无限，唯有清风，这仿若清风的一拳，漫过桂永波那有若坚墙般牢固的矛势，挤入到桂永波的身躯防护之内。

天网既然是天网，当然会有网眼，它可以网住太多的东西，却绝对网不住清风。

“呼……”拳风骤起，仿若天边的那道流云，灵动中透散着清闲而雅致的韵律。但桂永波却感受不到这诗意般的意境，他所感到的，是这一拳带出的凌厉杀气！他唯有收尽矛影，与之硬抗一击。

两股刚猛无敌的力量如擦肩而过的气流，卷起一股强势的旋风，向四面八方鼓涌而去。

尘飞草走，石射叶扬，山林呼啸顿起，打破了峡谷的沉闷，取而代之的是充满着浓烈血腥的战意。

纪空手双目圆瞪，怒喝一声：“再接我这一拳试试!”

骨节砰然而响，肌肉狂跳间，纪空手的拳风漫向了虚空之中。这一拳出手，毫无规律章法，只凭一时意趣，使人根本看不出纪空手所攻何方，更不知道他这一拳的轨迹走向究竟存在于虚空的哪一段。

桂永波大骇之下，连退数步，别人也许不知道这一拳的厉害，而他人在局中，岂有不知？事实上，他也无法看出纪空手的气势锋端攻向何处，但他却感到了纪空手这狂风般的拳意正以一种高山滚石之势漫透了每一寸虚空，根本不是人力所能抵挡的。

此拳一出，神农已看出纪空手胜券在握，因为这一拳名曰“一锅烩”，虽然在纪空手的创新之下有所改变，却使原来招式的威力大大增强，任何人要化去这一必杀之拳，都必须要付出相当的代价。

桂永波感到有些悲哀，一种技不如人的悲哀。面对如此强悍的年轻人，他终于感到自己老了，他在悲凉的心境中出手了，竟是一种同归于尽的打法。

他需要用死来捍卫自己做人的尊严，所以矛锋破空，带出的竟是沉沉的死亡气息，那种必死的决心，使得他将这一矛的威力发挥到了极致。

与此同时，桂风、桂云惊呼一声，同时出手，双矛迸发，攻向纪空手所必救之处。

天地间顿时一片肃杀，乌云蔽日，天色昏暗，虚空中的气流骤变狂野，狂野得让人几乎不能呼吸。

“来得好!”纪空手大喝一声，突然收拳，手臂回绕间，手中赫然多出了一把寒光闪闪的离别刀。

他既不想与人同归于尽，当然不会异想天开地以肉拳去与三支铁矛相拼。他一退之间，刀已在手，以肉眼难辨的速度化去三矛的攻击，同时整个人“蹬蹬蹬……”连退三步，才算避免了与父子三侠同归于尽的局势。

父子三侠并肩而立，矛锋所向，各不相同，却让人感到了一股慑人的气势，仿佛战局的主动权就在这片刻之中互换。

但是事实上绝非如此，纪空手此刻虽在丈外，但从他的刀锋上透发出来的劲流，依然充斥着他们相距的每一寸空间，刀虽未动，却比动态之时更让人心生悸意。

此时的纪空手，整个人进入到了至静至极的武道玄境，也许正是因为对方同归于尽的打法，使他在瞬息间触摸到了无为之境，激发了他对外界事物的灵觉感应。

众人无不心惊，因为他们看到的纪空手，绝对如大山凝立不动，但是他们却感到了这静止的背后，将是如火山熔岩般的爆发。

桂家父子再也忍受不了这静默带来的压力，突然动了。

人动，矛亦动，人矛合一，仿若三道电芒逼入纪空手布下的刀气中。气流在这一刻间如海啸飞掠，任何人都看到了桂家父子这联手一击的巨大威力。

一丈、九尺、七尺……

距离在极短的时间内缩小，但在纪空手的眼中，却清晰无比地看到了三支铁矛在每一寸空间的行进与变化，更感受到了它们即将攻击的方位与角度。他的心静如止水，不起半分波澜，外界事物的任何细微波动，都尽现于他的心中，丝毫没有遗漏。

刀出，如云天之外的一道流云，飘逸中仿佛不沾一丝俗气，缓缓地漫向这无尽的虚空。空中有矛，矛带杀气，却丝毫掩不住这清新自然的清风。

刀若清风，如此宁静，眼看就要与三矛相撞，突然间刀锋一亮，清风尽散，化作了万千寒芒，将三支铁矛尽数夹裹。

桂永波骤觉矛上压力剧增，轻叱一声，陡然发力，全身劲气在掌间爆发，腕动矛振，幻化成一团光影突破了这凛厉刀气的包围。

第十七章　人矛合一

他心中一喜，却又生疑，只觉得自己的这一手固然凌厉，却未必能如此轻易地挤入对方的刀气中。等到他心生警兆时，矛锋所向，毫不着力，纪空手劈向他的这一刀竟是虚招。

“不好！”这是桂永波的第一反应，紧接着他的心中一紧，牵挂起两个儿子的安危。

刀锋既出，绝无虚发，桂永波挡击了一记虚招，并不意味着刀刀都是虚招，所谓虚中有实，其实纪空手真正的目标，是腿上有伤的桂风，只要击杀此人，父子三侠也就名存实亡，自己亦可稳操胜券。

等到桂风惊觉时，他的长矛已然攻击过度，无力回防。面对纪空手如鬼魅般钻出的刀锋，他唯一可以做的，就是弃矛而退。

他只要退后一步，桂永波与桂云的长矛必将到位，在他的身前封杀住纪空手这必杀的一刀，但他始终没有迈出这人生中的最后一步。

只有一步，却是决定生死的一步，没有人可以形容纪空手的这一刀有多快，桂风只觉自己明明才刚刚看到了刀锋的来路，心里却感到了一种冰寒的刺痛。

然后桂风便倒下了，而纪空手的人已在一丈开外。

桂永波看到了这一幕，除了悲愤，更有一种白发人送黑发人的悲哀。他的眼中顿时布满了血丝，肌肉抽动跳跃，整张脸可怕得犹如魔鬼附身般。

他还没来得及出手，桂云已经冲了出去。年轻人的反应的确够快，所以他抢在桂永波的前面杀出，一心只想为兄报仇！

纪空手冷冷地看着他迈步、扬矛、振腕、发力，每一个动作都收入眼底。他的心异常冷静，犹如狼兄面对猎物时的表情，当矛锋接近他的面门时，他才斜头一闪，然后以惊人的速度与准确性将离别刀送入了桂云的心窝。

他连眼睛都未眨一下，看着桂云倒在自己的面前，然后抬头，便发现了一双怒火与悲愤交织的血红大眼。

这一刻间，纪空手再也克制不了自己的心绪，竟然生出了一丝怜悯，因为他所看到的桂永波的眼睛里，是怒火，是悲愤，还有失子之后的哀鸣。

无声的呐喊，原比有声的呐喊更具震撼力。所以，纪空手的心为之一软，竟然不愿举起自己的刀锋，向这位可怜的老人挥去。

这是一个错误，绝对是一个不可饶恕的错误，等到纪空手蓦然感到自己的肩上一阵刺痛时，他才醒悟，如果对敌人仁慈，那就意味着对自己的残忍。

“呀……”他惨呼一声，借着玄阳之气的反震力震出矛锋，整个人连退数步，直到河岸之边方才站定脚跟。

但桂永波一击得手，整个人更为疯狂，如一阵旋风直进，手腕急振间，矛锋发出一种慑人的呼啸，响彻了这段空间。

他已经将自己身上的潜能发挥到了极致，矛锋一出，几乎笼罩了周围数丈范围。这一矛不仅蕴含了他所有的力道，而且蕴含了他同归于尽的决心，是以，这是惊天动地的必杀一击。

两岸丛林中惊呼声起，便连一直镇定自若的神农也情不自禁地狂呼起来，眼看这惨剧即将发生时，突然一道白光亮起，闪耀在这风起云涌的矛影之中。

刀矛相触，没有发出一点声响，纪空手早已看清桂永波的这一矛无法抵挡，是以根本不挡，而是刀锋贴住矛锋，一粘一引，竟然将桂永波引到了自己的身后。

“扑通……”水花溅起，桂永波发现自己上当时，已是收势不及，整个人掉入江中，顿时被急流卷走。

涛声怒吼，其势汹汹，岂是人力可以抗衡的，桂永波枉为一代高手，面对这自然界中暴虐，亦是毫无还手之力。

众人骇然之下，无不打个寒噤。

半晌之后，纪空手才从刚才惨烈的一战中回过神来，眼芒一寒，射向申子龙，道：“让我再领教申长老的高招！”

他此刻肩上有伤，血流未止，却毫不在意，依然脸无惧色地向对方的第一强手挑战！其凶悍的斗志，便是野狼亦未必可及。

神农看在眼中，刚欲出声，却又缄默不语，因为一个英雄的成名，本就是一个充满血腥与暴力的过程，只有经过了血与火的洗礼，才会有真正的英雄诞生，而纪空手需要这种锻造与考验。

这让他想到了烈焰中重生的凤凰。

峡谷内再次起风，在申子龙与纪空手相距的空间里，风起云涌，气流躥动，两道咄咄逼人的眼芒在虚空中悍然相触，任何人都感到了一种大战在即的紧张气氛。

申子龙的眼神不住地往内收敛，眼缝几成一线，似乎欲看透眼前这个对手。目睹了父子三侠的惨死，他的心中没有太多的悲哀，也没有时间来哀悼亡灵，他唯有保持冷静的心态，以重新估计对方的实力。

刚才的一战，给了他太多的震撼，无论是纪空手的见空步法，还是五味拳、离别刀，每一种招式出现，都给了他的视觉以最强烈的冲击，心中更有一种不可名状的惊奇与喜悦，这种复杂的情绪始终贯穿了场中搏杀的整个过程，令他有时候竟然不分敌我，为一个精妙的杀招而在心中情不自禁地为纪空手叫好。

他首先是一个武者，然后才是流云斋的高手，所以当他从对方的一招一式中悟到了一些武道真谛时，甚至忘记了敌对关系。他是那么地投入，揣摩着对手层出不穷的变化，以至于纪空手一叫战，他毫不犹豫地缓缓抬起了手中的无为戟……

无为戟出，神为之夺，虚空中气流涌动，压力充斥着每一寸空间。

纪空手冷冷地注视着这戟锋的走向，感受着无为戟漫射天际的气势锋端……

面对这位排名在凌丁之上的高手，纪空手不敢有丝毫的大意，“锵……”的一声，拔刀在手，脚呈不丁不八之状。

申子龙的无为戟的确是一件神兵，尚在空中，戟身已然透亮，在内力的催逼下，一股无形的杀气随之涌出，逼迫着纪空手出刀的每一个方向。

纪空手心中倏然一紧，迫不得已，向后退了一步，半个身子已经悬空。

“受死吧！”申子龙看准了这个稍纵即逝的机会，陡然发力，整个人突破了数丈空间，戟锋直扑向纪空手的面门。

他认定纪空手已无退路，是以戟锋一出，锁住三面空间。没有人看清他是如何动作的，一闪即至，其速快若闪电。

纪空手并不急于出手，他似乎料定申子龙会以这种方式实施攻击，是以连眼睛也不看一下，而是用心来感受这空气的异动。

然后他才出刀！

他出刀的迅速更快，气势更猛，宛如一道狂卷黄叶的秋风，刀风过处，一片肃杀。

“轰……”刀戟一碰即分，火星一闪即没，两人似乎都无意以内力取胜，错步开来，各展精妙杀招，厮缠一起。

这无疑是高手的对决，也是一场充满血腥的生死大战，但是在神农的眼中，仿佛看到的是一场游戏。

他没有看错，事实上战局中的两人，从一开始就刻意回避以内力相拼，他们更讲究一种对武道的求索。无论是纪空手，还是申子龙，他们都将自己所悟到的一些东西运用到实战中，希望能从对方的身上学到什么。

是以神农眼中所见的对决，更像是一种武者的游戏，是一种同道中人的切磋。

两人刀戟互搏，瞬息之间攻守数十招，攻防转换之快，让人瞠目结舌。旁观者丝毫没有感受到来自两人身上的任何气劲，却从两人精妙的招式中感受到了惊心动魄的霸杀之气，虽然刀戟无声，却无人不感到窒息。

当申子龙攻出第七十四招之后，又化解了纪空手第七十五次的攻击，两人之间似有默契一般，一攻一守，错落有致，在外人的眼中看来的确有趣。但申子龙渐渐发觉，这看似切磋性质的比拼，自己完全落入下风，几乎是跟着纪空手的步伐而动，让对方控制了整个节奏。

这意味着自己已经处在一种不利之境，当申子龙意识到这一点时，对武道求索的兴趣顿时大减，头脑也愈发清醒起来。

在这场近乎实战的切磋中，两人都大胆地应用了自己对武学的领悟，以印证自己思想中的疑惑。毫无疑问，申子龙肯定从这种较量中有所收获，但比起纪空手从中得到的经验与心得，却是大大不如。

也就是说，在这场双方互为利用的较量中，纪空手受益匪浅，完全占据了主动。

是以，申子龙顿有一种上当的感觉。

但他绝不甘心被一个黄毛小子戏弄股掌之间，表面上不动声色，却在慢慢地提聚着自己全身的功力，企图在一个恰当的时机施出石破天惊的一击！

一切都在无声无息中进行，便连神农门下的弟子们也以为战局已近尾声，纷纷从丛林巨石中走出，每个人的脸上都带着胜利者的笑意。

纪空手腾挪着自己的身形，踏着见空步的步法，将离别刀的攻守发挥到极致。难得有这样一个高手心甘情愿地陪着自己见招拆招，这让他感到一种前所未有的舒畅，整个人都沉浸到了一个追求武道极致的境界，浑然忘却了自己此时正置身于一场生死大战中。

危险正一步一步地迫进……

就在他攻出了一招自矛法中领悟到的刀招时，顺着刀势而望，陡然间发现申子龙的脸上出现了一丝诡异的笑意，这笑来得那么突然，犹如魔鬼的狞笑般让人魂飞魄散。

“不好！”纪空手心中惊呼，接着他便感到了一股莫大无匹的压力自无为戟而出，排山倒海般向自己笼罩过来。

直到这时，他才发现自己犯下了一个错误，他不该将申子龙视为一场游戏的对手，在高手之间，本无游戏可言，有的只是关乎生死的决斗！

在这刻不容缓之际，他没有懊悔，也没有时间来懊悔，而是毫不犹豫地飞身而退。

他必须退，没有人可以小视申子龙这充满爆炸性的一击！戟出虚空，狂风大作，完全是一种只攻不守、只进不退的霸杀之招。

纪空手无疑选择了一个正确的应对之法，唯有如此，他才可以在退的同时提聚功力，然后展开有效的绝地反攻。

可是他却忘记了一点，就只有一点，却足以致命！

他似乎过于沉溺于游戏之中，忘记了自己所站的位置已是靠近江岸，只需再退三步，他就唯有失足于滚滚的江流之中。

更可怕的是，就在申子龙发出攻击的同时，纪空手左侧五尺处一具死尸陡然间动了，一弹而起，矛锋如电芒般攻向了纪空手的左肋。

如此突然的一击，真正可以致人于死地。谁也不会想到，桂云的死，竟是诈死，这就像是一个事先安排的杀局。

纪空手一惊之间，陡然间明白了很多事情。

其实申子龙等人一跳上岸时，就了解到自己的处境，在这种高手环伺的情况下，如果不用非常的手段，是很难突出重围的。

于是他们决定牺牲有伤在身的桂风。桂风腿脚不便，无论战局如何变化，他都难逃一死，所以他决定牺牲自己，以换取同伴的平安。

这虽然是一个让人难以接受的决定，却是唯一可行的办法，所以父子三侠依计而行，造成了三人皆亡的假象。

如此逼真的表演，不仅瞒过了神农等人，同时也瞒过了纪空手。因为纪空手的刀真正穿过了桂风的心脏，他当然也不会注意随之倒下的桂云竟是诈死。

当一切布局完成之后，申子龙作为主角便登场了。他用一系列逼真的演技来争得纪空手的一线疏忽，从而发出了一记足以改变战局的惊天反击。

无论是来自申子龙的正面一击，还是来自桂云的左肋偷袭，这都将纪空手逼入了一个万劫不复的绝境，如果这样的结局都能改变，除非出现奇迹！

如果说大江之水能够溺毙一个普通人，没有人会不相信；如果说大江之水能够溺毙一个身负武功的高手，你若相信，那就是白痴。

纪空手当然不是白痴，就在这面对绝境的刹那，他忽然想到了一个人，一个白痴才相信他会溺毙的人。

如果说连桂云都是诈死，那么桂永波又怎会溺水而亡？思及此处，纪空手背上一紧，突然醒悟到真正致命的一击，或许应该来自于自己的身后。

当这一切都在电光火石间发生时，没有人惊呼，没有人扑前，神风一党的数十名子弟没有一个人出手相助。也许是因为相距太远，也许是因为时间不及，也许是……

神农却在这种紧张的时刻露出了一丝微笑，一种自信的微笑，如果申子龙看到这种神情，不知他会生出何种感想？

不过他并没有看到神农的笑容，却看到了纪空手的笑，他的心中莫名生出一丝诧异："如果是我在这种情况下，是否还能笑得出来？"

他不想知道答案，只是将自己的全部心神投入到无为戟上，仿若暗黑夜中的一道惊雷，将眼前的一切尽数毁灭。

戟锋一点一点地漫过虚空，动静的对比给人一种玄之又玄的感觉。当无为戟愈迫愈近时，透过云涌般的杀气，申子龙看到了纪空手的那双眼睛。

这是一双深邃悠远的眼睛，仿若浩大苍穹，不可揣度，给人玄妙之境的感觉。他的眼眸中流露出一种少女思春般的忧郁和对生命无限的眷念，给人无尽的生机和不灭的自信，更表现出一种道家禅境的宁静。

静，是一种表现，亦是一种方式，四方动乱唯我静，这更是一种境界。以静制动，合乎于天地自然，心至静极，同样是武道玄理。此刻纪空手给人的感觉，仿若在这一瞬间超脱了生命的范畴，人世的定义。

这是一种非常怪异的感觉，怪异得让申子龙感到了一丝恐惧，不过他相信桂永波能够完成致命的一击。

三条匪夷所思的攻击路线，对准了相同的一个目标，只凭不断疯涨的气势，就足以摧毁人的意志，更何况他们所用的都是神兵利器？

但惊变就发生在这一瞬！

首先感到这种异动的是桂云，当他的人一弹而起时，其长矛已然出手！这一跃之势，犹如箭势，快得似一只鹰隼，但他忽然发现自己却像一只断翅的鹰隼，竟然飞不起来。

这实在是一件恐怖的事情，他只感到从地底中陡然伸出两只大手，正好牢牢地箍住了自己的脚踝，不仅让他丝毫动弹不得，而且还拉着他的身体用力向地里陷去。

“啪……”他整个人如一块钢板般硬生生地倒下，摔得头脑发晕，眼冒金星，手中的长矛堪堪抵至纪空手的身前，便如枯树跌落，根本没有半丝威胁。

“呀……”等到桂云发现这一切都是人为，而并非鬼魅幽灵作祟之时，他突然感觉心口一痛，一把利刃破土而出，寒气袭人，顿时让他一命归西。

这一切都是土行所为，身为神农门下、神风一党子弟，土行擅长遁土钻地之术，卧伏泥土之中，三日三夜可以不出头换气，打洞筑坑，更是本行。当日药香居一战，纪空手便是采纳了他的主意，出其不意，尽歼凌丁一行。

但是让桂永波心惊的不是土行的手，而是水星的鱼叉。桂永波跳入沔水之后，一直就潜伏在岸边的水草中，当他看到申子龙发出动手的信号时，长矛破水而出，扬起重重水雾，向岸上纵跃而去。

他已存必杀之心，想到桂风的惨死，他的脸上尽是悲愤，恨不得一矛将纪空手刺个对穿而过，以报这灭子之仇。

长矛如恶龙般刺破虚空，水滴、泥珠如同着了魔般飞舞、旋动，然后形成一道强猛的气流，向纪空手的背部冲击而去。

江水湍急，涛声阵阵，夹杂在这乍起的狂风中，构成慑人的声势。

可是纪空手还是不动，因为他相信水星，更相信水星的鱼叉。

就在桂永波破水而出的同时，一重迎头巨浪"哗啦……"卷来，在这湍急的河段上，波浪此起彼伏，极为平常。但这重巨浪形状怪异，竟似一头对月狂嗥的野狼，向桂永波的身体夹裹而去。

桂永波心中丝毫不惧，更没有因此而放慢身形。不要说这只是形如野狼般的巨浪，就是真的野狼袭来，也休想阻止他前进的脚步。

但是他真的没有想到，这如狼状的浪峰竟然真的会咬人，而且咬在心上，痛彻心脾。他的身形陡然坠落，血雾喷洒间，终于看清了在浪峰的中心，有一把亮晃晃、寒凛凛的鱼叉。

这一刻，他忽然间感觉到自己就像是一条大鱼，只不过，是一条将死的大鱼。

在临死的刹那，他想到了一件有趣的事情。还是在他小的时候，他曾经和一个渔夫打赌，说是只要这渔夫能潜在水下一个时辰不动，他就投河自尽，结果渔夫输了，他赢了这场赌局，因为他不相信一个人能在水中长久生存。

不过到了现在，他才知道，这场赌局错的是他，而且错得很厉害，这一错竟然真的要了他的命。

水星是个很平常的人，这一句话仅限于陆地。到了水中，那里就是他的天下，桂永波敢在水中与之玩命，那就唯有是玩命——把自己的小命玩完。

直到这时，申子龙才发觉纪空手何以会如此冷静，这就像是一盘象棋棋局中的杀局，自己精心布下的一个陷阱，最终却让自己陷入进去，这让申子龙感到了羞愤之情。

不过，他已别无选择，无为戟出，不是你死，就是我亡，他再也不会后退。

纪空手依旧冷冷地注视着申子龙的来势，脚下不丁不八，如山岳般静立，仿佛土行与水星的出现毫不关己。他的人站在江岸，衣衫舞动，猎猎作响，在这无风的空间里，尽显他内在无穷的气势。

戟近五尺，劲风直迫肌肤，纪空手剑眉一扬，终于动了。

刀微扬，斜指虚空，引天边夕阳斜照，勾勒出一片云霞。

此时无风，此地无风，但刀横空中，恰如秋天田野上的那道清风，风过处，一片肃杀。

刀气森寒，如深潭之水，如古窖玄冰，那种自刀锋涌射出来的寒气，犹如无形的潮水般一浪紧接一浪地漫过每一寸虚空。

申子龙为之心惊，更为自己以切磋之名来迷惑对方的行为感到羞愧。他根本就没有揣透纪空手真正的实力，只有在这一刻，他才领略到了这位年轻人的可怕。

“杀……”纪空手双眼一瞪，蓦然大喝，声音如龙吟虎啸，尽显霸杀之气。而他的刀似匹练般漫空而出，覆盖着整个大地，将申子龙尽噬其中。

那无可匹御的刀气带着惊天动地的气势舒展开来，渗透虚空，每一寸空间仿佛都被刀气绞碎，吸纳着气流中的任何形状的物质，甚至将申子龙的无为戟也包容起来。

“轰……”土石炸裂四散，枯草败叶化为无形。

“蹬蹬蹬……”申子龙本不想退，却不得不退，一股巨力如山岳压来，逼得他连退三步，嘴角处渗出一缕血丝。

纪空手同样也退了三步，眼中不由多出了一丝诧异。他不得不承认，申子龙的确是他迄今以来遇到的最强对手，除了项羽之外，他还没有碰到过这样凶悍的敌人。

他深深地吸了一口气，强行压制住体内翻涌的气血。与申子龙的这一击，的确是毫无花巧的硬抗，若非他这段时间几逢奇遇，领悟武道玄理，使得玄阳之气成倍剧增，只怕此刻他已受到了灭顶之灾。不过，当他看到申子龙嘴角的血迹时，他已明白，今日一战，他将必胜。

“流云斋能够位列江湖五大豪门，果然有些实力，我何曾有幸，竟然得两大长老赐教，足见项少主待人至诚之情，大恩大德，无以言谢，唯有以刀相赠！”纪空手冷然笑道，迈前一步，杀气又起。

“你见过凌丁？”申子龙闻言一惊。

“何止见过？”纪空手淡淡一笑，道，“我与他两次交手，所幸赢得一招半式，这才能够留得命来领教申长老的高招。”

申子龙心中一寒，已知凌丁性命不保，不过他此刻虽然身处绝境，却依然不失高手风范，昂首喝道：“申某心智不如公子，落得如此下场，倒也认命，不过你要取我项上人头，只怕未必容易，闲话少说，这便动手吧！”

“且慢！”纪空手微微一笑，道，“要送命又何必急在一时？我有一事相问，你愿答便答，不知可否？”

申子龙眼见自己身边只剩四五个随从，说到武功，都绝非力挽狂澜之辈，而对方只是一个纪空手便已如此了得，再加上一个神农，自己断无生还之理，不由轻叹一声：“以公子的心计身手，日后成名天下，只是早晚之事，申某这条老命能送在公子手上，总好过送在无名之辈的手上，唉……你有话尽管问吧。”

“我想问的第一件事是，不知申长老识得沛县刘邦吗？”纪空手此言一出，神农微微点头，这说明纪空手已经开始不相信刘邦了，他更希望通过别人的看法来了解这位昔日的朋友。

“刘邦此人，贪酒好色，不足以成就大事，公子提他干啥？”申子龙语带不屑地道。在他看来，像刘邦这等好色之徒，提一提也似有污自己的口舌。

“难道你们项少主也是这样认为的？”纪空手紧问一句道。

“项少主之所以器重刘邦，正是因为他胸无大志，不足以争霸天下，否则卧榻之侧，岂容他人鼾睡？而且刘邦此人虽然贪酒好色，但带兵打仗确有一套，手下能人贤士颇多，更有七帮为基础，追随少主之后，已是屡立奇功，被楚怀王封为武安侯，统率砀郡人马。只不过申某一向不喜这种人物，是以与他并无交情。”申子龙淡淡笑道，显然并不看好刘邦。

纪空手闻言之后，不知心中是喜是忧。以刘邦现在的这等声势，韬光养晦，不争人先的处事策略确见奇效，假以时日，必然脱离项羽控制，形成分庭抗礼之势，成为争霸天下的一支生力军。也正是因为如此，说明刘邦为人城府极深，深谋远虑，胸怀大志，这样的人必定无情，自己此次咸阳之行，十有八九是又遭刘邦利用了。

思及此处，他的心情确实是心灰意冷。想到自己一腔真情待人，却落得如此报应，真正是难受至极。

他轻叹一声，顿觉自己此番入京，并无太大意义，若非牵挂韩信安危，真想一走了之，西行入蜀，与红颜隐居山林。可是转念一想：“此事只是我暗中揣度，并未证实，倘若冤枉了刘大哥，我岂非辜负了朋友之谊？”

“公子若无话相询，便请动手吧！”申子龙将无为戟振出空中，顿时发出嗡嗡之音。

纪空手经过了这一番生死决战，心中已无杀意，淡淡一笑：“申长老此时只有一人之力，何必要拼个你死我活呢？我敬重你是一条汉子，不如上船酌酒三杯，化去这段恩怨如何？”

申子龙没有想到纪空手会说出这番话来，一怔之下，摇摇头道：“申某领情了，却断然不敢相忘这段恩怨。这些死者都是跟随了我多年的兄弟，却因我而死，我又怎能不为他们报仇雪恨?”

纪空手眼芒一亮，心中顿起惺惺相惜之感，只是申子龙所言既是事实，若不一战，绝难了断，当下不由沉默无言。

“我敬重公子的人品武功，也佩服公子的心智谋略，假若我们早一日相逢，或许能成为忘年之交，可惜的是我受命于少主，不得不追杀于你，即使技不如人，也唯有一死而已，却不敢苟且偷生，否则江湖上人人会骂我申子龙是不忠不义之徒。”申子龙慷慨激昂地道，言语中自有一股豪情奔涌。

“如此说来，唯有一战。”纪空手肃然道。

“生死之间，不容相让。”申子龙正色道。

两人相视一眼，哈哈大笑，笑声中既有知己般的喜悦，亦有一种无奈。他们深知，尊重对手唯一的方式，就是战胜对方，这是一场不可避免的决战。

“请!”纪空手双手一合，刀锋斜指半空。

“好!”申子龙缓缓地抬起了无为戟，将它划向那虚空的深处……

两人屹立不动，如山岳对峙，虽然相距两丈，但从他们身上奔涌而出的气势，如云涌，如风动，充斥了这段静默的虚空。

空气为之一滞，在场的每一个人都感受到了那种如山梁压伏的压力，更看出了这两大高手都已倾尽全力，绝无半点保留。

神农坐观局外，心中怦然而动，整个人紧张得双手紧抓舷栏，木栏尽碎成粉，自己犹自不觉。

因为他已看出，此战不动则已，一动必分生死。空间的杀气浓烈得紧缠一起，根本没有化解的余地。

他几乎有一种后悔的感觉，后悔自己没有及时拦阻纪空手，但心中又隐隐觉得，一个真正的英雄，本来就只有在苦难中成长，在烈焰中锻造，在无数次与高手搏杀中求生，唯有如此，他才配拥有这“英雄”二字的荣誉。

这是一道关卡，也许纪空手就应该无畏面对，而不是逃避。也许只有当他翻越了这道关卡，他才会真正进入到武道高手的行列。

纪空手还是站在那里，还是带着淡淡的笑意，随随便便地一站，就仿佛兴之所致，但是那种满不在乎的样子却给人以无比充实的感觉。他就像是宁静的深海，深邃而广阔，让人无法揣度；他更像是一座高不可攀的山岳，任何人若欲透视他，都会产生高山仰止的感觉。

申子龙的手依然握住无为戟，冷汗渗出，竟然良久不动，就像是以这种形式定格空中。虽然他的气势达到了自身的极限，但面对纪空手，他却感到了一种从未有过的虚弱，似是面对一盘永无胜算的棋局，又似是面对即将爆发的火山，根本就让他看不到一点取胜的希望。他甚至觉得，自己面对的是一道即将决堤的大坝，只要裂开一道缝隙，自己就随时有被洪水吞没的危险。

所以，他不敢动，也不能动，静立如一尊屹立千年的石雕，任由时间一点一滴地流逝而去。

一个时辰很快过去，就在这时，神农终于放下心来，脸上竟然多出了一丝微笑。

他应该笑，因为他看到了申子龙握戟的大手不经意间颤抖了一下，虽只一下，而且一闪即逝，但对神农来说，已经足够。

这就证明了申子龙已经没有继续支撑下去的信心，只要他一动，必露破绽，等待他的，就将是致命一击！

神农没有看错，所以等到这种颤抖的迹象第三次出现时，他听到了一声充满悲情的长叹。

“罢了，罢了，能败在公子的手下，申某无憾！”申子龙低啸一声，突然回戟一刺，正中自己的心口。

谁也没有料到申子龙竟会回戟自杀，如此刚烈之举，引得众人无不惊呼，更为申子龙的英雄行径大为折服，以一死成全自己忠义之名的，从古至今，又有几人？

纪空手飞身过去，扶住他道："申长老何苦如此？"双掌运力，便要护住他的心脉。

申子龙淡淡一笑："这……这是我……我必走之路，命当……如此……"他整个人瘫软一团，倒在纪空手的怀中，眼睛微闭片刻，挣扎着继续道，"以……你之……能……足……以争霸……天下……可惜……的是……我……却看……不到……那一……天了……"说完这句话，头颅垂下，再无气息。

纪空手缓缓地将他放下，一字一句地道："就为了你这一句话，我纪空手绝不轻言放弃！"

他的脸如花岗石般坚定，眼神中更流露出一股不可一世的霸气。他从来未想过自己要去征服别人，要去争霸天下，但是申子龙的这一句话，却勾起了他心中的万丈豪情，更激起了他永生不灭的熊熊战意。

不为别的，只为这一句话付出了生命的代价，所以才更有分量，更有一种悲情之美！

六月二十日，大秦都城咸阳。

咸阳在九稷山之南，渭水之北，商业发达，旅运频繁，市面热闹繁华，仿若盛世一般，浑不似正值乱世，隐呈偏安一隅之局。

从宁秦入京，最多三日路程，韩信一行因有格里、格瓦兄弟相陪，一路上省去了不少麻烦，沿途所见所闻，俱是大秦暴政之下百姓民不聊生的景象，京城重地尚且如此，也就怪不得天下各地豪杰，揭竿而起了。

"大秦不亡，天理难容！"韩信心中暗道，这也更坚定了他此行的决心。他在冥冥之中得到了上天玄理的昭示，一心想为"刘"姓义军效命，以博一世荣华富贵，是以对登龙图有势在必得之心。

与格里兄弟相处多日，韩信几番打听，终于得悉当世义军之中，刘邦一系虽然名归楚军，但已渐成气候，屡次抗秦成功，成为各路义军中一股不可小视的力量。思及凤五当日所言，虽然其言语隐晦，但韩信由此揣度，以刘邦这数月时间的上升趋势，问天楼襄助之人，十有八九便是他了。

在如此乱世，如果没有像问天楼这等武林豪门的鼎立支持，即使像刘邦这等拥有大智大勇的人物，要想争得一席立足之地，亦是千难万难，怪不得韩信会有如此认定。

他唯一不明白的地方，就是如果事实真的如他所想，何以刘邦以卑微的亭长身份，能够得到卫三公子的赏识？这岂非是一个令人难解之谜？

他决定不去想这些没有答案的问题，而是将一门心思重新放在了登龙图上。

登龙图事关百万兵器与巨大财富的收藏之地，谁若得之，便等于拥有了争霸天下的本钱。但凡有心问鼎天下者，谁不觊觎？这就难怪卫三公子会穷十年之力，精心布局，耗费如此巨大的人力物力了。如果自己获得此图，必将受世人瞩目，日后问天楼借此问鼎天下，自己岂非立下奇功一件？从此飞黄腾达，指日可待，荣华富贵，更是唾手可得。

不过此图既然事关重大，想必所藏之地机密异常，绝非是轻易可得之物。否则以卫三公子、赵高这等人物，尚且苦费心血，不见图影，自己此行，未必就能马到成功。

思及此处，韩信心中凛然，隐隐觉得咸阳之行绝不简单，其中凶险之处，绝非是自己可以想象的。

穿过长街，终于到了格里在京中的宅院，这里虽不及皇宫侯府气派，但其规模之大，设施之豪华，依然足够让韩信瞠目结舌。它位于赵高相府左侧的区域，隐然是相府建筑的附属，但是单门独户，自成格局，可见格里在赵高心目中的地位。

进了院中，方知院内别有天地，原来这里全是按着草原风情而建构，既有湖水绿草，亦有马厩营帐，占地千亩以上，犹如大城之中的一片草原，格里的突厥暗杀团便驻扎于此。赵高的入世阁发迹于突厥境内，是以一直崇尚突厥武风，特许格里如此建构，以作训练精锐之用。

韩信见之，不由啧啧称奇，再看草原之上骏马飞驰，骑者剽悍，偶有三五人走过马前，个个雄健非常，不由赞道："将军的暗杀团果然名不虚传，怪不得赵相如此看重将军，原来如此。"

格里有心卖弄道："暗杀团战士，无一不是我突厥百里挑一的善战勇士，他们杀人过百，冷血无情，技艺精湛，忠心不二，在我大秦军中，素有'狼族战士'之名，虽只三千之数，却敢与数万精兵匹敌！"

韩信看着远处人群中不时有人持弓练射，有人摔跤角力，武风之盛，的确让人称羡，点头道："这些人凶悍好斗，久经训练，其战斗力自然不同凡响，其中不乏有武功高强者，以强带弱，形成人人争强之风，对提高整体战斗力大有好处，将军能够如此统兵，实在让我佩服不已。"

格里诧异地看了韩信一眼，道："你能看出我将竞争机制引入日常训练的手段中，可见你的见识不凡。以你之能，假若与我联手，日后必能扬名天下，不知意下如何？"

以格里的身份地位说出这番话来，可见他对韩信的确看重，格瓦与昌吉无不大喜，却见韩信摇摇头道："将军美意，我只能心领。所谓无功不受禄，身为七尺男儿，如果不能凭着自己的本事去争得一世功名，岂非要羞煞时家列祖列宗？"

他此时初到咸阳，对京中局势尚不了解，所以不敢立刻择主而靠。何况他深知格里为人豪爽，最重英雄，自己此番说法，必能博得他的好感。

果不其然，格里哈哈一笑，道："我果然没有看错人，能说出这等话来，不愧是顶天立地的男子汉！"这更坚定了他对韩信的笼络之心。

一阵马蹄声隆隆响起，尘土飞扬间，一标人马由远及近，到了近前，方才拉缰收蹄，马声长嘶之下，当先一人拱手高声道："见过将军！"

韩信抬头来看，只见此人头戴缨盔，一身锦甲，浓眉方脸，英气勃发，眉宇间隐现倔傲之色，一看便知是个极为傲气的青年。

"瓦尔，你来得正好，我正想给你引见一位好朋友哩！"格里显然对瓦尔极为欣赏，是以语气甚是亲切。

瓦尔轻哼一声，以不屑的眼神打量了韩信一眼，道："将军，你说的是他吗？我们突厥人崇尚英雄，也只有英雄才配做我瓦尔的朋友，他难道是英雄吗？"

格瓦与昌吉蓦然色变，都有愤愤不平之色，格里听出他语带挑衅意味，正要喝叱，却见韩信淡淡一笑，道："我也许不是英雄，可是不等于我就不是你的朋友。"

他胸怀大志，不敢树敌太多，是以一切以忍为上。瓦尔惊奇地看了他一眼，道："你若真想交我这个朋友，就先得赢了我手中的弯刀，否则一切免谈！"

他们突厥人一向将朋友看得比自己的性命还重，是以从来不会轻易认人做朋友，一旦他把你当作朋友，就等于将自己的性命交付给你了。韩信听格里说起过突厥风情，是以对此见怪不怪。

在格里的眼中，瓦尔正是他最器重的人才，如果他能与韩信成为朋友，不啻于让自己平添左臂右膀，是以他望了望韩信，希望韩信能接受这个挑战。

韩信当然明白格里的心思，却还是犹豫了一下，因为他已看出，瓦尔绝对是一个高手。

这只是他的一种直觉，却是非常精确的直觉。瓦尔的眼芒咄咄逼人，充满着无穷战意，整个人就像是一只高山上孤立的鹰隼，有一种傲视一切的自信。两人虽未交手，但已经从空气中闻到了来自对方的杀气。

"哼，胆小鬼！"马队中传出一声冷冷的娇叱，韩信循声望去，只见一个劲装女郎以一种不屑的眼神望着他，虽然人比花美，却如带刺的蔷薇，身上的每一寸都透着野性与自然的美感。

"乌娜，不得无礼！"格里喝道，言语中却多了一丝疼爱之情。乌娜是他的掌上明珠，他爱她甚至多于爱自己，纵是喝骂，亦不敢太过严厉。

乌娜哼了一声，扭头不语。

韩信心有风影，对其余女子便也不放在眼里，只是被一个美女唤作

"胆小鬼"，任他再能忍气，也心有不甘，当下笑道："骂得好！有小姐这一骂，我岂敢再言不战?"

两人下马，相距五丈而立，众人退开，却又被远近蜂拥而至的战士围住。突厥人喜好厮斗，又闻听是他们中的第一高手出战，哪有错失不看之理？叫嚷声中，热闹一片，无不替瓦尔鼓气。

昌吉与照月三十六骑虽然凶悍勇武，但在这数千人中，犹如沧海行舟，根本不起作用，只能为韩信暗自祈祷，希望这位少主不会输得太惨。

格里大手一挥，众人肃然无声，可见格里在狼族战士心目中的崇高威望。

"你们两位都是我最欣赏的年轻人，无论谁胜谁负，都不重要，重要的是不能有任何伤害。所以这一战，只能点到为止，听明白了吗?"格里深深地看了他们一眼，这才大声说道。

韩信与瓦尔对视一眼，同时答道："明白!"

瓦尔话音一落，大手缓缓地落在了腰间的刀柄处，刹那间，这片草原上的每一个人都感到了气温骤降，森寒无匹的杀气袭卷着全场。

刀未出鞘，气势却充斥四周，看来瓦尔能蒙格里看重，绝非偶然。

韩信凝立不动，眼芒一闪，如神光闪电，衣衫无风自动，劲气鼓涌，猎猎作响，其威势一点都不逊于瓦尔，甚至比对方更多出了一份自信。

众人无不惊诧万分，似乎都没有想到韩信的气势竟能与己方的高手瓦尔分庭抗礼，人人凝神屏气，关注着这惊天一战!

乌娜更是将一双美目流连在韩信刚毅的脸上，娇容上抹过了一道淡淡的红晕。

格里兄弟与昌吉的脸上无不神色凝重。

瓦尔一声低啸，昂首而起，向前迈出三步，每一步足有七尺，顿时把他们之间的距离缩至两丈。

他每一步踏出，犹如战鼓，步伐间的气势，配以矫健挺拔的身材，自然而然便流露出一种令人无法抗衡的气度。看来此子狂傲如此，确实有其狂傲的本钱。

韩信嘴角处依然泛起淡淡的笑意，双手背负，仿若欣赏着一幅山水墨画，甚是悠然自得，只是他外袍下突出一枝梅的剑柄，给人一种凛然杀意。

“你能在我的强压下保持镇定，倒让我有了三分喜欢。”瓦尔眼神凌厉，扫向韩信的脸，“锵……”的一声，右手已将弯刀拔出，虚空中立时生出一股凌厉无匹的刀气，呈弧形向韩信包围而至。

韩信眼芒一寒，一枝梅蓦然脱鞘而出，嗡嗡直响中，化作一道凄寒飞虹，直迎而去。

两股无声无形的剑气刀芒，犹如恶龙般在虚空中绞杀厮缠，透发的压力似浪潮袭卷四方，空气陡然一滞，接着便听到一声激响回旋虚空，震得众人耳膜发麻。

韩信倏地飘然而退，横剑于手，傲然而立。

只见他的神色仍是丝毫不改，闲逸散漫，淡笑满脸，似乎刚才的一击全是幻觉，剑锋凛凛，压根就未出手一般。

瓦尔身形微微一晃，瞬即站定，脸上现出难以置信的神色，突然退后三步，站回原地道：“好剑，好剑法，能使出这般剑法之人，岂能不是我瓦尔的朋友?”

在场的众人，无不动容，却看不出两者相交一击，谁胜谁负，神情中不由得多出了几分愕然。

格里将之看在眼中，知道两人功力相当，瓦尔能出此言，乃是惺惺相惜之故。当下下马拉住瓦尔与韩信的手，道：“想不到二位一招之下，便能一见如故，既有如此高兴之事，何不去痛饮三杯?”

说完挽住二人，从人群中走出，到了一所营帐簇拥的建筑面前，吩咐下人，摆酒设宴。韩信心中正奇怎么会在这里出现一座具有中原建筑风格的宅院，一问方知，原来这里是格里家眷起居的豪宅。

进入大厅，数人俱都入座，瓦尔性情豪爽，诚心相交，与韩信谈论了不少搏击之道的话题，待得酒肴上席，更是敬酒三杯，两人都有相见恨晚之意。

格里见得如此，心中着实高兴，问起近日咸阳发生之事，瓦尔当即站起道："自将军离京之后，团里一向无事，只有那乐五六来过数次，派些手下再三向我挑衅，我谨记将军吩咐，不敢应战，这下好了，将军既然归来，便容我与乐五六一战！"

乐五六乃亲卫营第一高手，一向狂傲，仗着有乐白撑腰，屡次向瓦尔提出挑战。格里抱着息事宁人的态度，着眼大局，倒也不去理会。这时听得瓦尔说起，心中一股无名火起，眼芒一寒，道："他竟敢如此欺人太甚，那就休怪我下手无情！我们好好计划一番，既要杀了乐五六，又要让乐白有苦说不出。"

瓦尔微微一笑，道："我心中早有一计，不知当讲不当讲？"

格里道："但讲无妨。"

瓦尔道："亲卫营屡次来人挑衅，将军何不向乐白言明，就让亲卫营与我们暗杀团来个生死约定，大战一场？"

格里早有这种想法，只是亲卫营与暗杀团都是赵高一向看重的精锐部队，倘若两虎相争，传到赵高耳中，必然不允，自己亦是难逃干系，不由迟疑起来。

瓦尔心知格里的顾忌，黯然坐下，只是想及乐白等人咄咄逼人的架势，脸上犹有不平之色。

韩信心中蓦然一动，暗道："我若想在京中立稳脚跟，岂能一直默默无名？想这乐五六如此猖狂，必然得享大名，我若能将之击杀，一来可以向格里、瓦尔表明心迹，二来也能扬名京城，让赵高知晓还有我这么一号人物。不过如此一来，就算是与乐白的亲卫营结下仇怨了。"他此刻的心思，仿若赌钱中的押宝，在亲卫营与暗杀团之间，只能是二者选其一，稍有不慎，看走了眼，不仅是他，便是问天楼这十年心血亦是前功尽弃，这令他不得不思虑良久。

“这乐五六是个什么角色?”韩信想了想，问道。

韩信此言一出，顿时让格里有了计较，当即不动声色道：“他是亲卫营统领乐白的侄子，使得一手好枪法，为人亦是蛮横无礼，仗着他叔叔是赵高眼中的红人，屡次向我暗杀团挑衅，我因为大局着想而一再容忍，想不到这一次他竟趁我不在，上门挑战，若是不给他一点厉害瞧瞧，只怕暗杀团从此便难以在亲卫营的人前抬头了。”

“既然如此，瓦尔的建议岂不名正言顺吗？何以将军会迟疑犹豫?”韩信知他必有苦衷，是以逼问了一句。

格里轻叹一声道：“乐白与我，曾被赵相视为左臂右膀，加上俏军师张盈，乃是赵相最为器重的三个人。他不想看到我们三人为了一些事情内讧不断，以至于影响了自家的实力。更不愿看到有手足相残的悲剧，是以我才一味忍让，不敢动手。”

“那么将军为何不向赵相言明真相呢?”韩信奇怪地问道。

“我也想过，只是事情并非如你想象的那么简单。首先是赵相身居高位以来，性情大变，已经不像原来那般从谏如流，稍有不顺之事，便是大发雷霆，迁怒于人。近段时间，赵相为修炼百无一忌功，更是深居简出，难得见其一面。另外，加上乐白与张盈相互勾结，串通一气，对我大有排挤之意，若是我在毫无证据的情况下向赵相禀报，定遭反咬一口，自惹无趣，所以我一直没有动手，就是因为这些原因啊。”格里长叹一声，脸上颇显无奈。

韩信沉默不语，心中暗道：“看来格里的处境并不太妙，我若投靠于他，是否能得到赵高赏识，从而混入宫中，只怕尚是未知之数。不过格里对我如此器重，又蒙瓦尔当我是好朋友，我若在此时帮他们出了这口恶气，岂非能完全赢得他们的信任?”他踌躇片刻，咬了咬牙，终于下定了决心。

他之所以这样决定，更是相信时农的眼力。格里这条线既是时农精心所牵，想必在他铺线之时已经权衡利弊，认为格里无疑是“时信”入宫牵头的最佳人选。因此韩信没有理由不相信这位忠心耿耿的老者，同时也相信时农的在天之灵必会庇佑自己。

“以将军的眼力，我是否是乐五六的对手？”韩信站起来道。

此言一出，众人无不惊喜，格里更是眼中一亮。他知道，韩信只要答应与乐五六一战，那就说明他已真正站到自己一边了。

“乐五六不是你的百招之敌！”格里沉吟片刻，断然答道。

“如果是这样，我倒想到了一计，可以帮助将军和瓦尔兄弟出了这口恶气。”韩信淡淡一笑，胸有成竹地道。

格里大喜道：“愿闻其详。”

“将军听说过‘不知者无罪’这句话吗？我们就在这上面做文章。”韩信当即说出了自己的计谋，听得众人无不点头称道。

韩信说完话时，猛一抬头，却见乌娜的眼神正从自己的脸上一闪而过。朦胧之中，韩信没有感觉到她眼中的那股野性，倒是觉得这眼神柔如秋水，让人心醉。

他心中打了一个激灵，蓦然间想起了凤影的笑靥，那笑靥中绽放的柔情，与乌娜的眼神是何等的相似。

想到自己肩上的重担，面对这少女的绵绵柔情，他唯有苦笑。

一夜醒来，韩信召来昌吉。

“依你之见，我昨天说出的计划是否可行？”韩信寻思一人计短，是以想征询昌吉的意见。对昌吉的忠心，他毫不怀疑，希望能从昌吉的口中听到不同的意见。

昌吉迟疑片刻道：“少主的计划的确是天衣无缝，无懈可击，不过整个计划的基础是建立在对格里的信任上，如果事发之后，格里碍于形势撒手不管，我们的处境就相当危险了。”

韩信眼现欣赏之意，所谓英雄所见略同，他显然也看到了这一点，不过以格里目前面对的局势来看，此刻正是用人之际，他需要有自己这样的人才替其抗衡乐白与张盈的势力，如果临阵退缩，那就等于他屈服于别人的强压，自然会大失人心，以格里的性格，当然不会如此选择。

何况自己此举，等同于向乐白与张盈宣战，格里早就等待着这一天，岂会错失这个大好良机？

思及此处，韩信安抚了昌吉几句，嘱他带着照月三十六骑操练骑射之术。然后按事先计划，与瓦尔一道，在二十多名战士的护送下，走过南北畅通的繁华大道，来到了名扬京都的八仙楼进膳。

此楼前临大街，背靠小湖，景色别致，堪称咸阳一绝，乃是京中达官贵人、富家子弟常玩之地。在瓦尔的引领下，他们占据了临窗靠河的一间厢房，先品清茶，静听房外动静。

“你能否确定乐五六必会在此出现？”韩信聊谈半晌，突然问道。

“这里是乐五六常来之处，何况他近段时间一直想找我的麻烦，听说我到了八仙楼，岂有不来会上一会之理？”瓦尔笑道，似乎极有把握。

韩信这才放心，一时无事，不由与瓦尔聊起天下时局来，渐渐又将话题引向了入世阁三雄身上。

“格里将军武功高强，深不可测，这是有目共睹的，何以乐白、张盈二人也能与将军齐名？”韩信隐隐觉得自己早晚会有一天与这二人为敌，是以有此一问。

瓦尔沉声道：“我虽然对此二人向无好感，不过平心而论，这二人的确是难得的人才，所以才能得到赵相器重。入世阁能够名列武林豪门之列，固然与赵相乃百年不遇的天纵奇才有关，却少不了将军、乐白、张盈三人的大力辅佐。暗杀团、亲卫营之名，足以威震天下，加之张盈的神机妙算，更是百战百胜，是以入世阁能有今日傲视群雄的威风，绝非偶然。”

韩信道：“难道乐白、张盈的武功竟不在将军之下？”

瓦尔道：“乐白的折桂手、张盈的美人扇与将军的霸王钺并称入世阁三大神兵，三人之间一向没有交手，但赵相曾经点评四字，乃‘不分伯仲’，可见这三人的武功几乎相当。”

第十八章　相府风云

韩信心中一凛，暗道："格里的功力如此雄浑，尚且不能压过乐白、张盈，可见入世阁真是高手云集之地，而赵高既能统率群雄，想必其武功更是深不可测。我若稍有不慎，只怕此次咸阳之行便是我的黄泉之旅了。"

他暗自深吸了一口气，收摄心神道："我有一事不明，想请教兄弟，不知当讲不当讲？"

瓦尔笑道："你我之间何必客气？"

韩信压低嗓门道："以赵相的实力，掌管文武军马，亲信遍及朝野，何以会甘居人下？"

瓦尔一惊，似乎没有料到韩信会提出这个问题，不由呆了一呆，这才低声说道："时兄怎会想到这个问题？"

韩信微微一笑，道："所谓良禽择木而栖，我既然有意功名，当然希望投得明主，享尽一生一世的荣华富贵。"

瓦尔恍然大悟道："谁说不是呢，我从千里之外的突厥来此，还不是为了这一世功名？我曾经听将军说起此事，谈到赵相的打算，不得不佩服他老人家的深谋远虑。"

韩信听格里说过赵高替大秦王朝建立的不朽功勋，也听过世人传说的"指鹿为马"的故事，赵高的野心之大，谁人不知？却谁也不明白他何以会迟迟不将胡亥的皇位取而代之，这时听瓦尔说来，似乎是赵高另有打算，不由来了兴趣，催促瓦尔快快说来。

“赵相之所以至今不登皇位，原因有三。”瓦尔看了看四周的环境，这才贴近韩信的耳朵道，“其一，取而代之，师出无名，胡亥登基未久，尚无大恶，倘若在这个时候夺权篡位，不是最佳时机；其二，此际正逢乱世，匪患无数，兵灾连连，一旦赵相登位，必成众矢之的，得不偿失，不如暂缓行事；其三，则是关于传说之中的登龙图……”

韩信心神一震，整个心怦然而跳，仿佛头脑充血一般，暗暗惊道：“莫非赵高已得到了登龙图？”心中像是失落了什么一般，呆呆地望向瓦尔。

“时兄，你没事吧？”瓦尔见他脸色不对，关切地道。

韩信顿时清醒过来，淡淡一笑，道：“兄弟所言，让我简直都听傻了。”有意无意间将自己的失态之举掩饰过去。

瓦尔这才又道：“相传这登龙图乃是始皇亲手绘制，里面牵涉到上百万件兵器与巨大的财富。据说始皇绘图的初衷，原是因为他想让大秦王朝永世不灭，传至千秋万代，不过他又想到，任何一个王朝都有盛衰兴亡的时候，千秋万代，谈何容易？唯一的办法，就是让他的后人在灭国之后，依然能够重新复辟，周而复始，或许可行。于是他便找了一个隐秘的地方，将诸般兵器与财宝收藏一处，以作日后复辟之用。赵相花费了数十年的时间，始终未得此图，是以一直不敢轻举妄动。”

韩信这才放下心来，突然心中又惊：“以赵高的身份地位，以及超人的智慧，花费了数十年时间尚且不能得到登龙图，而自己又凭什么本事就能得到它呢？”彷徨之际，颇有些束手无策的味道。

两人再聊几句，门外脚步声响起，守在门外的武士进来禀报道：“乐五六终于到了。”

瓦尔站将起来道：“时兄，一切就看你的了。”

韩信拍了拍腰间的一枝梅，道：“让他尽管来吧！”决战在即，他将一切烦恼尽抛脑后。

两人相视一笑，便听得楼下一个声音阴恻恻地传来：“这不是暗杀团的战士吗？难得难得，乌龟也有出头的时候，倒不知是你们哪位统领来了八仙楼？”

伴随着这声音而来的是一阵欢笑不迭的叫骂声，韩信一听，便知乐五六等人嚣张到了何种程度。

瓦尔冷哼一声，杀气贯上眉间，显然怒气已达极限。

“他妈的，什么狗东西在下面叫唤，吵得老子连喝口茶都不清爽。”韩信有心挑衅，声音之大，响彻了整个楼层。

一时寂然无声，半晌之后，才听得叫骂声起，脚步声响，伴随着刀剑出鞘声而来，到了门前，“砰……”的一脚将门踢开，便见一帮壮汉拥着一个将军模样的少年闯了进来。

韩信冷眼望去，只见此人相貌英俊，肤色白皙，凤眼秀长，浑若女子，只是眉间平生一股傲然之气，配以腰间那把七尺长剑，显得此人别具一番英气。看他怒气横生的样子，韩信当然猜出了此人的身份。

在乐五六的身后，还有四名武士装扮的剑手，神光充足，杀气腾腾，无一不是凶悍好斗之士，想必他们在京城横行惯了，从来都只有他们骂人的份，此刻听到有人骂己，一时半会还没有适应过来。

乐五六眼芒一寒，看清眼前情况之后，一摆手，众人顿时肃然不语。

“瓦尔，你总算出来了，是否敢接受我的挑战？”乐五六手指一抬，大有咄咄逼人之势。

“你算什么东西，也敢向草原上的雄鹰挑战？”韩信淡然一笑，缓缓地端茶一饮。

乐五六冷眼一横，微微色变，道：“你是何人？”他循声而望，终于注意到了韩信，乍眼一看，只见此人骄狂无比，气度不凡，精芒凛凛，绝对不是好相处之辈，特别是他一脸闲散之气，更显出了其从容不迫的高手风范。

“你还不配知道！”韩信看都不看他一眼，欲故意将之激怒。

孰料这乐五六人虽狂妄，心计却不差，他之所以敢三番五次地向瓦尔挑战，就是算定了瓦尔绝对不敢应战。今日上楼一看，瓦尔竟敢公然叫骂，摆明了便是准备好要与他一战。他深知瓦尔为人虽然粗豪，但行事却精细无比，如果没有一定的把握，绝不会贸然行动。

这不由得让乐五六犹豫起来，打量了一下整个房间的布局，最后将目光落在韩信的脸上，道："这么说来，是你想与我大战一场了？"

"就算是吧，因为你看上去不像是我的对手，对于痛打落水狗这种好事，我一向有所偏爱。"韩信大大咧咧地一笑，那眼神中的不屑，就像真的是面对一条狗。

乐五六为之气结，虽然他对眼前的这个狂徒一无所知，但他没有理由去忍受这种侮辱！所以他怒极而笑道："希望你说的落水狗不会是你自己，来吧，小子，让我们到长街一战！"

他是亲卫营中的第一高手，当然拥有高手的自信，既然有人敢向他挑战，那么他不仅要战败对手，而且还要极尽能事地侮辱对方，让任何对手在他的面前都感到战栗和胆寒，而如此做的最好方式，就是当着众人的面来举行这场决斗。

瓦尔笑了，他其实一直就等着乐五六说出这句话，他相信韩信的实力，所以长街决战，只会使乐五六自取其辱。

繁华热闹的大街，刹那间静寂起来，所有的闲人客商无不远远驻足观望，长街上霎时腾出了一个十丈的空间。

一方是不知名的剑客，一方却是名扬京城的乐五六，这似乎是一场没有悬念的决斗，却引起了轰动性的效应。

试问谁敢在虎口里拔牙？如果有人敢，那就说明这个人很有勇气。

谁敢向乐五六挑战，那就等同于在虎口里拔牙，这个人同样需要很大的勇气。

所以围观的人十有八九是冲着韩信而来，而不是乐五六，他们都有逆反的心理，希望新人胜旧人，弱者打败强者，只有这样，他们才有茶余饭后的谈资。

乐五六与韩信各立一端，相距五丈，明晃晃的阳光顺着高楼的檐角洒下，照得长街的石板一片金黄。

乐五六的几名随从手握剑柄，虎视眈眈雄立在乐五六的身后，一脸傲气，都对韩信投以轻蔑的目光。

他们有理由自信，因为乐五六的剑术在咸阳非常有名，曾经创下决斗七十六场从无败绩的奇迹，即使是眼高于顶的乐白，也曾夸赞过他的剑法了得。

而瓦尔站在韩信的身后，更是从容冷静，眼中充满了对韩信的十足信心。他唯一要做的，就是紧盯住乐五六带来的几个随从，防止他们出手襄助。

静，实在太静，偌大的长街之上不闻人声，甚至连咳嗽声也没有。两人相峙带出的压力弥漫全场，震慑了每一个人的魂魄。

只有这时，乐五六才真正看清了韩信的容貌，才真正认识到了韩信的厉害。他一直认为自己是一个很狂傲的人，而且自己也有这份狂傲的资格，但是与韩信一站，他才知道，真正狂傲的人竟然就在自己的眼前。

韩信的傲气与乐五六的傲气不同，乐五六的傲气在表面，而韩信的傲气则是傲到了骨子里，傲出了一种十足的自信。他的一举一动，一个皱眉，一声冷哼，随意而散漫，但在有意无意间，这每一个细微的动作，都给予了对手最强悍的压力。

韩信的脸上依然挂着那淡淡的笑意，但乐五六似乎已承受不了这笑容背后的寒意。他虽然昂首而立，脸带不屑，其实心里多了一丝莫名的不安。

他不能等待下去，若再等下去，他怕自己会在这沉重的压力下窒息而死，是以，他出手了。

“锵……”宝剑出鞘，犹如龙吟，寒芒四射，任何人都感受到了那剑锋透出的凛凛杀气。同时他紧握剑柄，威猛无敌地向前踏出三步。

“噔……噔……噔……”只踏了三步，每一步踏下，都撼得石板空响震动，几欲断裂，大有先声夺人之势。

两人相距的空间因此缩短，虚空中涌动的气势压力有增无减，旁观者都有一种透不过气来的感觉，大为震惊之下，纷纷如潮水般向后退去。

韩信没有动，亦不能动，在如此强势的压力之前，退缩一步都可能导致不可挽救的败局。他整个人收摄心神，进入冥雪剑道静守的境界，同时将手握在了一枝梅的剑柄之上。

他的目光炯然有神，不怒而威，凛凛寒芒逼射而出，与乐五六那利若鹰隼般的眼芒在虚空中悍然相交。

乐五六心中一惊，根本没有想到韩信在自己凌厉的气势压迫下，依然能保持从容不迫的气度，身形不动若山，如渊亭岳峙，确实让人感到了一种不能撼动半分的坚挺感觉。

他与人交手，从来都是在气势上先声夺人，扰乱对方心神之后，再图后发制人。孰料这一招用在韩信身上，根本不灵，反倒使自己先失了分寸，无奈之下，他唯有大喝一声，挥剑攻上。

剑锋斜出，如毒蛇游动，全凭手腕振动之力，竟在虚空中变幻出万道寒芒，铺天盖地般罩向对方。

众人无不拍手喝彩，便是瓦尔，心中凛然间，不由得也为韩信担心起来。

这一剑的确是神乎其技，绝对是乐五六剑道中的精华，更难得的是，此剑一出，充满着一往无回的霸杀之气，根本不是人力可以抵挡的。

韩信的一枝梅依然安藏鞘中，似乎成了他身体的一部分，丝毫不为所动。他在等待，等待对方这一剑刺出时必然出现的新力未生、旧力不继的瞬间，只有在那个时候出手，他才可以在一招之内占到先机。

饶是如此，单是这份泰山崩于前而色不变的镇定功夫，已经足以震慑人心。

“小子，去死吧！”乐五六怒喝一声，剑芒凝成一点，陡然刺向了韩信的咽喉。

众人惊呼之下，“当……”的一声脆响，震荡长街，韩信的一枝梅不知在何时出手，正好架住了乐五六这惊人的一剑。

乐五六虎口剧震，始知对方的功力实在雄浑，纵然心不情愿，他也唯有向后退却。

有时候退却也是一种策略，但在此时，乐五六的退，更是一种无奈之举，他积蓄了多时的狂暴攻势竟在对手妙至毫巅的一剑下土崩瓦解。

韩信双目一瞪，厉芒如电般逼迫出来，勃发出一股慨然之气，道：“你我之间，的确有一人要死，只不知是你还是我?”

他踏前一步，手腕一振，一枝梅尽显流星七式的威力，风声呼啸，攻势如潮，恰如行云流水，掩杀而去。

乐五六劈剑连挡，面对如斯攻潮，勉力为之，尚能招架，但是说到转守为攻，却丝毫没有这个能力，只觉得自己整条手臂又酸又麻。对方的每一剑劈来，都带着如大山般沉重的压力。

当他格住第三十七剑时，已经退出了十丈开外。他的剑法已不如韩信，加之臂力也不及对手，这一战刚一开始，便注定他要面对失败的结局。

但他绝不甘心，困兽犹存拼斗之心，何况是他乐五六？他将战局的转机寄托在那几个随从身上。

能得他乐五六赏识的人，武功都不会低，虽然他们不是韩信的对手，但在关键的时候突下杀手，一定可以替乐五六创造一线转机。

别人不清楚，他乐五六却不能不清楚，就在他连胜七十六场的佳绩中，其中至少有三场就是借着这种不为人道的方式创造出来的。

所以他希望，这是第四次，虽然在众目睽睽之下使用这种手段太过卑鄙，但总要好过在光明正大下被别人一剑刺死。

“咳咳……”他在又挡过韩信的一记杀招后咳了两声，听到咳声的人都以为这是乐五六力气不支的征兆，却很少有人会想到这是一个暗号。

可是他的随从似乎没有听到，一点反应都没有，这让乐五六又苦撑了三招之后，心生诧异。

他不由自主地转头来看，便看到了一个熟悉的身影正如一道山梁般横亘在他的随从面前，弯刀斜抬，杀气凛烈，除了瓦尔还有谁？

也许很少人会知晓乐五六的手段伎俩，但瓦尔却是一个例外。他忍气吞声受了不少窝囊气，早就想把乐五六置于死地，当然会不择手段地摸清乐五六的全部底牌。

面对强悍无比的瓦尔，那些只会趁人之危的随从们是绝对不敢出手的，所以乐五六只有绝了这个念头。

但是他即使不绝这个念头，也很难保住性命，因为就在他转头的刹那，他犯下了一个不可饶恕的错误。

错误就出现在他这转头之间，没有人可以在韩信如惊涛骇浪般的攻势面前一心二用，乐五六这样做了，他就得死，这是一个毋庸置疑的事实。

剑如流云，快疾如电，对韩信来说，他又岂肯错失这个千载难逢的良机？一枝梅如奔雷卷袭，毒蛇吐信般地划过乐五六的喉部。

血光溅现，惨叫声起，乐五六惨跌地上，脸上还是不能置信的神色。

他的确不能相信，这个世界上竟然会有如此快捷的剑法，等到他明白过来时，可惜已迟了。

“锵……”一枝梅跳入鞘中，一切随之静止，像是时空在这一刻中凝固。

众人还没有来得及欢呼，便听到长街那端传来如奔雷般的马蹄声，快若狂飙，瞬间即至，旁观的人群一分为二，纷纷向两边退去。

“乐白来了。”瓦尔的神情愈发显得凝重。

“可惜迟了一步！”韩信胸有成竹般微微一笑，似乎事态的发展一切都在自己的掌握之中。

马声长嘶，蹄声顿止，一标人马纷纷将韩信等人围住，刀戟森寒，杀气重重。乐五六的那几名随从更是跑向当头领骑之人，拼命地诉说着什么。

那人独坐马上，一脸阴沉，眼中凄寒地盯着乐五六惨死的尸身，肌肉不住地抽搐，似乎正强行压制自己心中的悲愤与怒火。他的眉间极阔，方面大耳，相貌堂堂，自有一股威严尊贵的气质。人虽处于悲愤之中，却犹自镇定自若，显得城府极深，一看便知是个难缠的角色。

围观之人顿时作鸟兽散，虽有几个大胆之人，亦是站在远远的地方观望热闹。因为他们都识得这号人物，更对他有一种莫名的恐惧。

他，就是入世阁的三大高手之一，相府亲卫营统领乐白！

当他接到手下禀报时，不仅惊诧，更隐隐感到了一丝不安。暗杀团的人竟敢与乐五六在长街决战，这是一件反常的事情，以格里的性格与行事作风，没有把握的事，他从来不做，他既然敢做，当然就有一定的把握。

这让乐白不由担心起乐五六的安危来，他虽然妻妾成群，却向来没有子嗣，就将乐五六当成亲生儿子一般，希望他能学得自己的全部本事，并且承袭自己的富贵功名。此时听到乐五六有难，再也坐不下去，带领一标人马火速赶来。

可惜他还是来迟了一步，等他赶到，所见到的却是乐五六惨死长街的一幕。他只觉得头脑“轰……”地一响，几乎晕厥，热血上涌，一股哀伤的心绪沉淀心中。

不过他是乐白，任何惊变都不可能让他丧失理智。他很快稳定了自己的情绪，心中想到的第一个问题，就是格里派人杀了乐五六，挑起了入世阁的内部纷争，难道他就不怕赵相怪罪吗？这时乐白心中又想起了赵高的那个比喻来。

平时，赵高的嘴上常挂着一个比喻，来喻示着团结的重要性。他说：“一只野兔是永远斗不过一头雄鹰的，除非是十只、百只，甚至是千只、万只野兔联合起来，那么就不是雄鹰可以欺负的了。”他说这句话的时候，总是希望自己的属下能够牢牢记住。

所以他不愿意在自己的入世阁中出现内讧的一幕，更不希望看到自己器重的三股势力火拼。乐白正是抓住了这一点，才会一味容让乐五六去暗杀团的驻地不断地挑衅，借此来打击暗杀团不断上升的势头。

但是这一次，他失算了，失算的代价，竟是自己视如子嗣的乐五六的生命从此消亡。

他的心不由为之一紧，感到了一股剧烈的绞痛撕扯着自己的整个心肌，深深地吸了一口气，他才将自己如寒芒般的目光落在了杀人凶手的身上。

这是一位身材颀长的少年，有一张棱角分明的脸，他也许算不上英俊，却有着一种与众不同的独特气质，如果说乐白在一年前的淮阴街头碰上他，就绝不会想到眼前这位英气勃发的青年竟然会是那个沦落市井的无赖。

这一切的变化来自于神奇的补天石异力，对于这一点，即使是韩信自己也不知情，一切的潜移默化都在不知不觉中进行。

乐白心中一惊，暗道："此人是谁？他是何时到咸阳的？看他眼神锋芒内敛，无疑是内家功夫中少有的高手，怪不得他能杀了五六。"他眼芒一寒，冷哼一声："你是何人？竟敢在咸阳城中杀人!"

韩信看了看围将上来的亲卫营战士，淡淡一笑，道："我不杀人，人要杀我，我岂能任人宰割？在下宁秦时信，当街杀人实属无奈，望大人明察。"

乐白见他不卑不亢的样子，心中更是着恼，冷笑道："宁秦时信？名字陌生得紧，可手上的功夫却不赖，竟然杀了朝廷命官。众将士听令，将这杀人狂徒给我拿下!"

他一声令下，手下武士拔刀而出，一涌而上，便要将韩信擒下。这时瓦尔大喝一声："且慢!"双手一张，挡在韩信身前。

"乐统领，时信乃格里将军的贵客，你不能擅自拿人!"瓦尔拱手作礼，抬出了格里的招牌。

乐白正愁拿不到格里的痛脚处，一听倒生出心思来，道："这么说来，杀乐五六，是格里幕后主使？"

"非也！"瓦尔大摇其头，道，"乐五六之死，纯属自找，我奉命陪时公子前来用膳，不巧外出了一会，回来便见两人已经斗上了嘴，一言不合，就厮杀了起来。我有心想拦，岂料乐五六根本不听，坚决要与时公子见个真章，结果便出了这起命案。"

乐白脸色一沉，道："照你这么说来，乐五六岂非该死？"大秦武风盛行，武人决斗比比皆是。为了鼓励国人强身健体，按大秦律法规定，只要是双方自愿以命相搏，纵出人命，杀人者亦可免除刑律制裁。

瓦尔故装惶惑道："乐五六是否该死，我不知道，不过事实的确如此，还望统领大人明察！"

乐白一心想为侄子报仇，岂容瓦尔狡辩，当下喝道："纵是事实如此，他诛杀朝廷命官，还是死罪一条！"挥手叫道，"给我拿下！"

韩信"锵……"的一声，横剑于胸，道："在下杀人之时，并不知他是朝廷命官，所谓不知者无罪，我又何罪之有？"

乐白冷然道："你敢拒捕？"他的本意就是想激起韩信的反抗，唯有如此，他才可以名正言顺地将之当场击毙！是以话一出口，他的大手"咔咔……"乱响，劲力倏然间提聚掌心。

"在下并无拒捕之意。"韩信毫不授人话柄。

"你持剑对着本官，便是拒捕，让我来会会你这不知天高地厚的小子吧！"乐白提聚了一口真气，便要从马背上扑下。

就在这时，从长街尽头又驰来一匹快马，嘚嘚之声，响彻整个长街，乐白引项一望，心中狐疑道："怎么他也来了？"

来人五十来岁，长相不俗，气宇不凡，脸上尽显富贵之气，竟然是相府总管赵岳山！

赵岳山与赵高乃属同门师兄弟，武功之高，深不可测，一向为乐白所忌惮，此时见他一人一骑而来，乐白心中诧异，赶紧下马相迎。

赵岳山微一点头，算是作礼，然后驱马直到韩信跟前，这才止蹄停步，挥鞭一指道："你就是宁秦照月马场的时信？"

韩信与瓦尔对视一眼，这才轻舒了一口气，恭声答道："在下正是宁秦时信。"

赵岳山"哦"了一声，打量了他一眼，道："传相爷口谕，命你立时去九宫殿进见，你可听明白了？"

韩信知道一切正按计划进行，当下大喜："在下明白。"

乐白一听，心中大急，陪着笑脸道："赵总管，此人身负命案，请容我将之擒下，送入相府未迟。"

赵岳山微微一怔："他杀了人吗？不知死者是谁？"

乐白忙道："正是我的侄儿乐五六。"

赵岳山不由得重新打量了一下韩信，淡淡一笑，道："怪不得格里对你如此推崇，原来你还真的有两下子。"他转头对乐白说道，"此人既是相爷所要之人，乐统领若是对他太过无礼，只怕会惹得相爷生气，不如请乐统领和这位小兄弟随我一同面见相爷，当面说清此事，你看如何？"

乐白想想也只能如此，当下众人上了马背，直奔相府而去。

韩信与瓦尔心中暗叫一声："侥幸！"想到刚才乐白即将出手之际，那种惊人的气势几乎压得他们喘不过气来，这才领略到至强高手的真正风范。

而赵岳山的出现，却非偶然，这其实正是韩信计划中的一部分。

韩信事先就意识到了要杀一个乐五六并不难，难就难在如何在毫无损失的情况下善了此事。乐白地位尊崇，武功又高，岂能任人在他的眼皮底下杀了乐五六？一旦乐五六毙命，乐白必然要出头报仇。

以乐白的身份，若对付区区一个韩信，实在是小事一桩，即使韩信有格里撑腰，也难逃乐白的毒手。要真正做到杀了乐五六又不留后患，唯有请出赵高才能压服乐白。

这似乎是一件不可能办到的事情，以赵高的身份地位，他怎会出面来帮助一个素昧平生之人呢？

但韩信却有自己的计划，而这个计划的关键之处，就在于有格里这个穿针引线之人。

在昨天的酒宴上，当韩信提出利用赵高来压服乐白时，格里觉得韩信有些痴人说梦。

于是韩信道："我虽然与赵相未谋一面，但是将军不仅是赵相的心腹，也是我的相识，如果有将军为我居中牵线，赵相自然就会知晓有我这样的一号人物。"

格里顿时来了兴趣，如果韩信此计可行，不仅可以替他出了这口恶气，更叫乐白吃上一个哑巴亏。

韩信微微一笑，道："我曾听将军说过，赵相此人有两大喜好，一是人才，二是良驹。我虽不敢说自己是个经天纬地之才，所幸手上正好有十匹良驹，只要将军替我将良驹献上，顺便替我说上几句好话，想来赵相必有见一见我的兴趣。"

格里道："我也正有此意，只是此时距相爷大寿尚早，献礼师出无名。"

韩信道："献礼在于投其所好，不在于时间早晚。只要能引起赵相的注意，何必一定要拘泥这些小节？何况明天若要将乐五六除去，那么这送礼的时间必须要赶在明天早上才行。"

格里惊奇道："这二者之间难道会有什么联系？"

韩信正色道："不仅大有联系，而且在下的生死都在这礼上，所以在时间上不能有半点差池。"

格里大是不解，虚心相询。

韩信继续道："将军请想，我若是当街杀了乐五六，必然会引得乐白前来，于公于私，他都要将我置之死地而后快。而我一旦拒捕，必遭乐白当场格杀；倘若束手就擒，亦是死路一条。虽说将军可以为我撑腰做主，但若乐白置此不顾，那我命危矣！"

格里点头道："你所言极是，看来此事只有从长计议，我岂能为了一个乐五六，而不顾你的性命？"

韩信感激地看了格里一眼，道："多谢将军关心，不过真要杀了乐五六而又能保得我的性命，未尝没有办法，这就只有全靠将军了。"

格里眼带疑惑地道："靠我？请讲！"

韩信道："只要将军明日一早面见赵相，不仅献上良驹，更要说动赵相见我一面，那么事情就可以大功告成。"

格里豁然明白："我懂了。只要你一杀乐五六，这边赵相便派人请你入见，乐白自然不敢对你动手。而你一旦得到赵相赏识，乐白便只能将报仇一事压在心里，再也不会提起。"他喜上眉梢，忽然想到什么，又道，"只是这时间上十分讲究，早一分只怕杀不了乐五六，迟一分又怕危及你的性命。"

韩信笑道："将军手下有三千精锐，还怕没人传递消息吗？只要你这边说动赵相派人召我，我在那边立刻动手，保证时间不差分毫。"

两人商议良久，精心策划，总算功夫不负有心人，事态的发展一切按着计划进行。

不过连格里也没有想到，韩信之所以甘冒如此风险，其实并非全为他们出这口恶气，其真正的用意，还是在于尽快得到赵高的赏识，从而开始他寻找登龙图的计划。

一行车马到了相府门前的广场，众人纷纷下马，便是赵岳山亦不敢托大，当先领路，带着韩信、瓦尔、乐白三人进入相府大门，余者只能在大门之外等候。

赵高的相府巍峨壮丽，规模宏大，确敢与皇宫内院媲美。它左有暗杀团相卫，右有亲卫营屯守，三套建筑连成一体，几乎占了咸阳三分之一的土地。而相府居中而立，殿堂楼阁重重，亭台廊榭林立，法度严谨，气象肃穆，威武之气隐于木制建筑之中，给人以富丽堂皇之感。

赵高召见的地方乃是偏院的九宫殿中，回廊隐闻花香，檐角偶露竹影，清幽至静，的确是修身养性的好去处。只是一路行去戒备森严，韩信虽然胆大，却亦是忐忑不安，未知此番见面是祸是福。

步上台阶时，赵岳山凑到韩信耳边低声道："等会儿见到赵相，不必太过拘礼，只需将全身本事尽数使出，必得赵相欢喜。"

他与格里一向交好，对乐白却不放在眼里，是以有心襄助韩信，韩信察颜观色，心中有数，当下恭声道："多谢总管提醒。"

跨入殿门之后，韩信偷眼一看，只见偌大一个厅堂之上，除了上首设有一席之外，左右各设一席。格里稳坐其间，正含笑而望，似乎示意一切事情都非常顺利。

韩信轻舒了一口气，正要往上首坐席望去，忽听得赵岳山上前禀道："回赵相，人已带到，只是属下赶到之时，适逢时信与乐五六当街决斗，犯下了人命大案，属下只得应乐白乐统领之请，将他们一并带回。"

乐白闻言大急，若照赵岳山所禀，时信与乐五六只是决斗，那么按照秦律，生死由命，死者既死，生者不咎。他正欲辩白，却听得赵高咳嗽一声，顿时将他要说的话又吓了回去。

韩信俯首而立，紧屏呼吸，他虽然未识赵高真面，但乐白面对赵高尚且吓得如此，可见赵高的派势端的惊人，给人以不怒而威的感觉。自他踏入殿堂的刹那，他的心神便为之一紧，仿佛受到了空气中强力压迫一般，令人顿觉呼吸不畅。

"乐五六为人猖狂，不知收敛，死就死了吧！"一个尖细的嗓音懒懒传来，声音虽柔，却悠然地在殿堂空间震荡回响，仿佛在此人的口中，并非是谈论一条人命，而是牲畜的死亡。韩信闻声一凛："赵高随口说话，便似有无穷内力压迫而出，可见功力之高，的确是到了高深莫测的地步。"

"赵相说得是，属下对他曾经多次管教，孰料他充耳不闻，依旧我行我素，最终落得今日的下场，实在是咎由自取。"乐白不敢辩白，只能顺着赵高的语气说下去，不过句句都是违心之言，任谁都听出了他心中的不甘。

“如果我没有记错，这是乐五六这个月来第七次向暗杀团的人发出挑衅，我碍于你的脸面，一直没有处理此事，想不到时信却帮了我一个小忙。”赵高斜眼瞟了一下韩信，又收回目光，把玩着手上的一个小玉马。

乐白心中一凛，这才知晓自己的一举一动尽在赵高掌握之中，想到这段时间自己与张盈过往甚密，这正是赵高所不愿意看到的事情，当下冷汗迭出，心生惶恐。

“所以乐五六一事，便到此为止，你也不必向时信再提报仇二字。”他又咳了一下，接着道，“因为我很欣赏这样的年轻人，也许在不久的将来，他会成为我们入世阁的重要一员。”

韩信大喜，带着激动的声音道：“时信绝不敢有负赵相厚望！”

赵高微微一笑，道：“我相信自己的眼力。”然后转头望向乐白道，“如果你没事了，可以先走一步，顺便提醒你一句，在我入世阁门中，有谁胆敢挑起内讧，乐五六便是榜样，希望你切记！”

他的话音轻柔，听在乐白的耳中却如重鼓敲击，连大气都不敢喘。

赵高很满意属下对自己的这种态度，看着乐白行将出殿，又安抚了他一句：“不过你大可不必将乐五六的死当成是你的包袱，你身为亲卫营统领，依然是我最器重的人才之一。”

乐白谢恩而去，一出殿门，才知自己的衣衫全都湿透了。

殿堂中的气氛依然慑人至极，韩信跪伏地上，不敢出声，半晌才听到赵高冷哼一声：“时信，你的胆子可真不小，竟敢在天子脚下杀人，而且杀的还是我入世阁中人，你可知罪？”

韩信一怔之下，忙道：“在下蒙格里将军看重，原是想来京城求得功名，以遂家父临终遗愿。孰料这乐五六实在是欺人太甚，在下看不过去，才不得不出手将之除去。”

赵高哼了一声：“今日你所杀之人幸好是乐五六，否则的话，只怕你难留小命！”他略提了提嗓音道，“还不抬起头来？”

韩信猛然抬头，只见一个瘦如枯柴的老者一身清服斜坐上首，若不注意看，还以为是乡间的私塾先生坐错了地方。他的眉目清秀，只是一双眼睛略显细长，但眼眸中精光偶然一闪，予人以深不可测、极度厉害的感觉。

赵高端详良久，见得韩信不卑不亢，心中多了一份欣赏之意，摆摆手道："岳山，你带瓦尔先行退下。"

待赵岳山与瓦尔退出之后，他让韩信坐到自己右手的席间，正与格里相对，韩信见到格里一脸微笑，顿时暗松了一口气。

"你的武功高低尚在其次，不过你能利用我来打击乐白，这等心计让我亦佩服几分。"赵高缓缓说道，听在韩信耳中，却犹如一道惊雷，吓得直想拔腿而逃。

"在下一时情急，犯下死罪，请赵相责罚！"韩信离座而起，立马跪下，目光扫了一眼格里，不由又惊又急，他心知自己是被格里出卖，顿时心中产生了一种上当的感觉。

"你不必紧张，也不必责怪格里，如果不是他对我坦言相告，我岂能任由你杀了乐五六？于公于私，或是为了乐白，我都应该将你绳之以法，以儆效尤！"赵高让韩信起身入座，淡淡笑道，"良驹固然是我所爱，但真正能打动我心的，还是你的心计，只要你是一个真正的人才，些许功名又算得了什么？我可以使你封侯拜相！"

他的声音细长，却带出一种王者霸气，如果不是为了问天楼，韩信竟有了一丝誓死投效之心，当下语带哽咽，高声谢恩。

"你用不着谢我，要谢就谢格里和你自己，甚至还要谢谢上天给你带来的好运气。"赵高微笑道，"乐白与张盈为了权势之争，几番排挤格里，本相早看在眼中，一直是隐忍未发，难得你在这个时候杀了乐五六，正好可以让本相表明心迹，对乐白与张盈起到敲山镇虎的作用。内部的权力之争，在本相看来，有存在的必要，这样可形成互相激励、人人争先的良好氛围，但是凡事都需要一个度，一旦过了这个度，反成其害，这就不是本相想见到的了。”

他用欣赏的目光看了一眼格里，接着道：“格里能够对我毫无隐瞒，忠心可嘉，正因为如此，我才相信他对你的举荐纯出于公，从而让我对你产生了兴趣。你杀了乐五六而能平安无事，格里起到了关键作用，这番良苦用心，希望你能理解。”

格里肃然道：“这是属下应尽的本分，何功之有？何况时信本身是极具实力的人才，纵然没有属下举荐，相信赵相亦能慧眼识英才。”

韩信忙道：“在下能蒙赵相与将军厚爱，愧不敢当，简直折杀我了。”

赵高眼芒一扫，道：“你无需谦虚，对于你的心计谋略，我已领教，亦是极为欣赏。而你能在数十招内杀了乐五六，武功想必也不会太差，我倒有心见识一下你拿手的本事，你就当着我与格里的面，拔剑一舞如何？”

韩信望了格里一眼，见他点头微笑，心中顿时有数，离席而立道：“时信献丑了。”

他有心在赵高面前显露一手，是以深深地呼吸一气，“锵……”的一声，一枝梅蓦然出鞘。

殿堂间的空气为之一紧，气流涌动间，一股压力迫体而来，引得赵高与格里同时喝了一声彩。

韩信瞬间便进入了流星剑式的剑道之中，沉迷于至静至极的玄境，浑然忘却身外的一切。

一枝梅陡然游动起来，在玄阴之气的运力指引下，忽而轻巧灵动，宛如天边的流云，将破空之声尽数收敛，进入到无声的世界；忽而变得刚劲雄浑，大开大阖，恰似重重乌云压头而来，剑势猎猎，变成雄浑有力的呼啸，一动一静之间，尽展剑法的奇奥玄妙。

静时有若碧波荡漾、浩渺无声的大海，表面平静如镜，静极之下却有万千暗流涌动；动时则似怒海惊涛，奔腾呼啸，变化万端，却是万变不离其宗。他的每一个姿态都潇洒自如，出手的时机皆掌握得恰到好处，而每一个动作呈出虚空，都表现出了一种冲破人体极限的力度与妙至毫巅的美感，形成惊天动地的气势。

等到韩信一剑斜回，“锵……”的一声，一枝梅落入鞘中，格里情不自禁地大声叫好。他算得上一个武学中的行家，自然可以看出韩信的剑术高明，几乎不在自己之下。

但是赵高却冷哼一声，引得韩信与格里心中一震，同时转头而望。

“如果我没有看错，这似乎是来自于冥雪宗的流星剑式。”赵高冷冷的一句话，顿时令整个殿堂一片肃寒，仿若北极之地窖。

韩信表面上不动声色，心中却无比震惊，他怎么也没有想到，自己竟然会在这套剑法上露出破绽。

这的确是一个致命的失误，更是一个完全可以预见的失误，但是卫三公子与凤五似乎都忘记了这是一个并不难发现的错误，但凤五却只教韩信一套简单的说辞，就让韩信带着这个重大的失误来奔赴咸阳。

赵高身为五大豪门之入世阁阁主，武功之高，已到了深不可测的地步，他对各门各派武学的见闻，应该是非常的广博。卫三公子与凤五既然要韩信取得赵高的信任，应该可以预见到赵高必然会从流星剑式中识破韩信的来历。

现在赵高既然识破了韩信的身份，等待韩信的，就将是一条万劫不复的死路。

静，带着肃杀的静谧，使得殿堂中流动的空气也为之一紧。在赵高与格里咄咄逼人的眼芒注视下，韩信几乎感到了自己加剧震动的心跳。

“赵相果真是好眼力，这套剑法的确是流星剑式。”韩信肃手而立，微微一笑，他的脸上出现了一种罕有的平静，这让赵高也禁不住觉得诧异。

“说下去。”赵高知道韩信有话要说，也希望韩信能给他一个合理的解释。因为他突然发现，像韩信这种文武兼备的人才，是自己一直梦寐以求的人物，任何时候他都不想轻易放弃。

“我随家师十年，才学成了这套剑法，但是却不知道家师原是冥雪宗的人，今日蒙赵相指点，时信才知道自己的师门。”韩信发现此时只有相信凤五安排，因此他将凤五事先教他的说辞原样道出，所以极是流利，加之表情到位，便连赵高也疑惑不已。

“你师父姓方，还是姓凤？我似乎记得当世冥雪宗仅存的两位传人，非此即彼，应该不会还有第三人能够向你传授这套剑法了。”赵高的脸色依然凝重，手上运劲，弄得骨节“咔咔……”直响，只要韩信稍有破绽，杀招必在一瞬之间爆发。

便是格里亦是心中惶惶，一旦韩信出事，他也难逃其咎，必受牵连。

“家师既不姓方，亦不姓凤，他老人家复姓钟离，只因与家父有些交情，才收我为记名弟子，并一再嘱咐我不可泄露他的身份姓名。今日若非赵相相询，在下实在不敢向人提及。”韩信甚是谦恭地答道，言语中丝毫不露破绽。

赵高抓住疑点丝毫不放，问及其人年龄、相貌、身高诸般特征，甚至连此人说话方言亦不漏过，半晌之后方才松缓了一下脸色：“你一定会觉得奇怪，我为何一听到你是冥雪宗人就会如此紧张，你难道不想知道答案吗？”

韩信微笑道：“赵相肯说，在下当然求之不得，看到赵相刚才的表情，说实话，我简直有些吓坏了。”他以进为退，样子更是逼真。

赵高眼芒扫在他的脸上，道：“因为这事关系到你的身份问题，我不得不慎重行事。冥雪传人，方锐是我入世阁的八大高手之一，而凤五则是问天楼的刑狱长老，二者处于敌对的状态，我必须要证实你的身份之后方可重用。而今你又有了另外的一种说法，我不得已只能将你软禁数日，待召回方锐后，再由他与你当面对质。”

韩信心头一震，情知自己全是假话，哪里经得住别人审查？一旦方锐前来，必将置自己于不利的地步，但他此时已是有进无退，明知前路凶险，亦只能硬着头皮上了。

“所幸方锐还有数日时间才能赶回咸阳，我完全可以通过绿玉坠，寻到问天楼在此卧底的奸细，让他传出消息，将方锐击杀在外，那么我就可以给他来个死无对证。”韩信心知此事渺茫，但毕竟多了一线希望，只能在心中暗暗安慰自己。

赵高见他神色极不自然，还以为他未得自己信任，心中难免失望，不由安慰他道：“其实你对流星剑式的领悟，已经远在方锐、凤五之上，我可以肯定你的剑法不是学自于他二人。何况你的内力雄浑古怪，似也不是出自冥雪一宗，我之所以要如此慎重，是因为我的确欣赏你，要交给你一个非常重大的任务。”

韩信收摄心神，强行压下心头的杂念，毕恭毕敬地道：“赵相此举，乃是为时信着想，时信怎会不识好歹，心生怨言？”

赵高很是满意地看他一眼，道：“你能如此想，那是再好不过了。从今日起，你和岳山、格里便留在相府中，等待方锐回来。”

他挥挥手，格里与韩信告辞出来，两人一出殿门，格里满脸笑意，道：“我应该恭喜你，因为在我几十年的记忆中，似乎还是第一次见到赵相会对一个年轻后生如此在意。”

“是吗？可是我一点感觉不到自己会有如此重要，反而觉得自己更像一个失去自由的囚犯。”韩信不由苦笑道。有格里与赵岳山这两大高手从中监视，他似乎就像一只关在笼中的鸭子，真的只能听天由命了。

“成大事者，都要有超乎常人的忍耐力。几天时间算不了什么，只要你的身份一旦确定，从此荣华富贵指日可待，便是我也不敢与你比肩相论了。”格里安慰道。

韩信心中暗道：“若是我的真实身份一旦确定，只怕你我就是敌人了，还谈什么荣华富贵？”

在赵岳山的引路下，他们向后院的寻芳楼走去。

寻芳楼位于相府花园的左侧，夕阳斜照下，金黄色的余晖洒落楼宇檐角，更见美丽宁逸。沿着一条碎石铺筑的甬道，他们愈走愈近，愈发感到一种闲散的心情。

只有韩信心中藏着事情，纵是谈笑间，亦是略显忧郁。三人正要转角入楼，突然一位奴仆模样的汉子匆匆赶至，见礼禀道："总管大人，神农先生到了，正在膳房处巡视，如何安置他们，还请示下。"

赵岳山哈哈一笑："他总算赴会来了，看来从今日起，你我都有口福了。"

他拉着格里、韩信来到花园后院，远远望去，只见一行车马停在膳房之外，来来往往，竟有四五十人正在搬运厨房家什，吆喝声不断。

韩信一路听得格里介绍，才知赵高为了七月初二的寿辰，特地从上庸请到了天下第一名厨神农先生为他操办宴席，此时虽然距离寿辰尚有些时日，但采办佐料、辅菜需要时间，今日赶至，恰恰合适。

他此时心存忧患，哪里有心谈吃论喝，只是碍于赵岳山与格里的兴致，一路蹑着脚跟而来。对眼前的一切恍若未见，而在心中盘算着如何才能化解即将临头的劫难。

凤五当日将绿玉坠交到自己手中时，并未谈到另一半绿玉坠持有者的任何情况，只是说到自己若有大难，这神秘人物自会出现。照此推算，此人当在相府当差，而且就在自己的附近，可是此人会是谁呢？

韩信一一分析过去，从瓦尔、格里，再到赵岳山，甚至是刚才报信的奴仆，他都毫不疏漏地筛选了一遍，依然没有得出可靠的结论。彷徨之际，他不由问着自己："如果说只有遭逢大难他才出现，那么自己现在这个处境，是否预示着大难将临呢？"

"喂，伙计们，加把力呀！把行头放置好了，咱们就可以逛逛咸阳城了。"一个雄浑有力的声音在人群中响起，打乱了韩信的思绪，他微微一怔，陡然间有一种莫大的狂喜涌上心头，让他几乎不可自抑。

他真的是有些不敢相信自己的耳朵，因为这个声音对他来说实在太熟悉了，仿佛又勾起了他对往事的回忆。

如果他没有记错，这应该是纪空手的声音，相隔几乎一年的时间，他曾经在梦里不知多少回听到这个声音，那亲切的乡音，那熟悉的旋律，至死也难以忘记。

于是他循声望去，便看到了一张熟悉的笑脸映入眼帘，那笑容是那么的熟悉，令他的心中缓缓生出一股暖流，温暖着整个身心。

“他怎么也到了咸阳，进了相府?”韩信的心中冒出了第一个问题，不断地问着自己，“他和神农先生是什么关系?前来咸阳又是为了什么事情?”他虽然觉得纪空手的出现实在是令人费解，但他知道一点，纪空手的到来，对他来说，只有利没有弊，因为他们是真正的朋友!

他只希望，纪空手现在千万不要认出自己，一旦对方叫出了自己的名字，无论是自己，还是纪空手，他们都必将陷入一个万劫不复的绝境。

可是纪空手还是走了过来，而且带着一脸的笑意，赵岳山与格里相对一望，眼中充满着疑惑。而韩信的心，却是好沉好沉，仿佛落入了千尺冰窖的底层。

“这位公子好生面熟，我们定是在哪里见过。”纪空手笑眯眯地站到了韩信的面前，然后说了一句让韩信觉得这是他生平听到的最动听的话。

赵岳山与格里同时将目光落在了韩信的脸上，神色为之一紧。

“抱歉，我实在记不起来，不过就算是我们第一次见面，能认识你这样的人，我还是感到高兴。”韩信笑了，是一种发自内心的笑，因为他忽然觉得，自己不管遇上了多大的难题，只要有纪空手在身边，那么一切问题都会迎刃而解，他对纪空手从来就有这个自信。

“原来我认错人了，真是对不起，但我还是认为你像极了我的一位朋友。”纪空手的目光炯然有神，盯了韩信半晌才道，他的眼神中无疑多出了一丝重逢的喜悦。

韩信不再说话，只是将头转向了另一边，他不想让自己瞬间的失态显露在赵岳山与格里的面前，同时更不想让自己心中的惊喜被别人发觉。

“这里实在没有什么可看的东西，我累了，想早点歇息，还请赵总管送我去寻芳楼吧。”韩信打了个呵欠，有意无意将自己的居处泄露出来。

赵岳山不由笑道：“你今天做了不少事情，的确有些累了，就让格里将军先送你回去，待我料理完这边的事务再来相陪。”

等到赵岳山回到寻芳楼的时候，已是华灯初上，格里与韩信临窗而坐，斟酒对饮，已有了几分醉意。

对于韩信来说，他已不再担心，也不再忧郁，更不会将数日之后的对质放在心上。自他第一眼看到纪空手时，不知怎的，他的心突然变得异常踏实，就像是一个游子寻到了故园的家，一条小船回到了可以停泊的港湾。

这是一种直觉，亦是源自对朋友的信任。虽有多时未见，但是纪空手在他的心中，永远是一座靠山，特别是当他冲着自己一笑的时候，那一瞬间，韩信几乎热泪盈眶。

纪空手还是纪空手，他的随意笑容，他那满不在乎的样子，以及对任何事情都从容不迫的态度，都让韩信的心有一股温情的暖意。但是如今的纪空手却绝对不是以前的那个纪空手，他的气质远比从前更加大气，淡淡的眼神中，无时无刻不流露出一种强大的自信，这让韩信感到了一种从未有过的舒心与惬意。

所以他不再烦恼，不再担心，有了纪空手，他相信任何问题都不再是问题，又何必杞人忧天，庸人自扰？回到寻芳楼后，他要做的第一件事就是喝酒，让自己即将崩溃的神经舒缓下来。

于是三杯下肚，醉意微生，当赵岳山赶来时，韩信正与格里端起了第四杯酒。

“今天的确是一个值得庆贺的日子。”赵岳山坐下来道，“能认识到时兄弟这样的人物，我感到非常荣幸，假以时日，你的成就当在我与格里之上！”他显然看懂了赵高的心思，所以才会不吝言辞来夸赞这位年轻人。虽然韩信名义上说是被软禁，但他相信这只是一种形式，只要身份确定之后，赵高必对韩信加以重用，否则以赵高的为人，他才不会如此费尽周折地来对待一个无用之人。

“赵总管如此说话，实在让我汗颜。其实今日我能侥幸脱罪，全靠总管与将军大力周旋，否则后果不堪设想。”韩信懂得谦逊待人的道理，更懂得知恩图报，想到乐白正要出手时那股咄咄逼人的威势，他的心犹有余悸。

格里哈哈笑道：“想起今日乐白受的这番窝囊气，我的心里实在畅快。从今往后，乐白再见到我，只怕要低下头了。”

赵岳山沉吟半晌道：“以乐白与张盈的为人，绝对不会咽下这口恶气。乐白尚不足为惧，倒是张盈这婆娘心计颇深，你我不得不防。”

第十九章　感悟人生

韩信闻言惊道："张盈怎么是个女人?"

赵岳山嘿嘿一笑："正因为她是女人，才愈发显得可怕。所谓最毒妇人心，张盈的可怕之处，就在于她的无情，这也是赵相最欣赏她的地方。"

韩信心中一震，自他杀了乐五六时，也就等于与张盈、乐白结下了梁子，将自己放在了和他们敌对的位置上，他必须提防这二人的寻机报复，是以更想了解他们的性格与行事作风。

"张盈真的有那么可怕?"韩信问道。

"她长得一点都不可怕，而且美丽动人，是属于那种媚到骨子里的女人。"赵岳山忍不住吞了吞口水，"但是你若真的沉迷于她的美色，就会发现这个世界上竟然还有长得这般美丽的恶魔。美与恶集于一人身上，居然是如此的和谐，足以让人在销魂之中一点一点地丧失意志与功力，从而甘心拜倒在她的石榴裙下，甘受折磨，甘受驱使，直到最终离开这个人世。"

赵岳山说到这个女人的时候，脸上表现出一种非常复杂的表情，似乎看到了一个有着天使的外表、恶魔心态的怪物，情不自禁地流露出一丝恐惧。韩信将之看在眼中，心里莫名诧异，只觉得以赵岳山的武功修为及阅世经历对张盈尚且如此，可见这妖魔般的女人的确是一个非常可怕的角色。

但是韩信有所怀疑，于是问道："一个女人的美丽，总是会随着岁月的流逝而衰老，屈指算来，她应该是五十上下的人了，纵然她年轻的时候美若天仙，到了这个年龄，只怕也难以有吸引人的地方了。"

“那你就错了。”赵岳山与格里相望一眼，不禁苦笑道，“她绝对不像是一个五六十岁的老太婆，倒更像是一个二八年华的女孩。与她有过一腿的男人都说，她在床上的时候，你更捉摸不透她真实的年龄，因为她不仅有少女般的肌肤，还有三十来岁如狼般女人的饥渴，更有一种可以让你黯然销魂的老到经验。当你和她相处一起时，你根本就不会记起她的年龄，你只能在欲仙欲死之中感受黯然销魂的美丽。”

“你肯定试过。”韩信陡然觉得屋子里的空气好生沉闷，是以想舒缓一下大家紧绷的神经。

赵岳山笑了：“正因为我没有试过，所以她给我的诱惑更大，都说只有吃不到嘴的东西才是最鲜美的，这句话可半点不差。所幸的是我知道她是这样的一个女人，所以从来没有打过她的主意。”

“这也是她要与我和赵总管为敌的原因。”格里笑道。

韩信这才知道张盈为何会让赵岳山与格里如此忌惮，因为一个女人本就可怕，如果这是一个美丽的女人，那就更为可怕。假若这个美丽的女人还有不屈于人的勃勃野心，那么她简直就是可怕至极，算得上是恶魔的化身。

“这么说来，以乐白的武功与权势，尚且甘为张盈所用，想来他已是张盈的入幕之宾了。可是有一点我并不明白，以赵相的性格，他又怎会任由张盈胡作非为，任意扩张她的势力？”韩信显然看到了问题的关键，引得赵岳山都不得不佩服这个年轻人的思路的确敏锐。

“赵相之所以能容忍她的一切行事，是因为他相信张盈绝不会害他，张盈所做的一切，都是为他而做，他没有理由去怀疑一个深爱着自己的女人。”赵岳山缓缓道来，脸上一片凝重。

韩信大惊之下，隐隐约约地猜到了赵高与张盈之间，必定发生过一段刻骨铭心的爱情故事，正因为他们彼此深爱着，所以他们才会有宽广的心胸来包容对方的一切，甚至包括张盈的淫荡在内。对任何一个男人来说，无论他的心胸多么广阔，无论他对男女之间的事情看得多么随意，他都绝对不会允许自己所爱的女人做出背叛自己的事情，但赵高却做到了，这究竟是出于一种怎样的心态？抑或因为这里面有着一段鲜为人知的故事？

韩信的思维仿佛错乱了一般，脑海中不断地思索着这段故事的不同版本。但无论他的思路多么缜密与新奇，总是不能给自己一个合理的解释。

他忽然灵机一动："也许这正是赵高心中的一个死结，只要解开它，赵高也许就并非不可战胜。"

他缓缓地喝下一口酒，便在这时，房门被人缓缓推开，然后便听到一个熟悉的声音彬彬有礼地道："我可以进来吗？"

赵岳山轻笑一声："有酒无菜，岂非憾事？放着天下第一神厨在此，我们却只顾喝酒，这更是一件不可原谅的事情，所以我叫了几个小菜，以供品评。"

韩信心中激动万分，脸上却丝毫不动声色，微微一笑，道："久仰神农先生厨艺无人可比，今日能尝之，实乃幸事。"

纪空手低头进来，手持托盘，上面果然放了三碟小菜，菜未至而香已扑鼻，顿时让人心神一爽。

韩信的目光却没有落在这精致绝美的小菜上，而是落在托盘之下那张陌生面孔的双眼之上，那熟悉的眼眸中透出一种让他心动的神态，仿佛又将他带回了淮阴市井那种骗吃骗赌的无忧岁月之中。

可是韩信心中非常清楚，岁月就好像那大河之水，永远不会倒流，无论是自己，还是纪空手，经历了这一年的风风雨雨，都不可能再回到平庸的过去。他们是这个时代的英雄，注定了将在时代的潮流中搏浪前行，美好的往事，只能成为追忆。

他看着托盘下的那一双大手，努力使自己的心归于冷静。他不得不承认，这是一双稳重得让人觉得可怕的大手，显示着它的主人的心态是何等惊人的沉稳，这看上去根本就不像是一双年仅二十的少年的手，倒像是一个饱经沧桑、看破世情的老人的手，融入了他对世情的感悟和人生中必有的激情。

“我不如他，一直以来，在任何事情上他都永远比我优秀。”韩信由衷地在心里感叹，佩服之余，心中竟泛起了一种酸酸的感觉，等到他明白这种感觉竟是嫉妒时，不由大吃一惊。

“怎么会这样呢?”韩信忍不住在心里反问着自己，似乎为自己的嫉妒感到恐惧。他记得自己以前从来就不会有这种情绪，即使纪空手老是压着自己，自己也认为是理所当然的事情。

他终于明白，随着自己在这段时间的表现，心态亦在悄悄地改变。正因为他发现了自己拥有不可低估的潜能以及超乎常人的能力，使得他拥有了从未有过的自信。他相信，他不会输给任何一个人，包括纪空手。

纪空手依旧没有抬头，只是将小菜一碟一碟地放在桌上，沉浸于自己的角色之中。当每碟小菜宛如艺术品般摆放完毕时，他才微微地抬头一笑：“各位请慢用!”同时与韩信的目光在刹那间相对。

韩信顿时从纪空手的目光中捕捉到了一种强大的自信，还有一种莫可名状的安全感，他仿佛听到了纪空手从眼神中透露的言语：“别怕，兄弟，我会一直陪在你的身边!”

他不由自主地流露出感激的神色，并且当着赵岳山与格里的面，说出了一句他久存心中的话：“谢谢。”

纪空手笑了笑，转身向外走去。

“且慢!”赵岳山突然叫道。

纪空手缓缓地回过头来道：“赵总管是在叫我吗?”

赵岳山的目光紧盯住纪空手的脸不放，半晌才道：“你很面生，记得我半年前到上庸的时候，并没有见过你。”

“可是我却见到了赵总管，当时小人正在帮厨，听说相府中的总管大人到了，一时好奇，就贴着窗棂瞅到了总管大人的威势。”纪空手双手紧贴两腿，毕恭毕敬地道。

“原来如此。”赵岳山听到有人夸赞自己，心里不免有几分高兴，挥挥手，让他去了。

韩信怎么也不明白纪空手何以会混入神农门下，心中好奇，便开口相问："这神农先生是何许人也，怎的赵总管会舍近求远，跑到上庸去相请一位厨师，这岂非有些小题大作吗？"

赵岳山道："这神农先生敢称天下第一神厨，绝非侥幸，据说他祖上九世为厨，对厨艺一道极有心得，赵相正是因为久仰其名，是以才会请他前来操办这场五十寿宴。你想想看，到了七月初二那一日，前来拜寿者既有王公大臣，又有将军侯爷，这些人哪一个不是口味刁钻之人？若非有神农先生押阵，又怎能博得众人的彩头？"

"赵相如此大讲排场，风头出尽，难道不怕别人有所非议？"韩信心生疑惑，隐隐觉得赵高花费如此心血来操办一场寿宴，其中必有蹊跷。

"这你就不懂了，人活一世，图的是什么？无非就是图个人前风光。以赵相此时的声势，已是一人之下、万人之上的高位，便是当今圣上，亦要对他忌惮三分，他还怕人非议不成！"

韩信诺诺连声，心中暗道："如果只是图个人前风光，何必又开龙虎会，又请来天下第一神厨？这其中只怕并不简单。而且看赵高待我如此看重，莫非是想利用于我，让我替他办一件大事？"他愈想愈觉得有这种可能，当下收摄心神，与格里二人谈笑以对。

夜色沉沉，更鼓遥传而来，已是三更天了。

韩信蓦然醒来，轻轻地推开身边的一个如花似玉的美人儿，运力于耳，感受着周围的一切动静。

他的听力愈发通灵，超越时空的限制，渐渐向小楼的每一个房间延伸。他听到了赵岳山粗重的鼾声，听到了楼下美婢奴仆的呼吸声，还听到了格里的轻笑与女人如醉如梦的娇呓声。他的脸上微微现出一丝苦笑，想起了酒后那一刻的荒唐。

寻芳楼之所以叫作寻芳楼，里面当然不会缺少美女舞姬，在赵岳山的怂恿下，他们三人无不拥美归房，抱之以眠。韩信心中记挂凤影，纵然眼前女子娇媚如丝，媚力刻骨，他亦不起非分之想，只是逢场作戏调笑几句，便以不胜酒力为借口，倒头便睡。

他的心里却清晰如镜，明白这女子虽然对己百依百顺，柔美动人，却是赵岳山派来监视自己的耳目。直听到这女子传来轻微的梦呓声，他才舒缓了一口气，悄悄从床上爬了起来。

他毫无睡意，头脑依然处在亢奋的状态下，充满着与纪空手重逢之后的喜悦。他仿佛有一种预感，就在今夜，纪空手一定会与他相见。

这的确是可以让人激动的事情，至少对韩信来说，纪空手的适时出现，更让他放心不少，完全放松了他浮躁不定的心绪，因为他感觉到了纪空手的巨变。

纪空手的确不是一年前的纪空手了，就像自己也已不是一年前的韩信。这一年的时间，也许在一个人的一生中只是一个短暂的时刻，但在纪空手与韩信的眼中，这一年的岁月就像是那如苍狗般的白云，影响了他们整个一生，将他们的人生变幻得面目全非。

他看到纪空手的时间，只有两眼。两眼虽然是很短很短的时间概念，却足以让他感受到纪空手的巨变。此时的纪空手，已不再是淮阴街头的那个惹事生非的小无赖，他的一举一动，充满着成熟而理智的韵味，处处都显示出了一种强者风范。

是的，纪空手已是强者，特别是在他处理每一件突发事件的手段上，无一遗漏地尽显他王者的气度，给人以超强稳定的感觉。

“所幸他是我的朋友。”韩信笑了，笑得十分惬意，因为他知道，无论是谁，如果多了一个纪空手这样的敌人，绝对是彻夜难眠。

而此刻他也难以入眠，却是为了等待朋友。

“呼……”一阵清风来自窗外，在盛夏的夜间，带着一股凉爽与清新，简直沁人心脾。

韩信的整个人都为之一振，抬手一点，点中了床上佳人的昏睡穴，他没有听到什么，却感到了清风之后那道暗黑的人影。

如幽灵般的影子，飘移在夜色之中，无声无息，宛若清风。韩信的灵觉已是极度敏感，却也只能捕捉到对方飘逝夜空的那一缕痕迹。

他不再犹豫，推窗而出。在这一刻间，他甚至听到了格里房中的女人达到高潮时的那种让人耳热的呻吟。

他的身影也如那道暗影一般迅速融于夜色，一前一后，仿若清烟般来到了花园深处，一路上虽有不少暗桩明哨，但在他们的眼中，简直如同虚设，凭那些人根本发现不了他们的形踪。

一蓬花香四溢的花树下，那道暗影已伫立不动，当韩信缓缓走近时，那暗影犹如情人般将他拥入怀中。

“淮阴城外一别，无日不让我牵挂韩兄，今日所幸得见，怎不叫我心生感触?”那黑影凑在他的耳边，沉声说道，韩信却分明听到了这语音中因为激动而微颤的旋律。

“真的是你！你来得正好，我正有一事相求。”韩信明知这里不是久留之地，只能匆匆说道。

“请讲!”从韩信的语气中纪空手立时意识到了问题的严重性，事实上他看到格里与赵岳山形影不离地跟着韩信时，便有了不祥的预兆，所以无论如何，他都必须见到韩信。

“我要你替我杀了方锐，唯有他死，我才能活着走出相府!”韩信急切地道，因为他看到了几道人影似乎正朝这个方向游移而来，相府之中，不乏高手。

纪空手显然也看到了这一点，微微一笑：“你放心，此事交给我!”

两人一触即分，迅速隐入夜色之中。

当纪空手回到花园后院的一栋房屋中时，神农先生正悄然坐在他的房内，静静等候。

“相府中的戒备的确森严，就在我们这栋房屋之外，至少有五个暗哨暗中监视，幸亏我一直小心翼翼，才未被他们发现我们的形踪。”纪空手坐在神农先生的对面，两人在黑暗中谈起事情来。

“相府的守卫历来强于皇宫大内，其中不乏是入世阁的高手，我们的行动稍有不慎，就会引起局面的被动，是以今夜之行，你有些太过贸然了。”神农先生语气中略有责备，似乎对纪空手的妄动大不满意。毕竟此刻他们身处虎穴，这看似平静的相府大院中，谁又知晓里面有多少暗流涌动？

纪空手不好意思地一笑：“我也知道自己的行动太冒失了，但是为了韩信，我不得不如此为之，毕竟我们是最要好的朋友。”

神农先生淡淡笑道：“你可知道，韩信是以何种身份进入相府的吗？”

纪空手满腹疑惑，原想当面向韩信提出，后来时间紧迫，也就没有启口。他见神农如此模样，已知凭神农的本事，自然将这些事情打听得一清二楚。

“韩信此时的身份，是以宁秦照月马场少东家的身份来到相府的。他由暗杀团的统领格里引见，杀了乐五六后，被赵高召入相府。但有一点可以肯定，为了防止出现任何细微的破绽，他的这种身份绝对是真实可靠，无懈可击，所以我可以断定，韩信的背后主使还是问天楼，他的目标就是登龙图。”神农的目光中绽放着睿智的神采，在暗黑的夜色中隐隐发光，显示出他心中是何等的亢奋。

“你可以确定吗？”纪空手心中一酸，想到自己与韩信竟受朋友的利用，冒着生死风险，为他人作嫁衣裳，心绪实在难平。

“当然，凭韩信一人之力，自然难以在短时间内办成这件大事。一个人的身份要想做到真正的无懈可击，没有庞大的人力物力根本不成，而且最重要的是要有充裕的时间。据我所知，照月马场的成立亦是十年前，正好与我归隐的日期相仿，可见这是卫三公子策划的计划之一。”神农先生的思路缜密，头脑清晰，纪空手实在是难有异议。

“那么我们现在应该怎么办？”纪空手似乎处在了两难境地。

神农先生紧紧地盯着他，一字一句地道：“我们神风一党唯你马首是瞻，所以只有你才能决定我们未来的走向。”

他并没有强迫纪空手的意思，却让纪空手感到了一种不安。当神农率领门下弟子誓死效命的时候，纪空手也曾面临这种两难的抉择。此刻人入京城，形势紧迫，已不容他再回避这个问题。

他深深地吸了一口气，尽量使自己的心情平复，从而思考着心中的问题。他从来没有想过有朝一日会去争霸天下，可是当真让他面临到这种人生抉择的时候，心中突然爆发出了不可抑制的豪气。

“王侯将相，宁有种乎？”陈胜王的这一句话，仿若一记春雷，不知萌动了多少人的豪情，激励起这个时代多少少年的梦想，也悄悄地在纪空手的心中撒下了不灭的火种。

在这个改朝换代的时代，在这个动乱不堪的岁月，旧有的秩序被重新打破，传统的事物被一一推翻，曾经显赫一时的王侯贵族沦为流落市井的贫民，曾经沿街乞讨的乞丐儿也能坐上将军的宝座，无所谓你的豪门出身，无所谓你的财富良田，只要你是强者，只要你能把握住机会，你就能最终成为王者，最终问鼎天下。

想到申子龙临终时的那句话，纪空手怦然心动：“连我的敌人都对我如此看好，我又有何权利轻言放弃？”

他想到了刘邦，想到了项羽，想起他们挥师数万，逐鹿天下的豪气，他忍不住在心中问着自己：“他们能行，我为什么不行？同样是人，我为何就不能与他们一争高下？”

看着黑暗中神农充满期待的眼神，纪空手终于下定了决心，他绝不甘心受人利用，他也不甘心让别人来驱使自己，他就是他，他要做一个全新的自己！

“登龙图既然如此重要，我想应该会对我们未来的发展有所帮助。当务之急，我们应该由此着手。”纪空手沉吟半晌，这才说道。

神农顿时笑了，纪空手既然说出了这句话，就已经说明自己的一番心血并没有白费。虽然他们要走的路还很艰难，但毕竟已经迈出了坚实的一步。

“我已经想好了下一步的行动计划，就是全力襄助韩信取得登龙图。

卫三公子既然敢派韩信入京，当然有一定的把握，我们只要紧盯着韩信，就可起到事半功倍的效果。”神农兴奋地说出了自己图谋已久的计划，却让纪空手大吃一惊。

“不行，登龙图固然重要，但朋友却不能失去！我绝不做有损朋友的事情!”纪空手断然否决。

这是纪空手做人的原则，他不想轻易放弃，神农先生知道这一点，只是淡淡笑道：“如果登龙图是韩信所要，你依计而行，当然是损害了朋友的利益；如果韩信是受人利用，是为了卫三公子、刘邦他们而谋夺登龙图，那么你不动手，只是便宜了问天楼。我之所以守诺十年而最终反悔，并非我是一个言而无信的小人，我只是不想受人利用，被人玩弄于股掌之间，成为别人棋盘上的卒子。”

纪空手浑身一震，想到刘邦的无情，心中如刀绞般疼痛，豁然醒悟道：“可是这必然会伤害韩信。”

“韩信的武功心计绝不在你之下，他之所以受问天楼利用，无非是尚在蒙蔽当中，只要由你向他说明前因后果，相信他也会原谅你的举动。”神农胸有成竹地道，“如果你们两人联手，那么必将无敌于天下，倘若再有登龙图在手，我敢断定，三年之后，这天下必然改姓，非纪即韩!”

纪空手听得浑身一震，蓦然为神农所描绘的宏伟蓝图而怦然心动。

“现在我们既然确定了行动的计划，当务之急，是要为韩信排忧解难。”纪空手说出了韩信的要求。

神农先生道：“此事就交由我来办理，只要方锐出现，就是他的死期到了。”他似乎很有把握，眼芒中陡现杀机，便是纪空手都陡然间感到了一丝寒意。

自从韩信见到了纪空手之后，他的心中顿时踏实起来，再也不为方锐的到来而忧心重重，他相信纪空手，就像相信自己一般，他坚信方锐再也不会活生生地出现在自己的面前。

所以他与赵岳山、格里一起玩得非常尽兴，醇酒美人，观戏赏舞，实在是逍遥自得，好生快活。赵岳山与格里虽然肩负监视之责，但只要韩信的身份一日不能确定，他们便不愿意将他当作敌人。

因为他们知道，做韩信的朋友，永远比做他的敌人要愉快得多。

但是到了第三天的时候，赵岳山从外面走来，一脸凝重之色，与格里相望一眼，这才对韩信说道："赵相在九宫殿召见你!"

韩信心中咯噔一下："难道方锐已到，而纪空手竟然没有得手?"冷汗"嗖……"的一声冒出，几乎湿透了内衣内裤。

他这两天根本没有机会与纪空手见面，当然不知事情的进展如何。不过他内心虽乱，表面上却不动声色，反而嘻嘻一笑："莫非是方锐到了?来了就好，这两天可把我憋坏了。"

"方锐没到。"赵岳山道，"但是他的飞鸽传书却到了。"

赵岳山的话音虽轻，却如一道惊雷炸响在韩信的脑际，简直令他分不出东西南北。他不由在心中暗暗叫苦："怪不得纪空手那边毫无动静，原来地上没来人，却是从天上到了书信，这可叫我如何是好?"

他此时的心乱如麻线，明知此行一去，必然露出破绽，但若不去，以赵岳山与格里的身手，亦可置己于死地，他百般无奈之下，只有紧随二人身后，走一步算一步了。

从寻芳楼到九宫殿，并不需要太长的时间，但韩信却仿佛走了很久很久。他至少想出十几个对策，细细推敲之下，却又无一有用，他只能深深呼吸，保持着心态的冷静。无论如何，不到最后一步，他绝不放弃。

他此时的心境，既盼纪空手能够知情，又盼纪空手千万别来。他盼望纪空手的出现，是想二人联手，杀出血路，逃得性命。但他心中明白，纵然是纪空手赶来，以赵高、赵岳山、格里三人的身手，已经足以让他们死上十次，何况相府高手如云，一旦动手，无异于以卵击石，于事无补。

在格里、赵岳山的挟持下，韩信终于跨入了九宫殿中。他第一眼看到的，便是赵高瘦小却有力的背影，虽然置身于暗淡的光线中，却依然有一种慑人的气势。

静，整个殿堂依然静得吓人，给人以阴气沉沉的感觉。面对这如山压力，未知吉凶的韩信勉力支撑，才算没有软瘫在地。

赵高双手背负于后，左手执一根寸长的铜管，右手拿着一张柳叶帛布，轻轻地晃悠着，让韩信的心也随之起伏不定。

毫无疑问，那帛布便是方锐送来的飞鸽传书，书中究竟写了些什么，韩信已不想知道，他只知道自己的谎言马上就要被揭穿，等待他的，将是一条不归路。

他是凤五的弟子，而不是那位复姓钟离什么的弟子。钟离是他按照凤五事先的安排编造出来的一个子虚乌有的人物，事实上在这个世上根本就不存在有这样一位冥雪宗的高手。

方锐当然知道真相，所以无论如何，韩信这一次似乎都死定了。

时间一点一滴地流逝，空气中的压力也一点一点地增强，就在韩信决定放手一搏的刹那，赵高那尖细的声音适时响起："坐，请坐！"

格里与赵岳山相视一眼，同时松了一口大气，因为他们追随赵高多年，知道他有一个习惯，如果他说话中带了"请"字，那么就表明他已把你当作了自己的亲信。他历来认为，如要自己的手下替你卖命，那么你就要给他最起码的尊重，把人当牛马使唤，绝非驭人之道。

他们几乎是扶着韩信坐在了椅子上，然后在赵高的目光示意下，退出了殿外。

赵高看了看手中的帛布，将它置于桌上，然后缓缓说道："你想知道这上面写了些什么吗？"

韩信好不容易才压住自己剧烈的心跳，深深地吸了口气："我不想知道，因为我从来不曾听家师说到过方锐的名字，因此我想我与他毫不相干！"

"你也许的确与他毫不相干，但是从今以后，你不仅应该记住他的名字，而且更要好好感谢他，因为是他让我最终信任了你。"赵高微微一笑，似乎也为这样的结果感到高兴。

韩信不动声色，心中却大感诧异，他怎么也没有想到方锐的飞鸽传书竟然证实了他的谎话，难道说在冥雪宗中确实有过钟离这么一号人物？

如果不是，那么问题就出在方锐身上，或许这飞鸽传书的内容并非方锐所书，而是有人代笔也说不定。

还有一种可能，就是方锐本身就是卧底，是那位拥有另一半绿玉坠的神秘人物，这看上去虽然荒诞，却最有可能。

但韩信已经决定不再去想，既然危机已过，他更想知道取得赵高的信任之后，赵高派他要做的第一件事会是什么。

“敝师祖确曾收过一个关门弟子，复姓钟离，此人天资聪慧，悟性奇高，可惜他为人低调，少有人知。”赵高轻轻念叨，似乎正是方锐传来的鸽书。顿了一顿，又悠然接着道：“以本相的眼光，方锐与凤五还不够资格成为你的师父。但关于钟离此人，我也是第一次听说，是以本相心生疑窦，不敢不去证实。现在既然查清确有此人，那么从今以后，你就是我入世阁的弟子。”

“多谢赵相提携！”韩信恭身谢道。

“你不必谢我，我用人的方式，讲究有用则用，无用则弃。你是一个有用之才，而此时又正值我用人之际，所以你能受到重用是必然之事。不过你一定要记住，在我门下，必须全力以赴，否则你很难出人头地。”赵高似乎很欣赏韩信，于是便多提醒了他几句。

“赵相的教诲时信一定铭记心间，绝对不敢辜负赵相厚望。”韩信答道。

“这就好！这些日子，你就留在府内，不要东走西跑，我有一件事情要交给你办，等到时机一到，我就会派人通知于你。”赵高深深地看了他一眼。

韩信告辞出来，格里与赵岳山无不拱手道贺，韩信想到入殿时的那一刻凶险，余悸未消。在赵岳山的安排之下，将寻芳楼作为他暂时的栖身居所。

“你既蒙赵相看重，只要努力，早晚必会出人头地，就安心地住下去。至于你带来的人马，我一定会好生照料，但请放心。”格里完成了自己的使命，便要告辞离去，他心系暗杀团的事务，不敢久留，向赵岳山叮嘱几句，这才匆匆而去。

赵岳山嘱咐韩信道：“相府重地，不可妄入，你这些天就在花园多多走动，切忌不要乱闯乱撞，否则被相爷知道，将会对你不利。”

“多谢总管。”韩信心中的大石已经落地，神色自然好了许多，他甚至想找几个舞姬放纵自己一下，但是一想到凤影，便再也不起这非分的念头。

“凤儿，你还好吗?”韩信凭窗望北，心中不免添了几许惆怅。

第二十章　天下大势

六月二十七，距赵高五十寿辰愈发近了，相府的膳房之内，开始忙碌起来。

纪空手这些天来一直心绪不定，好不容易布置了一次刺杀计划，却因方锐的缺席而落空。直到与韩信见面，始知情况有变，他利用每日三餐送膳的时间，与韩信频频接触，渐渐弄清了韩信入京的来龙去脉，心中更对问天楼多了几分反感，所谓士为知己者死，而问天楼的每一步棋都带着蒙蔽与欺骗，这让纪空手对问天楼更加反感。

他不知道自己是否应该将真实的想法告诉韩信。每次当他见到韩信之时，虽然还是那么亲切，还是那么温情，但他却发现在这亲切温情之后，仿佛已多了一线距离。

他为这一线距离而吃惊，同时认识到了在他们之间，已经不可能回复到以前那般亲密无间的关系。当他终于下定决心要向韩信说出自己心中的抱负时，他却听到了“凤影”这个名字。

这是一个少女的芳名，这一点纪空手从韩信的表情中就已看了出来。每次当韩信向他说出这个女孩的时候，脸上都掩饰不了心中的喜悦和亢奋，这让纪空手感到莫名心惊。

他不得不为韩信有所担心，看着好朋友沉溺情网，他隐隐感觉到了一丝不安。他熟悉问天楼的手段，更觉得韩信与凤影的相识像是人为布下的一个局，但是他不能说，也不敢说，他怕说出自己的想法后会对韩信造成很大的伤害。

“成大事者，必须不拘小节。”纪空手想起了神农的一句话，的确有所感触，但他心里明白，在这个乱世的年代，在这个豪门当道的时代，他要空手搏出属于自己的一片天地，不仅需要智慧和勇气，有时候，更需要的是一种残忍，一种对自己以及自己拥有的感情的残忍。

唯有如此，他才能真正成为一个强者。

他带着一丝内疚走出寻芳楼，刚回膳房，神农先生便告诉了他一个惊人的消息：“五音先生到了咸阳，就住在咸阳城的琴园中。他此次携众而来，是应赵高之约，专赴寿宴助兴。”

“难道说知音亭与入世阁素有交往？否则五音先生何以会前来咸阳？”纪空手压下自己对红颜的那份关切，更多的是看到了这个问题。他隐隐觉得，自己此行必与赵高为敌，倘若知音亭卷裹进来，实在是一件棘手的事情。

“你不必担心，五音先生前来赴宴，并不表示知音亭会与入世阁联手。在武林五大豪门之中，知音亭与听香榭置身事外，不问江湖纷争，因此与其余三大豪门的关系一直不错。据我估计，五音先生此行是碍于赵高的情面罢了，你不必担心。”神农先生显然看出了纪空手的心思，是以安慰道。

纪空手陷入沉思之中，这看似偶然的事情，却令他心生疑窦。经历了这一年多来的风风雨雨，使他对“江湖险恶”这句话的含义又多了更深的体会。当今时逢乱世，豪门列强纷争，此际的咸阳，正值多事之秋，不闻世事的知音亭在这个时候来到了旋涡的中心，这不得不让纪空手往深层次的实质去考虑。

据他所知，此时的咸阳至少有三股势力卷入了对登龙图的争夺之中，除了他自己之外，问天楼与入世阁都对登龙图有势在必得之心，再加上二世胡亥的势力，已经使这局面乱象纷呈，不管知音亭居心何在，五音先生在这个时候进入咸阳，都绝非是一件好事，至少对他来说是这样。

这不由得让纪空手担心起红颜的安危来。如果知音亭一旦对登龙图有所图谋，必然会成为众矢之的，这将使原本混乱的局势更加混乱。咸阳城内，必是步步杀机，在难分敌我的情况下，最终将会爆发出一场乱战。

但是他又隐隐觉得，在当今五大豪门之中，无论是卫三公子、项羽还是赵高、五音先生，这些人不仅武功绝世，而且都是具有大智慧的智者，以五音先生的阅世经验，他绝对不会看不到此时入京的风险，但他对此依然置之不顾，这是否说明他对事件的发展有所把握？或者是有更大的利益值得他去冒这种风险？

纪空手决定不再凭空揣度，无论如何，他都要在今夜进入琴园，一探虚实。为了今夜之行，他想出去听听风声，于是在神农先生的安排之下，他以采办料货的名义出了相府，径自向大街走去。

大街上人流熙熙攘攘，摩肩接踵，市面极为繁荣，人置其中，根本就感觉不到这是乱世的中心，更感觉不到这繁华背后潜藏的重重危机。

纪空手行不多远，便发现了身后有相府中人跟踪于后，暗中监视。他心中一惊，忖道："看来赵高大摆寿宴确有用心，否则也不至于搞得草木皆兵，如临大敌一般。"

他跟了丁衡三年，对这种跟踪术了如指掌，所以没有费劲就很快甩掉了尾巴，径自向琴园而去。

他从来不打没有把握的仗，既然决定了夜探琴园，他就必须先来踩点，以便摸清琴园的地形地貌，所以他瞅准了琴园附近的一家茶楼，登高而上。

他选了一个倚窗的座位坐下，临高俯瞰，琴园的景观十有五六收入眼底。他明知五音先生既然居于琴园，肯定对周围的高点有过了解，单凭在外面观望，显然是看不到什么东西的，他只是对琴园的进出路看了个大概，便要起身离去。

"人在园中，尚不觉得琴园之美，一旦登高而望，美景尽在眼前。"一个婉转动听的声音从楼梯处传来，纪空手一怔之下，不由又惊又喜，他怎么也没有料到，竟会在此时此地碰到红颜。

他刚要迎前招呼，忽闻一个媚力无穷的磁性嗓音附和道："小公主所言极是，虽然是一句平常的话语，却蕴含了深奥的哲理，就像是堕入情网的少女，爱恨缠绵，尽在网中，不能自拔，等到她真正跳出网时，才会陡然发现，以前的山盟海誓是多么的幼稚，多么的可笑。"

"张军师是有感而发，还是另有所指?"红颜淡淡一笑，莲步轻移，已然上了楼来。

纪空手暗惊道："张军师？难道来者竟是张盈？我身在相府之中，可不能让她认出我来。"当下无处回避，只得倚栏观景，背对楼面。

陪同红颜而来的正是张盈，她身为赵高门下的红人，自然要尽地主之谊，顺便也一探究竟，看看知音亭何以会用祝寿之名，尽出精英赶至咸阳的原因。

此时已是非常时期，任何一点风吹草动都有可能影响到大局，是以赵高绝不容许在自己的地盘上还遭人毁了自己的大计。张盈既然受命，当然是醉翁之意不在酒了。

"小公主何以会如此多心？莫非是我说中了小公主的心事?"张盈嘻嘻笑道，她的人一上楼来，顿时倾倒了楼上的所有男子。

她虽然年过不惑，但不知是驻颜有术，还是另有秘方，此刻看上去至多不过二十出头的年纪，其脸形极富美感，眉目如画，巧笑嫣然，嫩滑的肌肤白里淡红，仿若淡淡的云霞，端的诱人至极，可惜的是脸色中透出一丝苍白。

更让人迷醉的是她一举一动时随之而动的体态，仿若魔鬼般撩人，脸上露出的娇慵懒散神态配着那千娇百媚的风情，任何男人见之首先想到的，只有一个"性"字。

她与红颜并肩出现，顿时令整个茶楼增色不少，春兰秋菊，各有丰韵，难分轩轾，吸引了众多男人的目光。

红颜立在人前，依然是一派大家闺秀的风范，脸上微泛红晕，却不说话。

张盈的眼光是何等锐利，一瞥之下，已是明了红颜的女儿心态，微微一笑道：“小公主是何等高傲之人，想当日流云斋项羽屯兵十万，列队樊阴，只求博得美人一笑，尚且不得，却不知是哪家的小子有这等艳福，竟然悄悄地偷走了小公主的芳心？”

“张军师若是再要贫嘴，我可不依。”红颜小脸微红，娇嗔道。

两人闲聊几句，在随从清理出两张茶桌后，坐到了茶楼的另一面窗前。纪空手缓缓松了一口大气，正要趁机溜走，却听得张盈又道：“我曾经听说，小公主此次江南之行，认识了一位姓纪的公子，怎么不见他陪你同行？”

纪空手一听张盈提到自己，倒也不急着溜了，他虽然深爱红颜，也知红颜有意自己，却从来不曾听到红颜对自己的看法，难得有此良机，他岂有错失之理？

红颜沉吟半晌，幽然一叹：“人家的心思小女子又怎会明白？樊阴一别，又是数月，也不知他现在可好？”说话虽轻，却满怀牵挂之情，听在纪空手耳中，心中却有一股难言的滋味。

张盈与红颜的说话都是小声细气，似乎不想让人听到，加之茶楼上本是热闹场所，要想刻意偷听实在很难。只是此时的纪空手内力雄浑，一旦将体内的玄阳真气运行至极限，数十丈内的虫蚁爬行也难逃他的听力掌握，何况是人言之音？

张盈当然看出了红颜心中其实是爱惨了纪空手，否则以她的名门素养，绝不可能在外人面前吐露心思，不由微微一笑道：“其实你大可不必为他烦忧，我才从东方折返，一路上听过不少关于他的传闻，就不知小公主是否想听？”

自樊阴一别之后，红颜找寻纪空手未遂，即返蜀中与父亲会合，稍事休整，又赴咸阳之行。一路上来去匆匆，是以根本没有听到任何关于纪空手的传闻，此时听得张盈说话，事关情郎，不由大是紧张：“怎么不想听呢？还请张军师快说吧！”

张盈见她着急，不觉好笑道："你这位纪空手不比常人，他身负玄铁龟武功，别人也奈何不了他，你又何必替他着急？我倒听说他在樊阴之时受了项羽的流云道真气，以至于心脉受创……"

"什么？项羽竟然如此卑鄙，怪不得纪公子会离我而去，原来他是害怕拖累了我。"红颜闻言，花容失色，顿时打断了张盈的话头，同时也感受到纪空手对自己的真情。

张盈笑道："你可吓了我一跳，纵是情急，也不必如此嘛，你是否不想再听下去？"

红颜嗔了她一眼，道："你快说吧。"脸上红晕又起，真是爱煞人也。

张盈虽是女子，但见红颜这等娇痴模样，亦是爱怜不已，赶忙道："这位纪公子绝非简单之人，他虽然心脉受伤，一路逃亡，却害得流云斋两大长老疲于奔命，最终落得一个身亡、一个失踪的下场，气得项羽大怒之气，已经张榜天下，将你这位纪公子列为流云斋的头号大敌。"

她见红颜情不自禁地松了口大气，不由调笑道："怪不得小公主竟然连流云斋的少主也不放在眼里，原来有这样一位多情多义、武功高强的公子相伴，换作是我，想必也是如此选择了。"

红颜对张盈的话并不敢恭维，只是情窦初开的女孩总是喜欢与别人谈起自己的爱人，总觉得纵然是嘴上说说，亦是了却了自己的一番相思之苦，是以竟然与张盈谈得十分投入，亲热得浑似姐妹一般。

她缓缓说道："可是我见到他的时候，并不知道他的武功有多么好，只是觉得他的眼神十分忧郁，有一种特别的气质，好让人心生喜欢。"她的声音虽轻，但语气中深藏的热情如火般燃烧，听得纪空手心中为之一荡，恨不得跳将出去相认。

"这也让我想到了二十年前的往事。"张盈仿佛也被红颜的情绪所感染，悠悠一叹，勾起了记忆中珍藏的片断，"一见钟情，两情相悦，最终却是一段理不清、剪不断的情孽。"

红颜吃惊地望着她，稍有不悦："军师是在咒我吗？"

张盈顿时感到了自己的失态，摇摇头道："我怎会咒你呢？我为你欢喜还来不及哩，只是听了你的这段情，勾起了我心中的一段回忆。"

她的眼中不再有惑人心神的媚力，却多了一丝如雾如梦的幽怨。她似乎是想到了二十年前的那个盛夏季节，在一个清幽的湖边，第一次看到情郎时的场景。

红颜的心为之一软，眼中饱含同情。没想到这个传闻中极度淫荡的女人，竟然有如此纯情的一面，情到多时方是假，多情之人本无情，也许在这位多情的女人身上真的有过一段刻骨铭心的往事。

"是我不好，勾起了军师的眼泪。"红颜掏出一方香帕，轻轻地递将过去。

"是吗？倒让小公主见笑了。"张盈飞快地拭去了眼角的那滴泪水，又还复了那副娇冶的神情，她似乎想刻意掩饰，却让红颜更生怜意，但红颜却不知张盈早已认得纪空手。

等到两人下得楼去，纪空手兀自为红颜的痴情而心动不已，长吁短叹间，忽然灵光一闪："张盈的放浪不羁形象难道只是一个伪装，或者说是一种报复？她之所以如此，难道更多的只是掩藏她对某一个人的深深思念？如果我的猜测不错，那么这样一个可以让张盈牵挂多年的男人是谁？"

纪空手觉得这是一个很有趣的问题，完全值得自己花些时间寻找出这个问题的答案。可是就在他寻思着用什么方法去寻找答案的时候，忽听到了一阵脚步声步步而来，他根本不用回头，就已经知道有三位实力不俗的高手正冲着自己走来。

他依然保持着原先的坐姿不动，也没有回头。在现在这个位置上，他可以采取绝对的主动，到了万不得已的时候，他随时可以跳楼而遁，根本不用费神与人纠缠。

"朋友，能跟我们走一趟吗？"来人的语气非常客套，完全是带着一种商量的口吻。

纪空手倏然回头，他始终认为，人敬我一尺，我敬人一丈，这才是做人的本分。

“我想你们是否认错了人，我们好像从来没有见过面。”纪空手微微一笑，似乎想提醒一下对方的记忆。

“可是我们现在不就认识了吗?”来人也投桃报李地笑了一笑，他身后的两名壮汉却似乎并不和善，只是瞪着眼睛，同时将各自的手腕骨节弄得“咔咔……”直响，识事务的茶客已经开始在悄悄溜了。

“好吧，我跟你们去。”纪空手忽然认识到了自己所处的环境不容他大出风头，在闹市的茶楼打架，想不出风头都难。

于是在这三人的挟裹之下，纪空手非常低调地上了一辆马车，沿着街市穿行了半个时辰，马车终于停在了一家庭院之中。

庭院深深，极为静寂，纪空手抬头望向窗外，只见藤蔓修长，繁花若锦，假山流水，像是一户有钱人家的花园。

但是纪空手并没有沉醉于这美景之中，他决定出手，在最短的时间内逃出这三名不明身份的壮汉的掌握，因为他不想让别人知道自己的身份。

于是马车一停，当第三个人跨出车厢的刹那，他的拳头便照准对方颈椎结合处狠狠地砸了过去。

他的拳头不仅快，而且准，只要出手，对方就唯有倒下。

但是这个人却没有倒下，而是料定了纪空手会在这个时候出击，所以他亡命地向前扑去，致使纪空手这势在必得的一拳竟然落空。

纪空手心中大骇，这才发现对方的武功远远超出自己的意料，不过他丝毫不显慌乱，而是当机立断，向车顶纵去。

“轰……”劲气如泉喷般冲泻，碎木横飞，锦缎散裂，纪空手状若天神般破车而出，人在空中，已经看清了这三人所站的各个方位。

他的心禁不住直往下沉……

这三人似乎都是随意而立，看似无心，其实占据了最有利于攻击的要害位置。自己无论从哪个方向逃逸，都会遭到对方最强势的围杀。

他这才知道自己陷入了一个精心布置的杀局之中，对方不仅知道自己的身份、武功，而且针对自己不敢暴露身份的心理，引得自己来到这僻静地实施杀戮。

“对方究竟是什么来历？何以会如此清楚自己的情况？”纪空手在刹那间想到了很多对手，却都断然否决了，因为他对自己的行踪保密程度极端自信，除了神风一党与韩信外，绝对没有人能够识得出他就是纪空手。

劲气以水漫城墙之势从三方逼压而来，根本不容纪空手心生迟疑，他仿佛人在龙卷风的旋涡中心，感受着强大气流如窒息般的冲击。

他陡然提劲，将心境处于一种至静的状态，放松着自己的每一根神经。他的灵觉在捕捉着对方的气势锋端，用心感悟，不放过任何一丝痕迹。

但无论他怎么努力，表面看上去都难逃一死的命运，只要是稍有常识的人都会知道，此时的纪空手人在半空，纵然是武功奇绝，亦无处借力，只能往下坠落，而对方的三道劲气正以迅猛之势自三方挤来，随时都有可能将他的身体挤裂压爆，即使他是一个铁人，最终也难逃厄运。

这是一个绝境，任何人置身其中，都唯有徒呼奈何，回天乏力。

但纪空手却没有这种感觉，就在他身形将要坠下的刹那，脸上竟然泛出了一丝笑意。

一丝微笑，淡淡的微笑，笑容的背后却蕴藏了强大的自信。他将全身劲力全部提聚，依然用心去感悟着对方逼迫而来的三道巨流。

无形却有质的气流如狂飙直进，宛如决堤的三道洪流，卷起惊涛骇浪，声势咄咄逼人，那浪头峰端仿若巨兽的大嘴，正向纪空手的身躯奔迫而来，似乎要将眼前的一切吞没。

纪空手算计着气流峰端的到来，算计着它的速度与接触自己的精确时间，当他感到劲气如长针侵入肌肤，引发丝丝痛感时，陡然大喝一声，无敌劲力自周身三万六千个毛孔中迸发而出，汇成一道强烈的气环，迎向了对方势如狂风的洪流。

“呼……哧……”气流一触间，竟然没有发生爆炸般的情况，反而产生出了一股非常迅猛的反弹力，而这正是纪空手所希望看到的。

他人在半空的时候，就已经看到了围攻自己的三大高手都是内力雄浑之辈，三人联手，别说自己，便是五大豪门之主亲至，都不可能以强力抵挡。所以他根本就没有想去如何化解对方的劲力，而是想到了童年时候在淮阴江畔常见的搏浪游戏。

每年的春分一过，在淮阴的江边，总有一群少年下水嬉戏，因为只有这个时候的江水，才会经常出现他们盼望已久的浪潮，从而开始一种名叫“搏浪”的游戏。

搏浪，顾名思义，自然是在浪峰中搏击嬉戏，浪峰的巨力本不是人力可以征服的，所以最终的胜利者从来不靠自身的水性蛮力，而是顺着水势的流向，掌握浪峰的状态，随波逐流，从而永远行在浪峰的前端。

此时纪空手的处境形如搏浪，所以他毫不犹豫地发力而出，借着最终形成的反弹之势，人如狂风般破空而去。

他的身体飘逸若仙，更似一只大鸟腾云于九天之上，脚下的劲气如云涌动，他借着一纵之力已经飘飞到了数丈开外的假山上。

“数月不见，想不到纪公子的武功精进如斯，佩服佩服！”花丛之中一分为二，两人踱步而出，纪空手抬眼看去，心中一喜，因为来人竟是吹笛翁。

他顿时放下心来，跃下假山，拱手见礼道：“吹笛先生的玩笑开得大了，若不是我见机得快，恐怕唯有劳烦先生为我收尸了。”

他看了看适才联手攻击自己的三人，已是肃然而立，神情恭谦，丝毫看不出刚才那威若惊涛的一击竟是出自他们三人之手。

“纪公子说笑了，对于你的身手，我从来都不敢怀疑。只是有人不太相信，所以才请“乐道三友”出手相试。”吹笛翁身子一斜，将身后的那人让于身前。

纪空手心中一凛，不由又打量了刚才出手的三人一眼，惊道：“原来是‘乐道三友’，怪不得，怪不得。”他素知“乐道三友”乃是五音先生门下的三大高手，其身份地位已在门派宗师之上，若非他们手下留情，自己未必就能逃过刚才那一劫。

他这才相信对方确无恶意，当下抱拳向“乐道三友”行礼道：“在下无礼，幸蒙前辈手下留情，多谢了！”

“乐道三友”微微一笑，同声道：“年纪轻轻，便有如此造诣，的确如吹笛翁所言，乃是百年难遇的武学奇才。”

纪空手道：“这是吹笛先生抬举罢了，想我一介浪迹江湖的小子，有何德何能敢受前辈这等评价？”

“当得起，当得起。”“乐道三友”脸上无不露出欣赏之意，笑眯眯地道。

“年轻人恃才不傲，虚怀若谷，的确是一种美德，不过凡事不可过度，否则就成小家子气，难显强者风范。”那位站在吹笛翁身边的老者淡淡一笑，终于开口说话道。

“前辈教训甚是，晚辈铭记于心。”纪空手心中凛然，隐隐从其声中听出了一股王者霸气，令人心生仰慕之感。当下转头望去，只见此人身材颀长高大，有若峻岳崇山，相貌清奇，两眼深邃有神，闪动着智者的光芒，乍看一眼，有若仙道中人般飘逸，再看一眼，却又有几分相熟之感。

纪空手见得吹笛翁一脸欣然之色，蓦然灵光一现，俯头便拜：“淮阴纪空手拜见五音先生！”

那老者微微一笑，长袖轻扬，一股大力将他托起：“请起。”

此人不是别人，竟然就是五大豪门之一知音亭的主人五音先生，而他们现在所站之地，当然就是琴园。

纪空手顿时醒悟，望向“乐道三友”道：“原来你们带着我兜了一个大圈子。”

“乐道三友”中的弄箫书生道：“这不过是遮人耳目罢了，毕竟咸阳乃是非之地，不可不小心为之。”

纪空手闻言点头，忽又有些纳闷：“可是你们又怎知我是纪空手？而且这么快就找上了我?”他自进茶楼，到出来时最多不过一两个时辰，自以为行事机密，却没料到最终还是被人识破行踪，倒想知道自己的破绽出在哪里。

吹笛翁笑道:“其实这很简单，那家茶楼一直是我们在咸阳的一个据点，像公子这般非凡人物，虽然作粗人打扮，却遮掩不了一脸的英气，自然受到我们的关注。后来小公主上楼一趟，见了你的背影已然生疑，所以就发出信号，让我们将你请至琴园。”

纪空手恍然大悟道:“原来如此。”

五音先生见他武功不差，头脑机灵，已有了三分喜欢。碍于爱女所请，细细观察，只觉此人眉间逸出一股满不在乎的气质，虽然面对豪阀人物，言谈却不卑不亢，无疑是一位智勇兼备的人才，不由暗暗称道爱女的超凡目力，微一沉吟，道:“请随我来。”

他抛却随从，只领着纪空手一人当先步入十数丈外的一片竹林，林中有道，直通石亭，清风徐来，在这盛夏时节，倍感清爽。

两人各坐亭中，早有清茶置上，五音先生品茶一口，道:“你的内力的确古怪，武功却有路可寻，可见你的一身所学并非来自于玄铁龟上的记载。世人虽然以讹传讹，但老夫猜测，你的内力路数只怕与玄铁龟有关。”

纪空手没有想到五音先生只看了自己一眼，便对自己的所学尽知端详，心中的惊讶实在是不可言状，当下大是佩服:“前辈所言，无一不中，事实正是如此。”

于是，他将自己这一年来的奇遇一五一十地道出，听得五音先生啧啧称奇，心中暗道:“这莫非就是天意?倘若此子入我门中，执掌门户，何愁大事不兴?”

他身为知音亭豪阀，一生行走江湖，识得英雄无数，一眼就看出纪空手绝非常人，假若加以调教，日后必成大器。难得的是他一生只有一女，偏偏这女儿又眼高于顶，纵是项羽这等枭雄人物，亦是难入法眼，不想却偏偏机缘巧合，让她钟情于纪空手，这就像是上天安排一般，令五音先生怦然心动。

“你所说的神农先生，虽然以你为首，对你大加推崇，只怕此人的用心并不简单，你是否有过察觉?”五音先生是何等精明之人，眼珠一转，立时看到了一线危机。

“正是如此，他无非是想利用我来引开赵高的视线，然后伺机做一些令人意想不到的事情。”纪空手并不吃惊，反而胸有成竹地道。

“这么说来，你早知他用心不良?”五音先生没想到纪空手竟有如此城府，诧异地问道。

“我是一个什么样的人，我自己心中当然有数，任凭他如何捧吹，我也不至于认为他会毫无条件地全力辅佐我。试想一个可以将心中大志隐伏十年之人，若非有所图谋，必是有远大抱负，偏偏他在这个时候反叛问天楼，却要辅佐我来争霸天下，这自然是别有用心。我虽然看出了这一点，却好似浑然未觉，无非是想借他们之力，赶到咸阳相助一位朋友。”纪空手淡淡一笑，对五音先生毫不隐瞒心中所想，因为他已看出，五音先生是真正欣赏自己的人，就像相马的伯乐，对千里马天生就有一种发自内心的喜好。何况还有红颜在内，使得他终于可以毫无防范地面对眼前这位当世豪阀。

“也真是难为他了，毕竟十年光阴，若非心志坚定之人，哪来这般忍耐力?”五音先生说道。

纪空手微微一怔，道：“前辈莫非知晓他的目的与动机?”

五音先生眼芒一闪，道：“神农出现江湖之时，还在二十年前，风头强劲，是连五大豪门都不敢小视的大人物。谁知十年前，他却突然失踪，成为武林中公认的一段悬案。世人都知道他是为了卫三公子的一个承诺而甘心退出江湖，但我却明白，神农归隐，却是大秦始皇专门对付赵高的一个安排!”

纪空手惊道：“始皇莫非早已预知赵高会有今日的飞黄腾达?”

五音先生冷冷一笑，道：“不仅如此，他更看到了赵高争霸天下的野心。以始皇雄霸天下、征服诸侯的雄才大略，岂有看不出赵高的狼子野心之理？可惜那时的始皇身抱疾恙，又得平息天下战乱，已经无力对付赵高，否则赵高又怎能逍遥至今？”

纪空手眼中闪现出一丝疑惑之色，道：“先生何以对此事了如指掌？”

五音先生并不作答，而是反问一句：“你可知道我知音亭的真正背景？”

纪空手摇头道：“我只知道知音亭乃江湖五大豪门之一，淡泊明志，不问天下世事，犹如神仙逍遥。”

五音先生哑然失笑：“难道世人竟是这般评价我知音亭？”随即收起笑容，肃然正色道，“算起来，我与始皇有姑表之亲，当时秦孝公之王后，正是先祖家姐。”

纪空手惊得几乎跳将起来：“怎么会是这样？”只觉得是否是自己耳中听错。

“若非如此，我知音亭何以能雄立西蜀，屹立百年而不倒？若非如此，红颜又怎会有‘小公主’之称？其实这只因为知音亭系皇亲国戚的一支。”五音先生淡淡一笑，“当日先祖遗训，要我知音亭一脉誓死效命大秦国君，现在看来，却是错了。自始皇末年，到二世篡位，强施暴政，已失人心，如今大势已去，我此行北上咸阳，不过是略尽人事而已。”

“你当如何？”纪空手好不容易压下自己心中的惶惑，直言相问。

“我此行启程之前，已对赵高的计划有所察觉。他之所以大办五十寿宴，其实有一个天大的阴谋，那就是在寿宴之上，派人刺杀胡亥，然后趁机夺走登龙图，以绝后患，从此登上王位，问鼎天下！”五音先生一直冷笑而道，一字一句，犹如道道惊雷，直震得纪空手目瞪口呆，任他想象力如何丰富，也绝对想不到事情复杂如斯，可怕如斯。

“以赵高现在的势力，如日中天，只怕先生若要阻止，难如登天。”纪空手倒吸了一口冷气，事实上他对大秦殊无好感，更不要说出手相帮了。倘若五音先生出口相求，他必婉拒，然后溜之大吉。

五音先生淡淡一笑，道：“我对大秦早已死心，若无先祖遗训，我才不来趟这浑水。这些年来，我虽然蜗居蜀中，看似清闲逍遥，其实一直关心着民生大计，每每见到百姓挣扎于水火之中，都令我感到羞愧无比，恨不得大旗一挥，抗击暴秦！只是这遗训缠身，令我不敢妄动，所以此行而来，只是略尽人事而已。”

“先生当如何作为?”纪空手肃然起敬道。

“按我的打算，原是欲趁赵高动手之前，将胡亥与登龙图一并带走。赵高野心虽大，但碍于有登龙图在，绝对不敢篡位夺权，这样便可让大秦继续维持下去，可是胡亥此人殊无才能，而且刚愎自用，竟然起心要与赵高周旋到底，真是不知死活，而我也乐得他去送死。但是对于登龙图，我是势在必得，唯有这样，才会令赵高有所顾忌，从而不敢取而代之，只能另立新君。”五音先生毫无保留地说出了心中的计划，因为他不仅相信纪空手，更要有所借用。

“先生对我如此信任，当不会让我听听这么简单吧?”纪空手已起心相帮。

“是的，我对你正有所倚重，这些日子来，一直有个难题压在我心中，始终未能解决。今日见到你时，我才觉得这仿佛是上天安排，助我成功。”五音先生点头道，眼中扫视着纪空手，隐含相求之意。

“先生请讲。”纪空手毫不犹豫地道。

“本来这不是个难题，但胡亥拒入西蜀，这登龙图便断然难以得到。因为登龙图事涉大秦至高机密，除了胡亥之外，再无第二人可知下落。”五音先生缓缓说道。

“这岂非难办得很?”纪空手不由诧异地道。

五音先生眼芒一闪，道：“但我却推算，登龙图既然如此重要，以胡亥的性格，他绝不会让登龙图远离其身边，所以当他前来相府赴宴之时，必然会将登龙图带在身上。”

纪空手笑了笑，道：“想必赵高也是这般心思，所以才会安排这样一个计划。”

“正是如此。”五音先生道，“我们只有抢在赵高动手之前，神不知鬼不觉地将登龙图夺到手中，这样才算对他有所掣肘。而要做到这一点，唯有靠你。”

纪空手道：“先生门下高手众多，为什么不派他们而要选中我？”

“不为别的，因为你是盗神丁衡的传人。”五音先生微微一笑，“你的见空步法乃丁衡独有，所以我相信你也学到了他的妙手三招。”

纪空手不由大是佩服，对五音先生的如神目力与超人见识很是叹服，不过他还是问了一句：“如果我一旦得手，将它交到谁的手中？”

“你可以交给我，也可以留给自己，但总之你要记住一点，绝对不能让赵高得到此图！而且你一旦得手，必须马上逃离咸阳城，否则赵高一定不会放过你的！”五音先生慎重提醒道。

“那个时候，先生会在哪里？”纪空手问道。

“我就在相府，但却不能出手助你。我只能保持中立，唯有这样，才能保证我的人全身而退。”五音先生近乎无情地道，但纪空手却知道这是一个不争的事实。知音亭的实力虽然不弱，但在高手如云的相府中，只能算得上是汪洋之中的一叶孤舟。

纪空手深深地吸了一口气，然后缓缓站起身来道：“我还想问一句，神农门下的弟子是否知情？”

五音先生摇摇头道：“以神农的心计，他是不可能将自己的真实身份告诉任何人的，所以他门下的弟子，应该可以信任。”

“这我就放心了，因为我已经习惯了把他们当作我的朋友。”纪空手笑了笑道，“如果我侥幸得手，一定会前往西蜀亲手将图交到先生的手里。”

“我恭候你的大驾光临。”五音先生亦笑了，脸上情不自禁地露出一丝慈爱之情，再三叮嘱道，“我们只是尽人事而已，切记不可勉力为之，大秦是否由此灭亡，上天自有安排，我希望你是毫发无损地前来见我。”

纪空手道：“到了这一刻，我才彻底相信你不是利用我，否则的话，我会很伤心的。”

五音先生凝视了他一眼，然后笑道："幸好不是，否则的话，我也会令红颜伤心。你可以走了，我想你若再不走出去，待会儿一定会有人比我更急了。"

于是，纪空手走出竹林，第一眼看到的人儿，就是红颜那灿若桃花的笑靥。

满肚子的话要说，却又无从说起，唯有将一切缠缠绵绵的情意，化作丝丝缕缕的柔丝，从眼波中泛出，缠绕着彼此的心灵。

"你终于来了。"红颜低着头，小脸儿早已抹上了一层娇羞，看得纪空手心神为之一荡。

"来了。"纪空手木讷地答上一句，一向伶牙俐齿的他，到了关键时刻，却说不出话来。

夕阳照在窗前，映射出一片金黄。两人相对而坐，隔着一方竹儿，淡淡的茶香缭绕着这间小屋。

"在茶楼中与你同行的人就是张盈?"纪空手突然想到了什么，讪笑而问。

"你也知道她吗？那可是一个极富心计的女人，若不是她，我也不知道你会出现在茶楼上。"红颜笑道，为差点错失了自己日夜思念的情郎而痴笑。只有在纪空手面前，她才会放下大家闺秀的架子，还复她的本性。

"哦?"纪空手心中一惊，眼光直射在红颜的脸上。

"她一上楼，其实就注意到了你，但不知你是谁，只是到下楼的时候才对我说，'你看那人，如果不是瞎子，就是聋子，否则他绝不会不把目光放在我们的身上。'而我也是在那时才看见你腰边的如意，我也感到好奇，便向她问道，"为何别人不看我们就有问题!"她却非常自信地一笑，'这就是女人的自信。'"红颜嫣然一笑，忽然觉得这有点自卖自夸之嫌，倒显得不好意思起来。

纪空手却为张盈如此仔细的观察力感到吃惊，同时也庆幸张盈没有真正去注意他，但一个人连这点反常也能注意到，那么这无疑是一个可怕的人物，更是任何一个卧底奸细的天敌。

纪空手不由替韩信的安危担起心来，谁又能保证张盈没有暗中监视过韩信呢？他决定一回到相府，第一件事就是要力劝韩信离开咸阳。

“你干吗这样盯着人家看?”红颜见纪空手痴痴地望着自己，扑哧一笑，娇嗔道。

纪空手这才发现自己的失态，尴尬笑道：“所谓秀色可餐，美丽的东西总是会吸引人的目光，我想我也不会例外!”

红颜听到情郎称赞，心里十分甜美，柔声道：“你真的认为我美丽?”

纪空手轻轻地抚住她的柔荑，欲抽还迎间，却被纪空手的大手紧紧握住，道：“我不知道你是否真的美丽，但在我的心里，你永远是我最美好的东西，只要与你在一起，我的心里就真的好欢喜好欢喜，再也没有什么东西能够将你替代。”这一直是深藏纪空手心底的话，也不知在梦中说过了多少回，当他此刻向红颜说出的时候，一点都不觉得费力，反而是亲切自然，十分流畅，仿佛这些话都是天经地义应向红颜表白的一般。

“我也是这般想法。”红颜心中好生感动，再也顾不得女儿家的矜持，将自己的螓首斜靠在纪空手的肩膀上。

两人依偎一处，静观夕阳斜照，万千云霞灿烂夺目，亦比不上他们心中的无限喜悦。

“如果我们就这样坐上一生一世，相依相偎，该有多好!”红颜俏脸晕红，陷入情爱之中，如梦呓般喃喃道。

纪空手蓦然想到了自己肩上的重任，轻轻推开她道：“只要此间事了，我定会赴蜀与你相会，再不分离!”

红颜回眸凝视着他：“这么说来，你又要走了?”

纪空手轻拍她的香肩，道：“我只是市井中的一个无赖，机缘巧合之下，涉足江湖，迄今算来亦有一年时间了。在这一年中，我虽然一事无成，却明白了一个道理，人活一世，你可以不去追求名垂青史，也可以不去追求轰轰烈烈，但你绝对不可以对不起自己！唯有此生无憾，才算不枉此生。”

他说这句话的时候，眼中似有一种闪光的东西，而当他的背影隐没于夕阳之下时，红颜忽然发现他的背影恰如一头月色之下的苍狼，孤独而行，有一种悲凉与狂傲的风骨之美。

红颜的心猛然一跳，一种不祥的预兆油然而生。她不知道自己怎么会有这种感觉，只知自己的心好沉、好沉，有一种莫名的恐惧慢慢滋生……

“你看到了张盈?”神农的眼睛一阵痉挛性的紧缩，仿佛见到了一件非常可怕的事情。

“是的，但我可以保证，她绝对没有认出我。”纪空手知道神农何以会如此惶恐，是以又给他服下一颗定心丸。

神农顿时舒缓了一口气，道：“那可真是万幸，如果你的易容术让张盈看出了破绽，那么我们的计划就只有放弃了，因为你绝对想不到这是一个多么可怕的女人!”

纪空手相信神农不是危言耸听，因为他曾经经历过，但是为了进一步证实五音先生对神农的判断，他说出了自己夜探琴园的计划。

“你不可以去，也没有必要去。五音先生到了咸阳，对我们的计划并无大碍。”神农缓缓说道。

“先生何以如此肯定?”纪空手淡淡一笑，神农之所以要阻止他去冒险，自然知道五音先生是友非敌，绝对不是为了加害胡亥而来。

神农不动声色地道：“我自然有我的消息来源，听说有人请来五音先生，名为给赵高拜寿，实则是为了分散赵高的注意力，所以五音先生现身咸阳，对我们来说是有百利而无一害。”

纪空手装出一副恍然大悟的样子，沉吟片刻，道：“我们既然是为登龙图而来，守在相府总不是办法，不如你找人给我绘一张皇宫地图，我潜入进去，将之盗来便是。”

神农凝视他一眼，这才摇头道：“其实登龙图已不在宫中，就在相府，这也是我们要来相府的原因。”

纪空手心知神农话已切入正题，故意吃惊地道：“怎么会这样呢？相府之中高手如云，所辖之地又广，若要寻找此图，岂不是大海捞针吗？”

“事实虽然如此，但我可以肯定，寿宴那天，登龙图一定就在赵高身上，我们只要将他刺杀，趁乱取图，自然可以马到成功。”神农说出了他心中的真正图谋，也吐露出了他之所以利用纪空手的目的，就是以登龙图为饵，让他行刺赵高。

纪空手的武功远在神风一党的其他人之上，纵是神农也未必是其对手，所以由纪空手出手，成功的机率明显增大。而且万一纪空手失手，也难以祸及他人，更牵涉不上胡亥，可谓是万无一失的计划。

但是凭赵高的武功，纪空手绝对难以得手，这是一个不争的事实，为什么神农明知不可为却还要为之呢？

纪空手提出了这个问题。

神农笑了，笑得非常自信：“这一点你大可放心，到了动手的那一刻，你会发现一头尖牙尖齿的猛虎竟然也有变成绵羊的时候！纵然这头绵羊会咬人，但最多不过是一头会咬人的绵羊。”

“你可以肯定？”纪空手的眼睛一亮，他突然猜到了神农的计划，也明白了胡亥为什么不选择逃走，而要与赵高一战到底的原因，因为这个计划的确算得上是一个天衣无缝的计划。

“你应该相信我。”神农得意地一笑，心中却阴狠地暗道：“我还可以肯定，无论你行刺是否成功，这一次你都死定了。”

“那么我要睡了，等到七月初二的时候，你再来叫醒我。”纪空手似乎终于放下心来，打了个呵欠，倒头便睡。

等到神农的脚步声消失之后，纪空手坐了起来，面对窗外暗黑的夜，他首先想到的一个人，就是韩信。

赵高之所以对韩信如此器重，当然是让他去刺杀胡亥，只有这样，赵高既不必担心弑君之名，又能得到登龙图之利，真正是两全其美之事，而韩信无论是否成功，同样都只有一个结局，那就是死！

无论是卫三公子，还是韩信，都绝对没有想到事态的发展竟然并非他们想象的一样。问天楼穷十年心血，最终竟是为他人作嫁衣。

但是人算终究不如天算，赵高与胡亥绝对没有想到，他们挑选出来的替罪羔羊其实并不是任人宰割的羔羊，而是绝不屈从命运的两头野狼！野狼的求生本能在自然中从来都是一流，他们又怎会甘心任人摆布？

所以这两头狼终于坐到了一起，他们之间的话题，就是怎么吃掉把他们当作替罪羔羊的人。

“不管是赵高，还是胡亥，都把我们当作了一颗可以利用的棋子，而卫三公子与刘邦同样是为了登龙图而利用我们。你说，他们为什么不选别人，却偏偏都选中了我们？”纪空手拍了拍韩信的肩头，意味深长地道。

“这绝对不是机缘巧合！”韩信隐隐猜到了一些，却不敢说出来。

“是的，因为他们都看到了我们具有利用的价值。”纪空手兴奋地道，“你要知道，我们已经不再是一年前混迹于市井街头的小混混了，我们是各大武林豪阀都不敢小视的一代高手，既然连这些人物都对我们如此看重，那我们自己又何必妄自菲薄呢？”

韩信眼芒一亮，道：“你的意思是……”

“两人联手，争霸天下！”纪空手意气风发地说出了八个字，他的口中每吐出一个字，整个人便多一份气势，说到最后，就连韩信也感到了一股迫人窒息的王者霸气缓缓压迫而来。

韩信怦然心动，却没有马上附和，因为他已不再是一年前的韩信，不再是纪空手后面的跟屁虫了，他已经学会用自己的方式去考虑问题。

在纪空手咄咄逼人的眼芒逼视之下，韩信还是摇了摇头道：“就凭我们两个人？”

纪空手微微一笑，道：“有你，有我，再加上你的照月三十六骑和我的神风一党，以及那张登龙图，难道还不够吗？”

“登龙图？可是我们并未到手。”韩信纵然有丰富的想象力，也从来没有想过自己争霸天下。他的心神全被那地牢中的红白蚁战所笼罩，同时更相信天意，而不是人力。

“如果它到了我的手上，你是否答应与我争霸天下?”纪空手微笑道。

“你有把握?”韩信怀疑地道。

“这是我的事情，我只想知道你答不答应?”纪空手道。

韩信沉吟半晌，终于点头道：“只要你取得登龙图，我就答应你。”

纪空手大喜，拍拍他的肩头：“这才是我的好兄弟!”当即便将自己的打算说了出来。

“争霸天下的第一步，当然是要拥有登龙图。只有拥有了它，我们才有争霸天下的本钱，所以对于登龙图，我是势在必得!”纪空手的眼神中流露出智慧的光芒，以一种无比自信的口吻缓缓说道。

“但是有入世阁与问天楼的参与，加之胡亥本身的实力，要夺得登龙图无异于与虎谋皮。虽然我心中已经有了一个非常完美的计划，可是我仍然需要你的帮助。”纪空手深深地凝视着近在咫尺的韩信，不知道为什么，他总觉得韩信对他的信心不是很足，至少不像先前那般对自己近乎崇拜式地盲从。

韩信勉强地笑了笑，道：“既然是我们联手，就不存在帮助的问题，你的事情就是我的事情。”

纪空手将韩信异常的反应归结为难于承受太大的压力，所以安慰道：“你应该相信我，更应该相信你我联手的潜力，为了证明我们有争霸天下的实力，我们必须要抢在入世阁与问天楼之前将登龙图占为己有。”

“登龙图在胡亥的手上，我们根本就进不了皇宫，又怎么能得到登龙图?”韩信曾经有过无数个计划，但最终他都必须要通过赵高来达到混入皇宫的目的，别无他法，所以此刻他很想知道纪空手准备用什么方式去接近胡亥。

纪空手微微一笑，道：“既然进不了皇宫，那我们又何必想方设法混进宫去？据我所知，赵高的五十寿辰之际，胡亥是一定会出现在相府之内的，这就给了我们一个最佳的下手机会！”

韩信一惊之下，怦然心动：“如果这个消息属实的话，那么赵高之所以迟迟不让自己崭露头角，肯定会与胡亥有关。”他将目光投射在纪空手的脸上，发出异样的光彩，“我明白了，赵高对我如此器重，必定与行刺胡亥的计划有关。说不定，我还是他整个计划中不可或缺的主角。”

纪空手点头道：“是的，赵高的计划称得上是完美无缺。如果不是遇上了我们的话，按照大秦法典，凡是大王在场，任何人不能携带兵器，违者按忤逆大罪论处，这一点即使是在赵高的相府内也不例外。赵高当然考虑到了这个问题，所以他就安排了一个龙虎会，名为招贤纳士，实则是变相将兵器带入到有胡亥存在的场合上。”

“照你这么推算，龙虎会其实只是一个幌子？”韩信似乎有些明白了赵高的用心。

“当然。龙虎会一旦决出了魁首，在那种场合下，赵高必然会宣他上殿面圣，而这个武者自然可以名正言顺地带剑上殿，于是这把剑便成了那个场合中唯一的一件兵器，只要赵高一声令下，它就随时可以插进胡亥身体的某一个部位。”纪空手分析着赵高计划中的每一段精彩之处，说到后来，连他自己也不由得唏嘘不已，大为叹服。

“而这个武者最有可能便是我。”韩信终于明白了赵高为什么会如此器重自己，不免心中有了几分得意。

“不管这个人是不是你，不管这个人行刺是否成功，他都很难全身而退，因为赵高绝对不会将弑君大罪揽到自己的身上，所以他唯一要做的，必是杀人灭口！”纪空手冷笑一声，为赵高毒辣的手段感到齿寒。

“这么说来，我岂不是身处险境？”韩信心惊之下，蓦然问道。不知为什么，只要他一遇上纪空手，就有一种像是条件反射般的依赖思想，让自己的思维在不知不觉中紧随纪空手而动。

“不过你既不能临阵脱逃，也不能不听命于赵高，否则你就真的死定了。”纪空手冷芒绽射，在夜空中隐现慧黠之光，断然道，“七月初二那天，你都任由赵高安排，无需担心，到时候你就知道，这一切只是虚惊而已，我们绝对可以携着登龙图全身而退。”

韩信将信将疑道：“这里可是咸阳，不比淮阴，无论是赵高还是胡亥，都绝非是莫干可比！”

纪空手微笑道：“我还知道，这里还是他们的天地，但这一切都不重要，重要的是我已经找到了他们的破绽。”

韩信愕然道：“我能知道吗？”

纪空手道：“不行，这是一个秘密，一个非常重要的秘密，我不想让你听了之后徒增压力，以至于在赵高和张盈面前露了马脚。但是我可以明确地告诉你，两强相争，得利的只是渔翁，你应该相信我的能力！”

韩信点了点头，道：“那么这几天我该做些什么呢？”

“你只需要做一件事情，就是联络你的照月三十六骑，让他们在七月初二子时到城东百里处的大王庄会合。”纪空手毫不犹豫地发出指令。

“然后呢？”韩信问道。

“然后你就静候佳音。”纪空手笑道，“一切有我！”说完这句话，他的整个人已经消失在茫茫夜色之中，清风依然徐徐吹来，但窗前却只留下韩信枯坐的身影。

他坐了很久，很久，霜雾重上，水珠渐凝，也不知过了多少时辰，这才轻叹一声，眼中竟有两行热泪涌出，谁也不知道这泪水是为谁而流。

他忘了问一句：“纪少，你是否真的相信这世上有命运一说？”他不明白纪空手会怎样回答，但他却相信，人的命运应该是由上天注定。

如果纪空手回头看到了这一幕，他一定会大吃一惊，可惜，他并没有回头。